KB141423

인성 수업

인성 수업

초판 1쇄 펴낸 날 ㅣ 2017년 11월 20일

지은이 ㅣ 김창운
펴낸이 ㅣ 이종근
펴낸곳 ㅣ 도서출판 하늘아래

주소 ㅣ 서울시 종로구 이화장1가길 부광빌딩 402호
전화 ㅣ (02)374-3531
팩스 ㅣ (02)374-3532
이메일 ㅣ haneulbook@naver.com

등록번호 ㅣ 제300-2006-23호

ⓒ 김창운, 2017
ISBN 979-11-5997-013-9 (03800)

* 잘못 만들어진 책은 바꾸어 드립니다.
* 이책의 저작권은 도서출판 하늘아래에 있습니다.
* 하늘아래의 서면 승인 없는 무단 전재 및 복제를 금합니다.

잠시 멈춰서면 모든 것이 아름답게 보인다

인성 수업

김창운 지음

첨단과학의 발달로 인공지능이 인간을 대체하는 4차 산업혁명시대에서 살아남기 위해 우리에게 가장 필요한 것은 무엇인가.

단순한 지식 암기 위주의 획일적 교육이 아니라, 스스로 생각하고 문제를 해결하는 창의성 교육의 중요성이 강조되고 있다. 옳은 말이다. 그러나 창의성만으로는 부족하다. 그렇다면 무엇이 필요한가. 바로 인성(人性)이다. 과거에도 그랬고, 지금도 그러하고, 미래에는 바른 인성이 더욱 중요한 덕목이 될 것임은 분명하다.

당신은 어떻게 살아가고 있는가. 눈앞의 이익과 욕심을 앞세워 다람쥐 쳇바퀴 돌 듯 아무 생각 없이 하루하루 분주한 삶을 살고 있는가. 오직 물질과 성공을 추구하며 앞만 보고 열심히 달려가고 있는가. 끊임없이 다른 사람의 삶과 나의 삶을 비교하며 자신이 부족하다는 생각으로 살아가는가. 미래의 성공과 행복을 위해 지금 현재의 삶을 저당 잡힌 채 열심히 뛰고 있는 삶이 외롭고 아프고 힘겨운가.

오늘을 살아가고 있는 사람들 대부분이 겪고 있는 현실이다. 그렇다면 무엇이 문제인가. 우리는 왜 바로 지금 이 순간 행복하지 못할까. 무엇 때문에 바로 지금 이 순간을 온전히 누리며 살아가지 못하는가. 바로 이기심과 탐욕 때문이다.

이것은 누구의 문제인가. 바로 나 자신의 문제다. 문제는 내 안에 있다. 어디서 답을 찾아야 하는가. 답도 바로 나 안에서 찾아야 한다. 어떻게 찾아야 하는가. 먼저 내 안을 들여다보아야 한다. 자꾸만 외부로 시선을 돌려서는 안 된다.

우리의 삶은 선택과 실천의 연속이다. 선택은 내가 한다. 내가 선택하고 선택한 결과를 내가 책임져야 한다. 다른 누구도 대신해 줄 수 없다. 내 삶의 당당한 주인은 바로 나이기 때문이다.

스스로를 돌아보라. 나는 지금 내 삶의 당당한 주인으로 살아가고 있는가. 내가 선택하고 내가 책임을 지고 있는가. 문제의 원인을 어디서 찾고 있는가.

나를 들여다보아야 한다. 나의 내면을 가만히 들여다보며 나를 찾아야 한다. 내 안에 있는 내면의 아이가 어떻게 살아가고 있는지 알아보아야 한다. 한두 번이 아니라 일상생활 속에서 끊임없이 자신을 성찰해야 한다. 거창하고 특별한 뭔가를 해야겠다는 생각을 할 필요는 없다. 단순하게 생각하라. 쉽게 생각하라. 복잡하게 생각하면 아무것도 보이지 않고 나를 찾기는 더욱 어려워질 뿐이다.

주말이나 휴일에 가까운 산속 오솔길을 천천히 걸으며 자연을 관찰하고 사색에 잠겨보라. 상쾌한 바람이 솔가지를 스치고 시원하게 얼굴에 와닿는 순간을 느껴보라. 풀꽃이나 나무의 작은 움직임을 살피고 새소리에 귀 기울여보라. 일주일 동안 일어났던 여러 감정이나 복잡한 일들이 하나씩 사라지고 마음이 평온해진다. 내면의 소리가 들리기 시작한다. 모든 것을 내려놓고 지금 이 순간의 행복을 오롯이 느껴볼 수 있다.

우리 곁에 있는 자연을 유심히 살펴볼 일이다. 자연은 우리에게 언제나 삶의 교훈을 준다. 늘 그 자리에서 있는 그대로의 모습으로 메시지를 보내준다. 다만 우리 인간이 알아차리지 못하고 있을 뿐이다. 이기심과 탐욕에 눈이 멀어 보지 못하는 것이다.

자연은 우리의 영원한 스승이다. 오만함으로 가득 찬 인간이 물질적 이익과 편의를 위해 자연을 지배하려하고 있다. 우리 인간도 자연의 일부임을 깨달아야 한다. 우리는 대자연의 일부로서 마땅히 자연의 이치를 따라야 하는 존재다.

인간은 자연으로부터 많은 것을 배워야 한다. 겨울 자작나무의 모습을 보며 욕심을 버리고 마음을 완전히 비우는 법을 배워야 한다. 진흙탕 속에서도 인내하며 마음을 닦아 맑은 영혼으로 거듭 피어나는 연꽃으로부터 진정한 삶의 교훈을 얻어야 한다. 골목길 담벼락 아래 갈라진 틈새에서 뿌리내려 꽃을 피우는 민들레를 보며 내

가 어찌할 수 없는 상황은 받아들여야 한다는 삶의 자세를 배워야
한다.

사람들은 대부분 삶이 힘겹고 행복하지 않다고 느낀다. 다른 사
람들은 편안하고 행복해 보이는데 나만 늘 피곤하고 힘들다고 생각
한다. 누구나 자신의 상처가 가장 크고 아프다고 느낀다. 나도 마찬
가지였던 것 같다. 늘 남을 의식하고 남의 눈치를 보느라 마음이 불
안하여 지금 이 순간에 집중하지 못했다. 하지만 이제는 달라졌다.
일상 속에서 사색과 명상을 통해 나를 찾아가고 있다.

삶에서 내가 어찌할 수 없는 부분은 받아들여야 한다. 받아들이
지 못하면 결국은 본인만 힘들고 괴롭다. 누구에게나 하루 24시간이
주어지지만 늘 바쁜 사람이 있는가 하면 여유로운 사람도 있다. 다
른 조건은 따질 필요가 없다. 내가 선택하고 내가 만들어가야 한다.
내가 처한 상황이 아무리 힘들지라도 이미 나에게 주어진 현실이다.
그렇다면 받아들여야 한다. 다른 사람과 비교하며 불평해봐야 소용
없다. 어찌할 수 없는 상황은 받아들이고 내가 할 수 있는 일은 최선
을 다해야 한다.

우리는 늘 깨어 있어야 한다. 내가 누구인지, 내가 무엇을 할 수 있
는지, 내가 무엇을 해야 하는지 알아야 하기 때문이다. 나의 중심을
잡고 불변의 진리와 나의 위치나 상황에 따라 달라질 수 있는 상대적
진리를 구별할 수 있어야 한다. 동서남북은 변함이 없으며, 전후좌우
상하는 상황에 따라 달라질 수 있다는 걸 알아야 한다는 말이다.

나를 찾는 것이 가장 먼저다. 나를 찾고 나의 중심을 바로 세우면 주변과 세상이 보이기 시작한다. 어디 멀리서 나를 찾으려 하지 마라. 나를 찾는 일도, 행복을 찾는 일도 모두 내 안에 있다. 내가 살아가고 있는 일상에서 해결해야 한다. 일상을 떠나서는 아무것도 얻을 수 없다. 일상을 떠나면 행복해질 수 있다고 생각하지만 그것은 진정한 행복이 아니다. 특별한 무언가를 찾으려 하지 마라. 특별한 것은 평범한 일상 속에 있다. 모두가 특별하다고 생각하는 것은 더 이상 특별하지 않다. 살면서 마주치는 사소하고 평범한 대상에게 내가 특별한 의미를 부여할 때 일상은 특별해진다. 다시 말하면 일상에서 마주치는 모든 일에 자신만의 의미를 부여하고 스스로 해야 할 도리를 다하면 저마다 특별한 삶을 만들어갈 수 있다.

오늘날 우리가 살고 있는 지구는 심한 몸살을 앓고 있다. 특히 환경오염으로 인한 문제는 심각하다. 이 같은 상황이 지속된다면 앞으로 지구가 얼마나 더 유지될 수 있을지 알 수 없다. 인간의 이기심과 탐욕이 빚어낸 결과다. 우리 개개인이 진정으로 자신을 사랑하지 못하고 삶의 당당한 주인으로 살아가지 못하기 때문이다. 남들에게 보여주기 위한 가식적인 삶을 살아가고 있기 때문이다.

심각하게 오염된 지구환경은 한 개인이나 국가의 노력만으로는 결코 회복될 수 없다. 우리 모두가 지구시민이라는 하나의 마음으로 다함께 협력해야 한다. 무엇보다 내가 먼저 앞장서야 한다. 다른 사람들에게 이래라 저래라 지시하고 간섭할 것이 아니라 내가 먼저 행동으로 직접 보여주어야 한다. 진정한 나를 찾고, 나를 사랑하는 법을 배워야 한다. 내 삶의 당당한 주인으로 살아가는 법을 배워야 한다.

답을 멀리서 찾을 필요는 없다. 지금 이 순간 내가 살아가고 있는 바로 이 자리에서 그 첫발을 내딛자. 나를 치유하고, 이웃의 아픔을 어루만져주고, 나아가 지구를 살리는 소중한 첫걸음을 시작해보자. 눈부신 햇살 머금은 5월의 신록이 푸름을 더해가는 계절에 자연과 인간이 공존할 수 있는, 너와 나 그리고 우리 모두가 더불어 행복한 세상을 만들기 위한 가슴 설레는 여정을 함께 떠나고 싶지 않은가.

어떻게
살아야
하는가

1장

사람으로 산다는 것

　때로는 의도하지 않은 말이나 행동이 상대방에게 큰 피해를 줄 수도 있다. 학교 정문을 지나 오르막길 양쪽으로 히말라야시다나무가 줄지어 보초를 서고 있다. 나무 아래엔 철쭉이 낮은 포복자세로 경계태세를 취하고 있다. 오르막을 따라 올라서면 오른쪽 화단에 동백나무 한 그루가 우뚝 서 있다. 요즘 동백꽃이 한창이다. 절정에 이른 붉은 열정을 내려놓고 바닥에서 뒹구는 꽃송이도 보인다. 이 동백나무 우듬지에 직박구리가 앉아 있는 모습을 자주 본다. 출근길에도, 점심시간에도 내가 지나갈 때마다 큰 소리로 외쳐댄다. 어제 오전 수업이 없는 시간에 산책을 하고 있었다. 화단 밖 길바닥에 동백꽃 두 송이가 떨어져 있는 걸 보고 휴대폰에 담아둘 생각이었다. 사진을 찍기 위해 동백나무로 다가가는데 직박구리 한 녀석이 학교가 떠나갈 듯 울어댔다. 학창시절에 실시하던 민방위훈련 사이렌으로 비교하자면 거의 공습경보 수준이었다.

직박구리가 왜 갑자기 목이 찢어질듯 울부짖을까 순간 궁금해졌다. 산으로 자주 산책을 가는 내 경험으로는 위급함을 알리는 소리가 분명했다. 이 동백나무에 보금자리를 마련해두었을 거라 짐작했다. 얼마나 걱정이 되었으면 저럴까. 아기 새였다면 불안함과 두려움에서, 어미 새였다면 모성애와 보호본능까지 동원한 결과였으리라.

사람이나 동물이나 마찬가지란 생각이 든다. 그렇다면 사람으로 산다는 것은 무엇일까. 사람으로 태어나 살아가고 있다면 모두 사람으로 사는 것일까.

사람마다 의식수준은 천차만별이다. 매일 자신을 들여다보며 성찰하고 반성하는 사람들이 있다. 이들은 하루를 어떻게 살았는지 점검하고 오늘보다 나은 내일을 위해 노력한다. 내게 주어진 하루를 아낌없이 활용하며 내면을 살찌우고 덕(德)을 쌓아가는 사람들이다.

이와는 반대로 아무 생각 없이 하루를 연명하는 데 급급한 사람들이 있다. 이들은 왜 사는지도 모르고 또한 알고 싶어 하지도 않는다. 삶의 목표가 없으니 부평초처럼 떠다니며 분위기에 휩쓸릴 뿐이다. 삶을 긍정적으로 보지도 않는다. 단지 오늘 하루 배불리 먹으면 만족스럽고 굶게 되면 여지없이 삐딱한 마음을 먹는다.

사람은 누구나 마음속에 감정이 존재한다. 기쁨, 행복, 즐거움이나 슬픔, 불행, 짜증 등이 그것이다. 이 중에서 기쁨, 행복, 즐거움은 우리에게 좋은 감정이고, 슬픔, 불행, 짜증과 같은 감정은 흔히들 나쁘다고 말한다. 우리는 늘 좋은 것과 나쁜 것으로 분별한다. 이른바 좋은 것은 담아두려 하고 나쁜 것은 버리려 한다. 오직 이분법으로만 세상을 재단하려 한다. 나누고 분류하는 것이 중요한 게 아닌데 자꾸만 구분하는 걸 좋아한다. 나는 이런 부류에 속하니 우수하고 뛰어난 사람인데, 너는 저런 부류에 속하니 열등하고 모자란 사람이라고 생각한다. 무엇을 기준으로 판단을 한단 말인가. 어떤 가치를 바탕으로 구분을 한단 말인가. 스스로 판단하고 구분할 능력이 있기는 한가.

먼저 이 세상 모든 존재를 있는 그대로 인정하고 존중해야 한다. 너와 나 그리고 우리 모두가 똑같이 소중한 존재라는 사실을 알아야 한다. 자신의 소중함과 존재 이유를 먼저 깨달아야 한다. 진정으로 자신을 소중하게 여기고 자신의 존재 이유를 알아야만 다른 사람도 소중하게 생각한다. 자신의 내면을 살피고 알아가는 시간을 먼저 경험해야 한다.

옛말에 지피지기(知彼知己)면 백전백승(百戰百勝)이라고 하지 않았던가. 나를 알고 적을 알면 항상 이긴다는 말이다. 사람들은 대개 자신의 내면이 아니라 외부에 시선을 둔다. 자신을 살피기보다 남의 말이나 행동을 지나치게 신경 쓴다. 답은 바로 내 안에 있다. 이를 머리로만 이해하고 있으면 안 된다. 생각만 하고 행동으로 옮기지 않으면 아무런 결과도 얻을 수 없다.

일상 속에서 흔히 말하는 우리 속담이 있다. 구슬이 서 말이라도 꿰어야 보배다. 부뚜막의 소금도 집어넣어야 짜다. 이러한 속담이 하루아침에 만들어졌을 리 없다. 옛날부터 사람들은 좋은 생각을 실제 행동으로 옮기는 일이 쉽지 않다는 사실을 알았으리라 짐작할 수 있다. 그만큼 실천하는 힘이 중요하다는 말이기도 하다.

사람으로 산다는 건 특별하지 않다. 사람으로 산다는 건 지극히 평범한 일이다. 너와 내가 하루하루 살아가는 삶 자체가 바로 사람으로 사는 것이다. 남들에게 특별한 무언가를 보여주려는 삶이 아니다.

아침에 일어나 거실 창가를 둘러보며 화초들이 밤새 잘 잤는지 살펴본다. 킨기아눔의 진한 향기가 번져 나오는 아침을 즐긴다. 꽃 기린이 수줍은 얼굴을 발그레 내미는 모습을 바라본다. 꽃망울을 하나씩 늘이는 제라늄을 보며 흐뭇하게 미소 짓는다. 봄을 맞은 인도 고무나무가 이파리를 더욱 분주하게 내밀고 있다. 새로 돋아나는 연 둣빛 이파리를 지그시 바라보며 새 생명을 떠올린다.

새로운 생명은 소중하다. 사람이나 식물이나 모두 마찬가지다. 이 세상 어떤 존재도 생명은 귀한 것이다. 생명에는 사랑이 깃들어 있다. 서로를 존중하는 따스한 사랑이 있다. 언제라도 함께 할 수 있는 마음이 있다. 서로 도우며 공존하는 마음이 있다. 홀로 가기보다 손을 맞잡고 함께 걸어가면 어려움이 닥치더라도 잘 이겨낼 수 있다. 서로 사랑하는 마음과 함께하는 마음이 우리를 살아갈 수 있게 한다.

혼자 살아가는 삶은 누구에게도 방해를 받지 않으니 편안하다고 생각하기 쉽다. 편안하기만 하면 좋은 삶일까. 편안함이란 무엇인가. 아무 일도 하지 않고 가만히 앉아 있으면 몸은 편안할 수 있다. 몸만 편안하면 마음도 편안할 수 있는가. 마음이 편안하지 못하면 몸도 진정으로 편안할 수 없다. 몸과 마음은 밀접한 관련이 있기 때문이다.

살아가면서 자기 것만 챙기고 주위 사람은 아랑곳하지 않는 이들이 있다. 이들이 길가의 풀꽃에게 관심을 주지 않는 것은 당연하다. 자연이 주는 수많은 혜택을 느끼지 못한다. 나는 어떻게 살아왔는가. 내 것만 챙기려는 마음에 다른 사람이 이익을 얻으면 배 아파하지는 않았는가. 길가의 돌멩이나 풀꽃을 소중하게 여긴 적이 있는가.

자연과 인간은 더불어 살아가는 존재다. 인간이 자연을 지배해서는 안 된다. 우리 인간도 자연의 일부일 뿐이다. 자연과 인간을 분리해서 생각하면 안 된다. 평소 자연의 모습을 자세히 살펴보아야 한다. 자연의 이치를 살펴보고 계절 따라 변화하는 자연의 경이를 느껴보라는 말이다. 갑작스러운 변화는 일어나지 않는다. 예기치 않은 변화가 일어났다면 그것은 순리를 따르지 않고 있다는 증거다. 그것은 인간의 탐욕과 이기심이 자연에 영향을 주었기 때문에 일어나는 현상이다.

우리는 자연 속에서 자연과 하나 되는 법을 배워야 한다. 인위적인 변화를 만들어내거나 개인적인 이익을 챙기려고 하고 싶은 대로 행동하면 안 된다. 무엇을 하든 나만 생각하면 곤란하다. 내가 속한 자연이라는 큰 그림을 먼저 볼 줄 알아야 한다. 우리는 모두 각자의 그림을 그리고 있다. 자신만의 특색을 담은 작품을 만들어가고 있다. 진정한 나를 표현하는 그림을 그려야 한다. 나만의 속도로 그리고 만들어가야 한다. 자연은 남이 하는 대로 따라 하지 않는다. 남의 속도에 맞추려 허둥대지도 않는다. 오직 자신만의 속도로 그려나간다.

진정 나를 표현한다는 말은 어떤 의미인가. 다른 사람들의 눈치를 볼 필요가 없다는 말이다. 나를 사랑하고 나를 들여다보라는 말이다. 옆에 있는 친구가 달리기 시작한다고 나도 덩달아 달릴 필요는 없다. 다른 사람과 비교하지 말라는 뜻이다. 자신을 제대로 알고 있다면 남의 시선이나 말에 흔들리지 않는다. 이렇듯 진정한 나를 찾고 나를 표현할 줄 알게 되면 자연스레 다른 사람과 조화를 이룬다. 동시에 자신만의 색다른 멋을 보여줄 수 있다. 특별한 무언가를 보여주려 한다고 할 수 있는 건 아니다. 진정한 자신을 찾는 것이 먼저다. 내가 가진 모든 걸 있는 그대로 보여주기만 하면 된다. 그것이 나의 특별함이요, 조화를 이룰 수 있는 가장 현명한 방법이다.

우리는 모두 자신만의 특징을 지니고 태어났다. 자신을 표현하기 위해 특별히 애쓸 필요도 없다. 내가 갖고 태어난 자질과 특질을 그대로 간직하면 된다. 특별하게 잘 보이려 노력할 필요도 없다. 본래 우리가 물려받은 몸과 마음을 그대로 간직하기만 하면 된다.

자연의 모습을 가만히 관찰해보라. 겉멋을 부리지도 지나치게 애를 쓰거나 노력하지도 않는다. 자신에게 주어진 역할을 때맞춰 다하고 있을 뿐이다. 더도 말고 덜도 말고 딱 그만큼만 하면 된다. 나만

의 그림을 그리는 데 최선을 다하지 말라는 의미가 아니다. 나에게
는 내가 해야 할 소명이 있고, 너에게는 네가 해야 할 소명이 있다.
우리는 태어날 때 각자의 소명을 부여받았다. 먼저 그 소명이 무엇
인지 알아내어 그것을 다하면 된다.

자연이 주는 메시지를 잘 살펴라. 모든 답은 자연에 있다. 인간은
자연의 일부라고 하지 않았던가. 자연의 일부인 우리도 당연히 자연
의 이치를 몸속에 지니고 있다. 그 사실을 우리가 알아차리지 못하
고 있을 뿐이다. 이미 지니고 있는 것을 알지 못하기 때문에 화합하
지 못하고 욕심만 부리려 한다. 내가 가진 소중한 자산을 적절하게
활용할 줄 알아야 한다. 이기심과 탐욕에 눈이 멀어 마음이 흐려지
면 안 된다. 마음을 맑게 하고 의식을 높이려 노력해야 한다. 그래야
만 진정한 자신을 찾고 나의 가치를 제대로 인식할 수 있다.

자신의 가치를 제대로 인식하면 우리는 조화로운 삶을 살아갈
수 있다. 우리가 노력해야 할 것은 물질적인 풍요를 얻는 게 아니라
자신의 내면을 들여다보고 마음을 닦는 일이다. 양파 껍질을 까듯
까고 또 까내어 자신의 본래 모습을 찾아내는 일이다. 때 묻지 않은
순수한 자신의 본성을 찾아내는 일이다.

우리는 모두 자신만의 가치를 지니고 태어났다. 자연도, 사람도
모두 마찬가지다. 자연은 자신의 본성을 그대로 보여준다. 그것이
바로 자연의 이치다. 자연이 하는 일을 그대로 두면 그야말로 자연
스럽게 이치에 따라 모든 일이 저절로 이루어진다. 더 이상 아무런
노력도 필요 없다. 모두가 조화롭게 맞물려 돌아가고 있다. 인간만

이 개인적인 욕심을 버리고 마음을 비우면 된다.

사람으로 살아간다는 것은 특별한 그 무엇이 아니다. 먼저 자신의 내면을 살펴 자신의 가치와 존재를 깨닫고 자신의 소명을 다하는 삶이다. 다른 사람의 눈치를 보지 않고 나만의 그림을 그려나가는 삶이다. 잘 그리려 애쓸 필요도 없다. 그냥 그리면 된다. 힘을 빼고 내가 가진 물감으로 나만의 색깔을 칠하면 된다. 나만의 색깔이 곧 조화로운 색깔이다. 주변의 색깔이 예뻐 보인다고 따라 하지 마라. 나와 다른 색을 인정해주고 나의 색을 유지하면 된다. 그것이 진정 조화로운 삶이요, 사람으로 살아가는 삶이다.

물질과 성공을 바라는 사람들

우리가 물질적으로 지금보다 더 풍요로운 적이 있었는가. 생활용품은 차고 넘친다. 어떤 물건을 골라야 할지 결정 장애가 일어날 정도다. 식당에서 음식을 주문할 때도 무얼 먹을지 고민하게 된다. 없어서 못 먹고 부족해서 못한다는 것은 옛말이다.

내가 초등학교를 다녔을 때 신학기가 되면 담임선생님이 가정환경을 조사했다. 집에 TV가 있는 사람, 냉장고, 전화기, 라디오 등등이 있는 사람은 손을 들어보라고 했다. 그 시절엔 TV 있는 집이 거의 없었다. 시골마을 전체에 TV가 겨우 한두 대뿐이었다. 주말에 재미있는 프로그램을 보기 위해 돈을 내고 TV를 시청하러 가기도 했다.

우리 집은 마을에서 외따로 떨어져 있었다. 내가 초등학교 5학년 때까지 우리 집에는 전기도 들어오지 않아 호롱불이나 촛불을 사용했다. 그러다가 아버지께서 직사각형 모양의 검은색 배터리를 구입해 와서 형광등을 켜기도 했다. 물질적으로 풍요롭지는 못했지만 큰 불편함을 느끼지는 않았다.

요즘은 시골에서도 전기나 TV가 없는 집은 찾아보기 힘들다. 얼마나 풍족한 세상인가. 하지만 자신의 삶에 만족하는 사람들은 그리 많지 않다. 물질적 풍요를 누리고 있지만 삶이 만족스럽지 못한 이유는 정신적 성숙이 물질적 성장을 따라가지 못하기 때문이다.

많은 사람들은 성공하고 부자가 되기를 원한다. 성공이란 무엇인가. 어떻게 살아가는 게 성공적인 삶인가. 사람마다 성공에 대한 기준이 다르고, 지극히 주관적이다. 스스로 정해놓은 성공 기준을 충족하지 못하면 불행하다고 느낀다. 성공 기준이 높을수록 성공할 확률은 낮아진다. 또한 사람들은 대부분 자신의 현재 상황을 다른 사람과 비교하는 경향이 있다. 이렇게 비교하다 보니 많은 사람들은 자신이 성공하지 못했다고 생각한다.

나는 지금까지 어떤 삶을 살아왔는가. 청소년기엔 남의 눈을 지나치게 의식하며 살았다. 나의 잠재능력, 외모, 성격 등을 다른 친구들과 비교하며 스스로 부족하다고 생각했다. 남들보다 부족하고 못났다고 여기니 열등의식이 커졌다. 매사에 자신감이 부족하고 성취감을 느낄 수 없었다. 객관적인 기준으로도 남들보다 못한 것이 없어도 자신을 과소평가하곤 했다.

우리 사회는 물질과 외모를 중시하는 경향이 강하다. 단기간에 급성장을 이루었기 때문에 나타난 결과라고 볼 수 있다. 오직 겉으로 드러난 부분과 성공이라는 결과만 중시한다. 눈에 보이지 않는 내면과 결과를 이루는 과정에는 별 관심이 없다. 일을 추진하는 과정이 아무리 좋아도 결과가 시원찮으면 인정하지 않는다.

가장 대표적인 사례로 영업사원을 들 수 있다. 한 달 동안 쉴 틈 없이 영업활동을 했지만 월말에 거둔 실적이 낮으면 그간의 모든 노력은 헛수고다. 계약을 성사하기 위해 많은 시간과 노력을 기울였지만 계약이라는 결과를 얻지 못하면 아무것도 인정받지 못한다.

우리는 많은 돈을 벌고 높은 지위를 얻어 소위 성공하기 위해 무한 경쟁 속에서 바쁜 삶을 살아가고 있다. 누구를 위한 경쟁인가. 도대체 무엇을 위한 경쟁이란 말인가. 물질적인 풍요와 성공이 우리 삶에서 가장 소중한 가치인가. 지금과 같은 사회구조에서는 경쟁은 끝이 없다. 아무리 노력해도 극소수만이 성공하고 그 혜택을 누릴 수 있을 뿐이다. 부의 대물림은 계속되고 빈부 차는 더욱 커지고 있다.

인간은 모두 행복하길 원하지만, 물질과 성공만을 바라는 사람들은 결코 행복한 삶을 살 수 없다. 아무리 많은 재산을 갖고 있고, 아무리 높은 지위에 오르더라도 만족할 줄 모른다. 끊임없이 채우려는 마음을 내려놓아야 한다. 그렇지 않으면 영원히 행복할 수 없다.

'과유불급(過猶不及)'이란 말이 있다. 『논어(論語)』의 「선진(先進)」편에 나오는 말로 정도(程度)를 지나침은 미치지 못함과 같다는 뜻이다. 중용(中庸)의 도(道)를 지키는 것이 중요하다는 말이다. 물질적 풍요와 성공에 대한 지나친 집착은 우리의 삶을 궁지로 몰아넣을 수 있다. 욕심을 버리고 내 삶에 꼭 필요한 만큼만 가지고 나머지는 부족한 이웃에게 베풀며 살아가야 한다.

트리나 폴러스(Trina Paulus)가 쓴 『꽃들에게 희망을』에 애벌레 이야기가 나온다. 어디로 가는지도 모른 채 애벌레들이 높은 기둥을 기어오른다. 목표도 없이 서로 짓밟으며 오직 높이 오르겠다는 욕망으로 가득 찬 애벌레들은 무한 경쟁만 할 뿐이다. 물질과 성공만을 추구하는 사람들은 바로 그 애벌레와 같은 삶을 살아가고 있다. 목적지도 없이 달리는 무한 경쟁의 열차에서 빨리 내려야 한다. 어디인지도 모르는 종착역에 닿게 되면 모두가 파멸에 이르게 될 것이다.

욕망은 욕망을 부른다. 성공에 대한 집착도 욕망을 부른다. 사전에 완벽하게 차단해야 한다. 어떻게 차단해야 하는가. 나부터 앞장서야 한다. 상대방에게 먼저 변화하라고 요구하면 안 된다. 내가 먼저 솔선수범하는 모습을 보여야 한다. 외부를 향한 시선을 자신의 내면으로 돌려야 한다. 그래야 남과 비교하지 않게 된다. 비교하기 시작하면 끝이 없다. 자꾸만 다른 사람에게서 나보다 나은 점을 보게 된다. 나에게도 여러 가지 장점이 있건만, 내가 갖지 못한 부분만 자각하게 된다. 마음이 불안해지고 부족한 부분을 채우려 애쓰게 된다. 경쟁심은 더욱 커진다. 무한 경쟁이 시작되는 것이다. 선의의 경쟁을 펼치며 함께 성장하고자 하는 마음은 전혀 없어진다. 오직 상대방을 물리치고 이기겠다는 생각뿐이다. 내 편은 아무도 없고 적만 남게 된다. 비교 대상이 되는 모두가 적으로 남을 뿐이다.

군이 비교하고 싶다면 어제의 나와 오늘의 나를 비교하라. 다른 사람들과의 맹목적인 경쟁을 추구하지 말고 자신의 성장과 발전을 확인하기 위한 비교를 하라. 내가 갖고 있지 않은 것을 원망하거나 불평하지 말고 내가 갖고 있는 것에 감사하는 연습을 하라. 내가 가진 것을 하나씩 찾아 감사하는 마음을 갖기 시작하면 마음은 더욱 차분하고 넓어진다. 마음의 여유가 생긴다. 감사하는 마음이 커지게 되면 평소에는 사소하게 여기던 것도 감사하게 된다. 당연하게 여기던 것들이 모두 감사의 대상이 된다.

자신에게 감사하는 마음이 생기면 진정 자신을 사랑할 수 있다. 자신을 사랑하는 마음이 생기면 다른 사람들을 사랑하고 감사하게 된다. 사랑과 감사의 마음이 점점 더 큰 에너지 장을 만들어간다. 긍정의 에너지가 번져나가게 된다. 무한 경쟁은 사라지고 모두 함께 성장 발전할 수 있는 환경이 만들어진다.

물질에 눈먼 사람들아! 성공에 집착하는 사람들아! 어디를 바라보고 있는가. 무엇을 향해 끊임없이 달려가고 있는가. 잠시만 그 자리에 멈춰 서보라. 무엇이 그리 바쁘고 할 일이 많은가. 목표도 없이 다른 사람의 뒤통수만 보고 따라가지 마라. 저 앞에 무엇이 있는지 알지도 못하면서 무작정 따라가지 마라.

일단 멈춰라. 거리조차 알 수 없는 먼 산을 바라보지 말고 내 안을 바라보라. 모든 것은 나에게서 출발한다. 내가 중심이 되어야 한다. 이기적이거나 자기중심적이 되라는 말이 아니다. 자신을 제대로 알고 스스로 중심을 잡으라는 말이다. 그러기 위해서는 나를 잘 관찰해야 한다. 겉모습만으로 판단해서는 안 된다. 내면을 잘 들여다봐야 한다. 나의 내면은 무한하다. 한두 번으로 알 수 있는 얕은 동굴이 아니다. 직선으로만 달려서는 속속들이 알 수 없다. 천천히 주위를 살피며 자세히 둘러봐야 한다. 굽이돌아가는 산모퉁이 오솔길을 걷듯 천천히 음미하며 걸어야 한다.

내면의 동굴 어딘가에 소중한 보물이 묻혀 있을지도 모른다. 내 안의 보물을 지나치면 안 된다. 그 보물은 내 마음을 닦아주고 씻어줄 맑은 샘물이다. 맑은 샘물을 찾아내어 잘 보존해야 한다. 갈증을 해소해줄 사막의 오아시스다. 물질과 성공이라는 욕망에 빠진 내 영혼의 갈증을 풀어줄 오아시스다. 우리 모두는 자신의 내면에 소중한 보물인 맑은 샘물을 가지고 있다. 외부로 향한 시선을 내면으로 돌려 이러한 보물을 반드시 찾아내어 잘 간직해야 한다.

황사와 미세먼지로 시야가 흐려지는 계절이 다가오고 있다. 눈앞에 보이는 대상물이 희뿌옇게 보이는가. 황사와 미세먼지는 바로 당신의 마음속에 깊이 뿌리내리고 있는 물질과 성공에 대한 집착이요 욕망이다. 자동차 앞 유리에 먼지가 쌓이면 앞을 잘 볼 수 없듯이 당신의 마음속에 욕망이 쌓이면 진정으로 자신을 사랑하고 감사하는 마음을 가질 수 없다. 마음속에 쌓인 물질과 성공에 대한 욕망을 오아시스 같은 내면의 맑은 샘물로 닦아내고 씻어내라.

물질과 성공을 바라는 삶은 결코 우리 삶의 본질이 될 수 없다. 삶의 본질은 내면에서 찾아야 한다. 우리 모두가 본래 갖고 태어난, 있는 그대로의 자신을 찾아야 한다. 본래의 인간성을 회복해야 한다. 때 묻지 않은 순수한 나의 본성을 보존해야 한다.

외롭고 아프고 힘겨운 이유

초등학교 6학년 추석이 보름도 채 남지 않은 어느 날이었다. 늦여름 햇살이 따가운 오후, 친구들과 구슬치기를 하고 혼자 집으로 걸어가고 있었다. 운이 좋았는지 오랜만에 구슬을 따서 발걸음도 가벼웠다. 주머니 속에 불룩하니 구슬을 만지작거리며 바랭이풀이 무성하게 자라는 비포장 길을 따라 걷다 보니 들판 저 건너 우리 집이 보였다. 바로 그때 누군가 헐레벌떡 뛰어왔다. 앞집 과수원 아주머니였다.

"창운아! 느그 엄마 돌아가셨다 아이가."

"……."

그 순간 아무 말도 하지 못한 채 그 자리에 멈췄다. 조금 전 흐뭇해하며 주머니 속에 넣어두었던 구슬을 다시 만지작거리며 '이 구슬을 어떻게 하지. 오랜만에 딴 구슬인데 지금 이걸 가지고 가야 하나'

하며 갈등하다 길옆 풀숲에 모두 던져버렸다. 어린 마음에 구슬이 아깝기도 하고 지금 이 상황에서 이깟 구슬이 무슨 소용 있을까 하는 생각이 교차했던 모양이다.

눈물은 나지 않았다. 어떻게 집으로 갔는지 기억이 잘 나지 않는다. 집에 도착해서 보니 엄마는 큰방에 반듯하게 누워 계셨다. 하늘색 호청으로 만든 요를 깔고 눈을 감은 채 미동도 없었다. 손을 잡아보니 손끝이 싸늘한 느낌이었다. 그 순간 인공호흡 생각이 났다. 어설픈 동작으로 엄마 입에다 대고 몇 차례 숨을 불어넣었지만 아무 반응이 없었다.

아버지는 사과밭에 쓸 퇴비를 마련하기 위해 풀을 베러 갔다고 했다. 마당가에 매어둔 흰둥이가 목줄이 꼬여 울어댔던 모양이다. 혼자 집에 있던 엄마는 흰둥이의 목줄을 풀어주러 나갔다가 갑자기 쓰러진 것이었다.

앞집 아주머니가 병원에 연락을 했는지 구급차가 왔다. 우리 집이 시골 외딴집이라 구급차가 집 안까지 들어올 수 없었다. 거기까지였다. 엄마는 더 이상 미소 짓는 얼굴로 내 앞에 나타나지 않았다.

들것도 없이 하늘색 요에 감싸인 채 사과나무 사이를 지나 엄마가 구급차로 옮겨지던 모습이 아직도 눈에 선하다. 그 뒤를 따르며 울부짖던 내 목소리가 들리는 듯하다.

급한 성격에다 잔정이 별로 없는 아버지 밑에서 자란 탓에 엄마만 믿고 의지하던 철부지 막내아들은 더 이상 마음 둘 곳이 없었다. 엄마가 없는 세상은 상상도 하기 싫었다. 하지만 현실이었다. 받아들이지 않을 수 없는 현실이었다.

원래 내성적이었던 나는 말수가 더욱 줄어들었다. 하고 싶은 일이 있어도, 갖고 싶은 물건이 있어도 누구에게 말하겠는가. 모든 걸 속으로만 꾹꾹 눌러 담을 수밖에 없었다. 남들이 보기엔 의젓한 애어른으로 보였다. 얌전하고 착실한 그야말로 '착한 아이'가 된 것이었다.

내가 얼마나 까칠한 막내였는지 엄마가 돌아가시기 전 시절을 돌아본다. 대여섯 살 무렵이었을까. 태어날 때부터 위 기능이 좋지 않았는지 나는 배고픔을 참을 수가 없었다. 끼니때가 되면 큰방에 드러누워 투정을 부렸다. 양쪽 다리를 들어 올려 부엌 쪽 벽을 발로 걸어차곤 했다. 얼마나 심하게 그랬는지 부엌에서 벽을 바라보면 벽면이 약간 불룩해 보일 정도였다.

당시에 쌀밥만 먹는 집은 거의 없었다. 하지만 우리 집은 과수원 집이라 형편이 그런대로 나은 편이었다. 밥상에 흰 쌀밥이 올라왔지만 나는 밥투정이 심했다. 참기름으로 쌀밥을 비벼주지 않으면 먹지 않았다. 밥을 조금만 늦게 줘도 드러누워 발길질을 해대며 울고불고 난리였다.

갑작스레 엄마를 잃은 충격을 안은 채 어린 시절이 지나고 또 다른 우여곡절을 겪으며 성장했다. 내 마음속엔 늘 엄마에 대한 그리움이 남아 있었다. 어린 나이에 겪은 충격이 작지 않았던 모양이다.

대학을 졸업하고 직장생활을 시작한 후의 일이었다. 동료들과 모임을 하고 나서 식사와 술을 함께 했다. 잘 마시지 못하는 술이지만 몇 잔을 마시고 나자 마음속에 차곡차곡 눌러 담아두었던 슬픔과 아픔이 쏟아져 나오기 시작했다. 부끄러운 이야기지만 동료들이 보는 앞에서 큰소리로 울부짖었다. 한 번 시작된 행동은 동료들이건 친구들이건 술만 마시고나면 계속되었다. 습관처럼 울었고 아무 거리낌 없이 반복하곤 했다. 무슨 심리에서 나온 행동인지 알 수는 없었지만 한 두 번은 그럴 수도 있다고 치더라도 술자리 때마다 반복하는 것은 문제가 있었다.

시간이 흘러 나이가 마흔에 접어들 무렵이었다. 그때까지도 술만 마시면 대성통곡을 했다. 회식이 있던 어느 날이었다. 직장 선배 한 분이 아무도 없는 화장실에서 나에게 단호하게 말했다.

"김 선생! 나이 마흔이 다 되었는데 이건 아니다. 정신 똑바로 차리고 앞으로는 절대 그러지 마라."

술김에 하는 말씀은 분명 아니었다.

그날 이후 술을 마시면 가끔씩 눈물이 나려고 할 때는 있었지만 더 이상 큰 소리로 우는 일은 없다. 따끔하게 충고를 해준 선배님께 진심으로 감사드린다.

누구나 살아가면서 여러 가지 일을 겪는다. 아픔, 슬픔, 기쁨, 괴로움 등 많은 일들이 일어난다. 그때마다 우리는 어떻게 살아가고 있는가.

교무실에서 사이버연수를 듣다가 전화 통화를 위해 밖으로 나갔다. 교정을 둘러보며 후문 쪽 내리막길로 내려가 벚나무 아래 벤치에 앉았다. 이은대 작가님께 전화를 하니 자신감이 느껴지는 우렁찬 목소리가 들려왔다. 목소리를 듣는 것만으로도 반가웠고 힘이 나는 듯했다. 게다가 글쓰기 조언까지 친절하게 해주니 마음이 든든해졌다.

요 며칠 사이 내가 심리적으로 많이 힘들었던 모양이다. 좋은 글을 쓰고 싶은데 뜻대로 되지 않으니 순간순간 포기하고 싶은 마음도 있었나 보다. 답답하던 마음이 한순간 뻥 뚫리는 기분이다. 전화 통화를 마치고 다시 교무실로 돌아오면서 하늘을 올려다보았다. 햇살이 눈부셨고 구름조각이 군데군데 떠가는 풍경이 보였다. 비행기가 지나간 자리가 하얗게 두 갈래 길을 만들고 있었다. 마음이 더할 나위 없이 홀가분하고 행복했다. 교정을 둘러보니 모든 것들이 새롭게 느껴졌다. 화단에 있는 나무도 더 푸르고 얼굴을 스치는 바람도 상쾌했다.

오늘 아침까지만 해도 마음이 바쁘고 힘들었는데 어찌된 일일까. 작가님과의 전화 한 통화에 기분이 이렇게 달라질 수 있단 말인가.

누구나 고민을 안고 살아간다. 답답한 마음에 해결하려고 계속 붙잡고 생각을 해도 실마리가 풀리지 않는다. 문제의 원인이 무엇인지 찾아야 한다. 스스로 해결할 수 있는 문제도 있지만 혼자 해결할 수 없는 경우도 많다. 어떻게 하면 될까. 지인의 도움을 받거나 일단 누구에게라도 털어놓으면 길이 열린다. 혼자 속으로 끙끙거릴 필요가 없다.

외롭고 아프고 힘겨울수록 우리는 자존심을 내세우며 더욱 안으로만 침잠해간다. 잘못된 생각이다. 생각을 바꾸고 자존심을 내려놓는 일이 먼저다. 속된말로 자존심이 밥 먹여주는 것도 아니지 않은가. 다른 사람에게 말하기 어려우면 일단 답답한 마음을 글로 쓰기라도 해라. 글로 마음을 쏟아내다 보면 차츰 풀리게 된다. 털어놓는 그 자체만으로도 절반은 해결한 셈이다.

우리는 문제를 반드시 완벽하게 해결해야 한다는 강박관념을 가지는 경향이 있다. 문제가 생겼을 때 문제에 대한 자신의 생각을 누군가에게 솔직하게 털어놓는 것만으로도 마음은 한결 가벼워진다. 글로 표현하는 것도 마찬가지 효과를 얻을 수 있다.

누구나 외롭고 아프고 힘겨운 삶을 살아간다. 자존심을 지키기 위해 내색도 없이 내면으로 눌러 담고 있을 뿐이다. 겉보기엔 평탄하고 행복한 삶을 살아가고 있는 것처럼 보이는 사람들이 많다. 겉으로 드러난 모습일 뿐이다. 눈에 보이는 것이 전부가 아니라는 사실은 익히 알고 있지 않은가. 겉모습만 보고 판단하지 말라고 하지 않았던가.

척하는 삶에서 벗어나고 싶다. 외로우면 외롭다고 말하자. 아프면 아프다고 말하자. 힘겨우면 힘겹다고 솔직하게 말하자. 솔직한 심정을 말할 상대방이 없는가. 그렇다면 일기처럼 자신에게 털어놓듯 써봐도 된다. 다른 사람에게 피해를 주지 않는 범위 안에서 어떤 방법으로든 내 안에 쌓여 있는 감정을 털어놓는 것이 먼저다.

척하는 삶을 살아가는 이유는 다른 사람으로부터 본래의 내 모습을 인정받지 못하거나 공감을 얻지 못할까 걱정하기 때문이다. 척하는 삶이 습관이 되면 본인만 더욱 괴로워진다. 계속해서 척하는 강도를 높여가야만 하고 거짓말을 계속해야 하기 때문이다. 용기를 내어 한 번만 생각의 틀을 깨고 나오면 된다. 단 한 번만 틀을 깨는 시도를 해보자. 첫 번째 시도에서 실패하더라도 위축되지 말자. 다시 한 번 시도하고 또 시도하다 보면 반드시 틀을 깰 수 있는 날이 온다.

돌이켜보면 나도 내 삶의 주인이 아닌 '척하는' 삶을 살아왔다. 남들에게 보여주기 위한 삶을 사느라 외롭고 아프고 힘겨웠던 적이 많았다. 이제는 내가 당당한 내 삶의 주인이 되고 싶다. 몇 해 전부터 노력해왔지만 올해 이은대 작가님의 글쓰기 강좌를 들으면서 더욱 분명해졌다. 있는 그대로의 내 삶을 살아가기로 다짐하고 실천하려 노력하고 있다.

보통 사람들의 삶은 대부분 마찬가지라고 본다. 평범하다고 생각되는 그 삶이 사실은 진짜 우리의 삶이다. 다수의 평범한 삶이 특별한 삶이다. 외로우면 외롭다고 말하는 삶, 아프면 아프다고 말할 수 있는 삶 그리고 힘겨우면 힘겹다고 솔직하게 표현하는 삶이 진짜 우리의 특별한 삶이 된다. 자신의 삶과는 완전히 다른 삶을 애써 살려 하지 마라. 남들에게 잘 보이기 위해 노력하는 삶은 결코 특별하지 않다.

외롭고 아프고 힘겨운 삶에서 벗어나고 싶은가. 그렇다면 내 삶을 살아라. 있는 그대로의 나를 적나라하게 보여주는 진짜 내 삶을 살면 된다.

앞만 보고 달리는 당신

월요일 아침, 여느 때와 다름없이 5시에 일어나 컴퓨터를 켰다. 컴퓨터가 번뜩이며 깨어나는 동안 거실을 둘러보았다. 고무나무, 산세베리아, 보세란, 스킨답서스, 킨기아눔, 장미허브, 인삼벤자민, 제라늄, 꽃기린, 남천, 파키라 그리고 행복수가 차례로 눈에 들어왔다. 생각보다 많은 화분들이 거실 창가에서 생명력을 불어넣고 있는 모습에 감사한 마음이 들었다.

그사이 컴퓨터는 완전히 잠에서 깨어났는지 화면에서 울릉도의 코끼리바위와 비슷한 사진이 나를 맞이한다. 한글프로그램을 열고 하얀 페이지에서 깜빡이는 커서를 잠시 멍하니 바라보았다. 무슨 생각이 떠올랐는지 손가락이 자판 위를 분주하게 움직이기 시작하자 까만 글자들이 쉴 새 없이 줄지어 달리기 시작했다.

1시간 30여 분이 지났을까. 손가락들이 열심히 자판 위를 뛰어다녔지만 아직도 목표 분량을 채우지 못한 채 출근을 준비해야 했다. 마음이 개운치는 않았지만 미완성인 글을 이메일로 보내고 간단한 체조를 했다. 세수와 아침식사를 마치고 출근 준비를 끝냈다. 오늘따라 딸아이가 웬일인지 먼저 준비를 하고 내려갔다. 시간적 여유가 있는 줄 알았는데 생각보다 시간이 많이 흐른 것을 확인하고 서둘러 계단을 이용해 지하1층 주차장으로 뛰어 내려갔다.

　아뿔사! 시간적 여유가 있다고 마음을 놓아버린 탓인지 자동차 스마트키를 가져오지 않았다. 바지를 갈아입는 바람에 미처 챙기지 못한 것이다. 게다가 눈앞이 뭔가 흐릿한 느낌이 든다. 알고 보니 안경도 쓰지 않고 내려온 것이 아닌가. 지체할 시간이 없어 단숨에 5층까지 계단을 뛰어올라 현관문을 열고 들어섰다. 집사람이 놀란 표정으로 나를 바라보았다. 자동차 스마트키와 안경을 챙겨 다시 계단을 뛰어 내려갔더니 시간은 벌써 7시 31분을 가리키고 있었다.

　내가 이런 실수를 하다니 믿어지지가 않았다. 아침마다 아이들보다 먼저 준비를 하고 기다리던 내가 아니었던가. 미리미리 준비를 해서 마음의 여유를 가지고 출발하라고 늘 이야기했던 내가 늦은 데다 물건을 챙기지도 않는 실수를 저질렀으니 아이들을 볼 낯이 없었다. 속으로는 미안한 마음이 들었으나 내색하지 않고 서둘러 차를 몰고 출근길을 나섰다. 다행스럽게도 아이들이 별다른 투정 없이 받아줘서 고마웠다. 아들 녀석은 오히려 아직 시간적 여유가 있지 않느냐고 해서 더욱 마음이 놓였다.

아침마다 전쟁을 치르듯 허둥지둥 앞만 보고 달려가는 우리의 현실을 떠올려본다. 매일 아침 등교시간이 되면 집집마다 거의 같은 시간대에 현관문을 나서는 아이와 학부모의 분주한 모습을 보며 우리가 어디로 달려가고 있는지 생각해본다. 도대체 누구를 위해 무엇을 얻기 위해 아침마다 다람쥐 쳇바퀴 도는 삶을 살아야 하는가.

오늘날 많은 사람들이 넓게 뻗은 직선도로를 달리고 있다. 오직 앞으로 달려가는 것에만 관심을 기울인다. 지나온 길에 무엇이 있었는지 잘 기억하지 못한다. 목표지점까지 얼마나 빨리 달려가느냐에 따라 성공과 실패가 결정된다. 목표를 향해 달려가는 과정에서 어떤 소중한 경험을 했느냐는 중요하지 않다. 오로지 속도와 결과에만 관심을 쏟는다.

자연의 모습을 자세히 들여다보라. 직선은 거의 보이지 않고 대부분이 곡선이다. 곡선은 부드럽고 유연하다. 곡선은 온화하고 여유롭다. 곡선은 넉넉하고 편안하다. 곡선은 삶의 멋과 풍미를 가득 품고 있다.

대표적인 예로 굽이쳐 흐르는 강물을 보라. 한 구비씩 감아 돌 때마다 넉넉한 인심이 넘쳐난다. 동네 사람들의 따뜻한 정이 넘쳐흐른다. 꼬불꼬불 산모퉁이 돌아가는 시골길은 또 어떤가. 꾸부렁길을 걸으며 마음의 여유를 누릴 수 있다. 아침 출근길의 허둥대는 마음은 있을 수 없다.

어떤 삶을 살아가고 싶은가. 직선처럼 빠르기만 하고 무미건조한 삶을 살아가고 싶은가. 곡선처럼 여유롭고 풍성한 삶을 살아가고 싶은가. 선택은 누가하는가. 다름 아닌 내가 한다. 아무도 대신해줄 수 없다.

앞만 보고 내달리기만 할 것인가. 주위를 둘러보며 쉬어갈 것인가. 쉬지 않고 달리기만 한다고 반드시 원하는 바를 이룰 수 있는가. 힘들 땐 잠시 멈춰 재충전하며 내 옆에서 꿋꿋하게 살아가고 있는 작은 풀꽃의 삶을 느껴보라. 풀꽃의 소박한 삶이 내게 위로가 되어준다. 풀꽃이 내게 말은 하지 않아도 온몸으로 나를 깨우쳐준다.

향기도 곡선으로 온다. 봄날 피어난 꽃향기도 계속해서 내달리기만 하지 않는다. 바람이 불면 바람을 타고 둥실둥실 춤추며 우아한 곡선으로 번져온다. 나비도 덩실덩실 춤추며 날아오고 벌들은 빙글빙글 돌고 돌아 꽃을 찾아든다.

고개 들어 하늘을 보라. 두둥실 떠다니는 구름은 어떤가. 유연한 곡선이 보이지 않는가. 바람이 세차게 불면 제법 빠르게 이동할 테지만, 곡선의 여유로움과 넉넉함 그리고 부드러움이 느껴지지 않는가. 솜털같이 보드랍고 따스한 엄마 품이 느껴지지 않는가.

엄마의 가슴은 곡선이다. 말랑말랑하고 부드럽다. 엄마의 마음은 언제나 곡선을 닮았다. 서두름 없이 아이를 보살피는 엄마의 마음은 곡선이다. 사랑은 곡선이다. 직선의 사랑은 아프다. 상대방의 마음을 화살처럼 날아가 찌른다. 어우러질 수 없는 마음이 직선이다. 보듬어주고 배려할 줄 모르는 마음이 직선이다. 직선은 쟁취하려는 마음뿐이다. 직선은 일방통행이다. 직선은 양보하는 마음이 없다. 계속 앞으로만 달리다 장애물이 있으면 그대로 부딪친다. 힘이 있으면 뚫고 지나가버린다. 상대보다 약하면 부러지고 만다. 거기서 끝이다. 타협도 없다. 오로지 양극단만 있을 뿐이다.

엄마 품은 자연을 닮았다. 넓은 자연의 마음을 지니고 있다. 아늑하고 평온하다. 더 없이 맑고 풍성하다. 깊은 산속 옹달샘에서 맑은 물이 샘솟아나듯 엄마 품에서는 사랑이 샘솟는다. 아무리 포악한 사람이라도 엄마 품에서는 온순한 양이 된다. 본래의 선한 마음으로 돌아가게 된다. 곡선의 힘이다.

지구는 둥글다. 둥근 지구는 곡선이다. 지구는 우리 모두를 부드럽게 감싸 안고 있다. 서두르지 않고 자신만의 속도로 운행하고 있다. 흔들림 없이 자신만의 속도로 운행하고 있는 지구에 살고 있는 우리의 모습은 어떤가. 매일 아침 회색 도시에서 직선을 달리느라 정신없지 않은가. 누구를 위해, 무엇을 얻기 위해 그렇게 정신없이 달리기만 하는가. 달려가고 있는 목적지가 진정 자신이 가고 싶어 하는 곳인가. 앞만 보며 달리고 있으니 생각해 볼 여유조차도 없다.

오늘도, 내일도 아침만 되면 우리는 달리기 시작한다. 줄지어 늘어선 자동차들이 꼬리에 꼬리를 물고 달린다. 누가 앞에 끼어들기라도 하면 가만두지 않는다. 양보의 미덕은커녕 오직 바쁜 자신의 입장만 생각한다. 모두가 바쁘니 양보할 여유가 없는 것은 당연하다. 지각하지 않으려면 1분 1초가 급하다.

우리는 정말 시간적 여유가 없는 걸까. 시간의 흐름은 일정하여 하루 24시간이 정확히 흘러간다. 빠르거나 느리게 지나가는 경우는 절대 없다. 한 치의 오차도 없이 뚜벅뚜벅 걸어가고 있는 시간이 오늘을 살아가는 우리에겐 왜 그리 빠르게만 느껴지는가. 당신은 그 이유가 무엇이라고 생각하는가.

오래 생각할 필요도, 멀리 바라볼 필요도 없이 가까이서 시선을 돌려보라. 앞만 보고 달리지 말고 잠시만 멈춰보라. 내가 발 딛고 선 그 자리에서 가만히 눈을 감아보라. 나의 내면이 보이기 시작하는가. 내 안을 들여다보는 연습을 하라.

내 안에 무엇이 있는가. 곧게 뻗은 직선도로를 달리느라 한 번도 관심을 주지 못한 내 마음이 보이는가. 내면의 아이가 보이는가. 그 아이의 얼굴이 평온하고 여유로운가 아니면 무표정하게 굳었는가. 처음 만난 사이처럼 서먹서먹한가 아니면 오랜 친구처럼 여유롭고 믿음직스러워 보이는가. 불안에 떨며 흔들리는 모습인가.

지금 만나고 있는 아이의 모습이 평소 내 모습이다. 나는 어떤 모습으로 살아가고 싶은가. 내가 원하는 아이의 모습은 무엇인가. 불안하고 초조한 마음으로 허둥대며 뛰어가고 싶은가. 차분하고 평온한 마음으로 주위를 둘러보며 가벼운 발걸음으로 천천히 걸어가고 싶은가. 선택은 누가하는가. 잠시라도 생각할 시간을 가져보면 답은 이미 나와 있다. 우리 모두가 함께 행복한 삶을 살아가는 길은 정해져 있다.

가끔은 옆으로 고개를 돌려도 보고 뒤를 돌아보는 여유를 가져라. 앞만 보고 달려가면 아무것도 보이지 않는다. 보도블록 틈새에 뿌리내린 채 온 힘을 다해 자신의 존재를 알리는 작은 풀꽃이 있음을 느껴봐야 한다. 작은 풀꽃이 전하는 삶의 메시지를 들어야 한다. 작지만 강인한 생명력을 배워야 한다.

가끔씩 오던 길을 뒤돌아보는 넉넉함을 가져라. 내가 지나온 자리에 무엇을 남겼는지 살펴보라. 아름다운 향기를 남기고 왔는지 날카로운 직선의 냉기를 뿌려놓고 왔는지 가만히 되새겨보라.

함께하는 삶은 곡선의 삶이다. 둥글둥글 더불어 살아가는 우리의 삶은 곡선의 삶이 되어야 한다. 어릴 적 고향에 대한 추억은 모두 곡선이다. 기쁨도, 슬픔도, 아픔도 모두 곡선으로 마음속에 담겨 있다. 우리 모두 함께 손을 맞잡고 둘러서면 곡선이 된다. 그것이 바로 우리가 바라는 진정한 삶의 모습이다.

남과 비교하는 삶

봄비가 제법 세차게 내리는 아침 출근길에 찍은 사진을 본다. 클로버의 초록빛이 더욱 싱그럽다. 이파리에 구슬처럼 맺혀 있는 빗방울이 영롱하다. 도시숲길 자전거도로엔 빗물이 흥건하게 고여 있고 저 멀리 산자락 아래 작은 교회 첨탑이 반듯한 마음을 세우고 있다. 벚꽃은 거의 떨어지고 새로 내민 잎새들이 연초록빛으로 물들었다. 늘어진 수양버들 실가지가 빗물에 흠뻑 젖은 속마음을 살랑살랑 바람결에 내민다. 길모퉁이를 돌아 한마음선원 앞에 이르자 연보랏빛 라일락 꽃봉오리들이 대롱대롱 빗방울을 매달고 나를 반긴다.

비가 내리는 날이면 더욱 도시숲길을 걷고 싶다. 빗방울이 튀어올라 바짓가랑이가 젖어 불편할 수도 있다. 하지만 그러한 불편을 감수하더라도 빗속을 걸으며 느끼는 것들이 많기 때문이다. 맑은 날

아침에 걷는 것도 좋지만 비 오는 날엔 비 오는 날대로 운치 있고 마음속에 색다른 느낌이 피어오른다. 오늘 아침엔 평소보다 더 많은 사진을 찍었다. 빗물을 가득 머금은 초목의 청아함과 싱그러움이 한층 더 돋아난다.

인공적으로 만든 도시숲길이지만 다양한 나무와 꽃이 함께 살아가고 있다. 매일 아침 출근길에 마주치는 나무와 꽃이지만 볼 때마다 새롭다. 늘 같은 자리에 그대로 있는 것 같지만 똑같은 것은 없다. 어제 다르고, 오늘 다르고, 내일도 다를 것이다. 실제로 달라진다 해도 지켜보는 내 마음에 따라 다르게 보일 수 있다. 내 마음이 일정한 틀에 갇혀 있다면 아무리 변화가 많아도 늘 같다고 생각할 수 있다. 실재하는 대상의 문제가 아니라 보는 이의 마음과 시각의 문제다. 본질은 언제나 변함없으니 본질 그 자체의 문제는 아니다. 본질을 둘러싼 주변상황이나 보는 이의 관점이 문제다.

나를 비롯한 내가 가진 모든 것은 비교 대상으로 존재하지 않는다. 각각은 그 나름의 용도를 가지고 존재한다. 더 뛰어나고 더 우수한 것이 중요한 게 아니다. 있는 그대로의 가치를 알고 활용하는 것이 중요하다. 이 세상 모든 존재들의 가치는 다 마찬가지다.

오늘 아침 도시숲길에서 자라고 있는 초목도 나름의 가치를 지닌 존재다. 서로 비교하며 다투지 않고 때가 되면 새싹을 틔워 꽃을 피웠다가 마른 잎으로 생을 마감한다. 자연의 조화와 질서에 맞춰 그렇게 하루하루를 살아간다.

우리 인간의 삶은 어떤가. 자신만의 가치를 있는 그대로 받아들이고 인정하며 살아가고 있는가. 끊임없이 서로 비교하고 위아래를 구분하며 분별하기를 좋아한다. 자신이 더 잘났다며 우쭐해하거나 부족한 부분이 있으면 꼬리를 내리고 자신을 책망한다. 우리는 저마다 가치 있는 존재로 태어났으며 나름대로 쓸모가 있다는 사실을 깨닫지 못하기 때문일까. 자기만의 개성과 능력을 인정한다면 다른 사람의 개성과 능력도 인정해주는 게 도리가 아닐까.

무엇이 이토록 우리 인간을 서로 비교하고 상대방을 깎아내리게 만드는가. 진정한 자신의 참모습을 알아보지 못하기 때문일까. 스스로 자신의 참된 가치를 깨닫지 못하고 인정하지 않기 때문이 아닐까. 자신을 진정으로 사랑하고 존중할 줄 아는 사람이 다른 사람을 사랑하고 존중할 수 있다고 하지 않았는가. 정답은 바로 자신의 존재 가치를 알지 못하고 인정하지 않는 마음에 있다. 오직 다른 사람들에게 잘 보여야겠다는 그릇된 마음 때문이다.

나의 어린 시절을 돌아본다. 4남매 중 막내로 태어난 나는 수줍음이 많은 시골 아이였다. 성격이 불같은 아버지 밑에서 늘 위축되어 혹시라도 실수할까 봐 불안해하곤 했다. 그 때문인지 완벽을 추구하는 성격을 갖게 되었다. 매사에 완벽해야 한다는 마음은 잘해야 겠다는 부담감뿐만 아니라 다른 사람과 비교하는 습관을 갖게 했다.

내 삶의 중심에 나는 없었다. 나의 능력과 가치를 제대로 판단하지도 못했다. 나는 늘 다른 사람들보다 능력이 떨어진다고 여겼다.

실제로 내가 가진 능력을 믿지 못하고 발휘할 생각조차 하지 못했다. 남들 앞에 나서는 자체가 부담스럽고 힘든 일이었다. 자신감이 부족하고 자존감이 낮았다.

학창시절 주변에는 나보다 실력이 없어도 당당하게 앞에 나가 하고 싶은 행동을 하는 친구들이 있었다. 어디서 그런 자신감이 나오는지 부러울 따름이었다. 남의 눈치 따위는 보지 않았다. 사람의 내면을 속속들이 들여다볼 수 없기에 나와 다른 점이 무엇이었는지 알 수 없다.

비교하는 습관이 깊어지자 나보다 공부나 운동능력이 뛰어난 친구들과 어울리기를 꺼리게 되었다. 자연스레 그런 친구들과는 사귈 수 없었다. 함께 시간을 보내더라도 겉돌기만 했다. 열등감이 부담으로 남아 자신을 철저히 숨기고 싶었다. 나의 밑천이 바닥날까 봐 대화에도 쉽게 끼어들지 못했다. 모르는 게 있으면 솔직하게 모른다고 말하고 배우면 되는데 아는 척 넘어가곤 했다. 보여주기 위한 행동이 계속되면서 마음이 늘 불안한 상태로 지냈다.

자연은 솔직하고 꾸밈이 없다. 계절에 따라 자신의 모습을 그대로 보여준다. 숨기려 하거나 불안한 마음이 없으니 얼굴이 붉어질 리도 없다. 늘 편안하고 넉넉한 마음으로 자신만의 삶을 살아갈 수 있다. 언제나 조화로운 삶을 살아갈 수 있다.

지난 2013년 5월 말, '중등드림어드벤처 기초과정 주말직무연수'가 있어 동료와 함께 참여한 적이 있다. 그때 세웠던 나의 사명은 '모든 사람이 각기 가슴 설레는 꿈을 간직하고 살아가는 세상을 만드는 것'이었다. 이러한 사명을 완수하기 위해 2018년까지 첫 시집을 출간하고 2023년까지 시를 활용한 인성교육프로그램을 개발하여 현장에 적용하며 2033년까지 시집 다섯 권을 출간하여 수입의 10%를 인성교육에 지원하기로 했다.

내 꿈을 찾고 비전을 수립하는 연수를 통해 처음으로 나의 미래를 깊이 생각해보는 계기를 마련하였다. 또한 지금까지 살아온 나의 삶을 진지하게 돌아볼 수 있었다. 내가 부족한 점이 무엇인지 점검해보고 앞으로의 삶을 위해 어떻게 변화해가야 할지 고민해보았다.

매사에 자신감 부족이 가장 큰 문제였다. 근면성과 끈기는 있었지만 뭔가 새로운 일을 시작하면서 머뭇거림이 많았다. 실패에 대한 두려움과 실패했을 때 다른 사람들로부터 받게 될 따가운 시선과 평가에 많은 신경을 썼다. 조그만 실수에도 자신을 용납하지 못하고 자책하는 마음이 늘 따라다녔다.

문제점을 알게 되자 한결 앞길이 보이기 시작했다. 실마리를 찾았으니 바른 길을 찾아 나아가기만 하면 되었다.

본격적인 독서를 시작하고 일상에서 마음을 다스리는 공부를 시작했다. 블로그 운영과 함께 사진 찍기와 글쓰기도 시작했다. 글을 쓰며 자신을 돌아보는 시간이 많아졌고 감정코칭 사이버연수를 들으며 자신의 감정 상태를 바라보는 연습도 이어졌다. 모든 변화의 출발점은 머리로만 아는 데 있는 것이 아니라 실천하는 데 있었다. 하루아침에 변화가 이루어지는 법은 없었다. 일정기간 동안 꾸준히 실천하는 방법 외에는 다른 해결책이 없었다.

  아직도 남과 비교하는 삶을 살아가고 싶은가. 나의 존재는 어디에도 없는 삶을 무의미하게 살아가고 싶은가. 남의 눈치만 보며 살아온 날들이 슬프지 않은가. 내 삶의 중심에 서서 내 삶을 지휘하고 나를 굳게 믿어주면 애써 잘 보이려 하지 않아도 된다. 내가 나를 믿고 지지하는데 다른 누구의 도움이 필요하단 말인가.

  거침없이 꿋꿋하게 흔들림 없이 씩씩하게 앞으로 나아가라. 아무도 내 삶의 앞길을 방해할 수 없다. 나만의 가치와 능력을 지닌 존재이니 있는 그대로의 내 모습에 당당해져라. 물러서지 말고 목표를 향해 끊임없이 나아가라. 걸림돌을 디딤돌로 생각하고 용기를 내어 힘차게 전진하라. 내가 스스로 멈추지 않는 한 장애물은 나타나지 않는다. 내가 멈추고자 하는 순간 장애물이 나를 가로막을 것이니 절대로 멈추지 마라.

  남과 비교하는 삶은 나를 죽이는 삶이다. 숨만 쉬고 있다고 다 살아 있는 삶이 아니다. 진정 살아 있는 삶을 살고 싶다면, 내 삶의 당당한 주인으로 살아가고 싶다면 남과 비교하는 죽은 삶에서 하루빨리 벗어나라. 내 영혼을 더럽히고 내면의 아이를 괴롭히는 삶은 진정한 삶이 아니다. 너와 나 그리고 우리 모두가 화합할 수 있는 행복한 삶이 아니다.

  향기 나는 삶을 살고 싶지 않은가. 화려하게 꾸미지 않아도 내면으로부터 은은한 향기가 나는 그런 삶 말이다. 겉멋만 부리고 내면을 가꾸지 않은 삶은 향기가 없다. 보잘것없고 소박하지만 외롭고 지칠 때마다 힘이 되어주는 향기로운 꽃으로 피어나고 싶지 않은가. 아무리 큰 장벽이 내 앞을 가로막고 있을지라도 아름다운 향기는 어디든 번져나갈 수 있다. 길이 없어도 갈 수 있고, 벽이 있어도 넘을 수 있다. 자유로운 영혼으로 훨훨 날아올라 마음껏 꿈을 펼칠 수 있다.

내 꿈을 마음껏 펼치는 삶을 살아라. 누가 뭐래도 나만의 꿈을, 소박하지만 순수하고 아름다운 꿈을 펼쳐라. 내 작은 꿈이 나를 밝히고 나아가 이웃과 온 세상을 밝게 비춰줄 큰 꿈으로 자라게 하라. 꿈은 자란다. 영혼이 맑은 사람의 꿈은 어김없이 자란다. 겉으로 드러나지 않더라도 내면 깊이 뿌리내리며 단단하고 알차게 자란다.

사랑과 꿈이 자라나는 아름다운 세상을 그려보라. 그런 세상에서는 서로를 비교하지 않는다. 자신만의 가치와 능력을 소중히 간직하고 서로를 인정해준다. 사랑과 배려로 서로의 꿈을 보듬어주고 잘 자랄 수 있도록 격려해준다. 꿈의 씨앗만 마음속에 심어두면 된다. 여물고 토실한 꿈의 씨앗을 곱게 심어놓기만 하면 된다. 꿈의 씨앗에 물을 주고 따뜻한 마음을 실어주면 어느새 싹을 틔우고 자라나기 시작한다.

자신의 내면을 성장시키고 우리 모두의 화합에 기여할 수 있다면 어떤 꿈이라도 상관없다. 살아 숨 쉬는 꿈의 씨앗을, 모두가 함께하는 행복동산을 아름답게 가꾸어갈 튼실한 꿈의 씨앗을 심어라. 따

스한 봄날 내 삶의 당당한 주인이 되어 꿈의 씨앗이 피워낸 아름다
운 꽃잎 위를 벌과 나비처럼 자유롭고 힘차게 날갯짓하며 행복하게
살아가는 삶을 그려본다.

오직 지금 이 순간

아들 녀석 방 앞 베란다엔 분홍 제라늄이 한창이다. 몇 해 전 지역 대학의 평생교육원에 하모니카 강습을 받으러 다녔다. 퇴근 후 강습을 받으러 가는 길에 저녁식사를 하러 가끔씩 들리던 식당이 교외에 있었다. 어느 날 식당 창가에 다양한 화초가 자라고 있는 걸 알게 되었다. 그중에서도 제라늄이 무성하게 자라고 있어 주인아주머니께 부탁 드려 가지치기를 해서 모아둔 한 녀석을 얻어다 심었다.

지난해에도 예쁜 꽃을 피웠지만 올해는 더욱 풍성한 꽃봉오리를 피워 올리고 있다. 새로운 가지들이 계속 뻗어 올라오고, 분홍빛 꽃망울은 아침에 다르고 저녁에 다르다. 예전에는 꽃을 피우는 녀석들이 많지 않아 봄이 와도 지금처럼 큰 기쁨을 맛보지 못했다. 그저 푸른빛을 띠고 있는 초목이 있다는 사실에 위안을 삼았다.

올해엔 거실의 분위기가 사뭇 다르다. 가장 먼저 보세란이 1월 중순경부터 꽃대를 밀어 올려 첫 인사를 하더니 꽃기린이 속마음을 발그레 피워 올렸다. 뒤질세라 킨기아눔이 2월 말부터 진한 향기를 내뿜으며 자신의 존재감을 드러내기 시작했다.

아파트 정원과 도시의 거리마다 산수유, 개나리, 목련 그리고 벚꽃이 연주하던 합주곡이 절정에 다다르고 있을 무렵 분홍 제라늄이 협연을 시작했다. 아침저녁으로 문안 인사차 다가가서 보면 제라늄 꽃잎은 마치 너울대는 나비의 날개 같다. 한두 마리가 아닌 수많은 나비들이 한데 어우러져 춤의 향연을 펼치고 있는 봄 잔치를 보는 듯하다.

집에 가만히 앉아 이처럼 풍성한 잔치마당을 즐길 수 있는 나는 행복한 사람이다. 많은 돈을 들여 음식을 장만하고 공간을 장식한다 한들 이보다 나은 잔치마당을 열 수 있을까. 인위적으로 꾸민다고 만들어낼 수 있는 풍경이 아니다. '자연스럽다'는 말이 이보다 더 잘 어울릴 수는 없으리라. 자연의 아름다움은 말로 표현할 수 없다. 말로 표현하는 순간 그 순수한 감동은 반감되고 말 것이다. 실제 자연이 아닌 화분에 뿌리내린 화초가 주는 아름다움이 이 정도인데 자연의 숲에서 펼쳐지는 향연은 어떻겠는가.

인도고무나무는 또 어떤가. 인도고무나무도 학교 뒤편에 있는 어느 식당에서 가지 하나를 얻어다 물꽂이로 뿌리를 내린 뒤 옮겨 심은 녀석이다. 수형을 잡아주기 위해 높이 자란 가지를 잘라 분가한 것이 둘이나 된다. 그래서 인도고무나무 화분은 벌써 세 개로 늘어났다. 삼대가 한집에 살고 있는 셈이다. 아침 햇살이 비치면 인도고무나무의 어린잎은 연둣빛으로 반짝인다. 눈부시게 반들거리는 잎새가 꽃보다 아름답다.

몇 해 전 인도고무나무의 어린 잎새를 보고 짧은 시 한 편을 쓴 적이 있다.

이른
봄
핀 꽃,
아름답다

꽃
지자
내민 잎새,
숨이 멎는다

_잎새

오직 지금 이 순간을 살아간다는 것은 무슨 의미인가. 현재를 살아가간다는 것은 말은 쉽지만 막상 내 삶을 그렇게 만들어가기는 생각보다 쉽지 않다. 지나간 과거의 일을 떠올리며 후회하거나 자책하는 경우가 많다.

고등학교시절의 기억이 떠오른다. 성적이 뛰어난 편은 아니었지만 월례고사나 중간·기말고사를 치면 성적이 널뛰기를 하곤 했다. 꾸준히 좋은 성적을 내겠다고 다짐은 했지만 쉽지 않았다. 성적이 떨어졌을 땐 언제나 후회와 자책을 했다. 아무리 좋은 결과를 얻었더라도 아쉬움이 남는 게 사람들의 마음이다.

놓쳐버린 과거뿐만 아니라 다가오지 않은 미래에 대한 불안과 두려움에 사로잡혀 살아온 날들은 또 얼마나 많은가. 자신의 능력과 가치를 믿지 못했던 나는 앞날에 대한 불안과 두려움이 누구보다 많았다. 자신감은 부족하고 열등감은 많았기 때문이다.

무슨 일을 시작하든 자신감이 없었다. 타고난 성격이 내성적인 탓도 있지만 어릴 때부터 병치레도 잦아 약골이라는 소릴 많이 들었다. 돌이켜보면 지나치게 내성적이고 약골이라 잘할 수 없을 거라고 스스로 단정 지을 때가 많았다. 이러한 선입견 때문에 대범한 행동이나 새로운 시도를 두려워했다.

어린 시절 내 열등감의 출발점은 바로 피부색이었다. 시골에서 자랐기 때문이기도 하지만 태생이 까무잡잡한 피부였다. 친구들이 나를 '깜상'이나 '깜디'라고 놀려대면 바로 반응을 보였다. 반응을 잘 보이니 친구들은 재미가 있어 더욱 장난 끼를 발동했다. 지금도 그 시절을 떠올리면 내가 그때 왜 그리 애달아 했는지 절로 웃음이 나온다. 하지만 그 당시에는 검은 피부색이 심각한 고민거리였기에 열등감까지 품게 되었다.

분홍 제라늄과 인도고무나무의 삶에 대해 생각해본다. 저들도 자신의 외모에 대해 열등의식이 있을까. 저들도 과거에 대한 후회나 자책을 할까. 지난해에 꽃대를 한 개밖에 밀어 올리지 못했을 때 스스로를 원망하거나 책망했을까. 혹시라도 내년에 꽃을 피우지 못하면 주인 양반이 어떻게 생각할지 불안해하고 두려워하는 마음이 있을까.

나만의 착각일지는 모르겠지만, 분홍 제라늄과 인도고무나무는 오직 지금 이 순간의 삶에 최선을 다하고 있다고 믿는다. 어제는 어제일 뿐이며, 내일은 또 내일일 뿐이다.

'과거와 미래의 창문을 닫아버리고 하루하루를 충실하게 살아라!'는 윌리엄 오슬러(William Osler)의 말이 생각난다. 분홍 제라늄과 인도고무나무는 윌리엄 오슬러의 이 말을 철저히 따르는 삶을 살고 있다.

요즘 우리의 인생을 흔히 '100세 시대'라고 말한다. 이를 기준으로 보면 나는 지금 막 반환점을 돌았다. 인생의 반환점에 이를 무렵부터 내 삶도 많이 바뀌었다.

지나치게 남을 의식하며 잘 보여야겠다는 생각을 버렸다. 어린 시절 사소한 일에도 습관적으로 얼굴이 홍당무가 되었던 기억이 있지만 이제는 웬만해서 얼굴이 붉어지는 일은 없다. 남들 앞에서 내가 하고 싶은 말이나 행동을 한다는 건 상상도 못 할 일이었지만 이제는 다르다.

예를 들면 올해 뇌교육 인성프로그램 시간에 학생들에게 율동을
담은 동영상을 보여주면서 내가 먼저 앞에서 시범을 보이곤 한다.
초임시절 수업시간에 학생들과 눈을 마주치는 것조차 부담스러워
책을 한 번 보고 교실 뒤 벽면에 걸려 있는 급훈 액자를 한 번 쳐다
보곤 했던 내가 아니었던가.

수업시간 중에 내 목소를 듣고는 한 녀석이 말했다.
"선생님은 연극을 하거나 성우를 하면 될 것 같아요."
"정말? 내가……."
늘 자신감이 부족해 기어들어가는 목소리로 발표를 하거나 말꼬
리를 흐리던 수줍음 많던 아이가 어떻게 바뀔 수 있었을까. 나이를
많이 먹었기 때문일까. 나이를 먹는다고 모든 사람이 달라지지는 않
는다. 나이만 먹는다고 원하는 게 저절로 이루어지는 법은 절대로
없다.
먼저 생각을 바꿔야 한다. 자신의 삶을 돌아보고 부족한 점이 무
엇인지 찾아내야 한다. 무엇이 부족한지 알게 되었다면 어떤 모습으
로 바꾸고 싶은지 결정해야 한다. 자신의 성장과 발전을 위해 어떤
모습이 되면 좋을지 생각해보라. 그저 다른 사람들에게 보여주고 싶
은 모습을 말하는 게 아니다. 뼛속부터 철저히 바꾸어나가겠다는 강
한 의지가 필요하다. 나의 변화된 모습이 자신뿐만 아니라 이웃과
이 세상의 성장, 발전에도 반드시 도움을 줄 수 있어야 한다. 그래야
만 나의 변화가 진정한 의미를 띠게 된다.

요즘 내 마음속엔 과거에 자주 겪었던 불안함과 초조함은 거의 사라지고 없다. 살아 있는 사람이니 감정의 물결이 밀려오지 않을 순 없다. 하지만 올라오는 감정을 바라보며 애써 붙잡아두려 하지 않는다.

나에게 이런 변화를 가져다준 것은 그리 대단한 것이 아니다. 아주 멀리 떨어져 있는 특별한 것도 돈이나 시간을 엄청나게 많이 들여야 하는 것도 아니다. 가만히 생각해보면 이미 내가 가지고 있었거나 바로 내 곁에 머물고 있던 평범한 것들이다. 내가 미처 깨닫지 못하고 있었을 뿐이다.

감사한 마음이 밀려온다. 나 자신에게 가장 먼저 감사하다. 그동안 깨닫지 못해 괴롭고 힘든 시간을 보냈을 나에게 미안하고 감사하다. 분홍 제라늄과 인도고무나무에게도 감사하다. 묵묵히 자신의 소명을 다하며 오직 지금 이 순간을 살아가는 소중한 삶의 지혜를 온몸으로 보여주어 감사하다.

내 삶의 주인은 바로 나다. 지금까지 내 삶의 당당한 주인으로 살아오지 못한 나를 용서하고, 앞으로 일어날 일에 대해 불안해하거나 걱정하지 마라. 살아가면서 어찌할 수 없는 일에는 마음을 쓰지 마라. 숙명으로 받아들여야 할 일은 그대로 받아들여라. 내가 할 수 있거나 해야 할 일은 어떤 일이 있어도 해내고야 말겠다는 의지를 굳건히 다져라. 내가 어찌 할 수 있는 시간은 오직 지금 이 순간뿐이라는 사실을 명심하고 또 명심하라.

당신은 바르게 살고 있습니까?

수요일 아침, 오늘은 1교시 회의가 없단다. 반가운 소식이다. 매주 열리는 회의가 학교 사정으로 취소되니 갑자기 멍한 기분이다. 늘 바쁘다가 시간이 생기니 뭘 해야 할지 고민되는 모양이다. 해야 할 일은 많지만 일단은 지금의 여유를 마음껏 즐기고 싶었다.

자리에서 일어나 곧장 중앙현관으로 나갔다. 학교 바로 뒤편에 산이 있고 제법 높은 곳에 위치하고 있어 조망도 괜찮다. 현관 앞에서 바라보니 저 건너 언덕배기에 있는 산벚나무는 어느새 꽃잎이 거의 떨어지고 꽃받침과 꽃술만 남아 발그레한 빛깔이 감돌고 있다. 그 위로 하늘엔 먹구름이 무리지어 바람에 떠밀려가고 있다. 햇살은 구름 뒤에 숨어 언제쯤 고개를 내밀어야 할지 출발선에 서 있는 달리기 선수처럼 움찔대고 있는 듯하다.

다시 시선을 당겨 왼편 화단을 바라보았다. 몇 해 전부터 돋아나 던 할미꽃의 꽃잎이 반쯤 떨어지고 그 자리에 수술이 올라오고 있 다. 바로 옆에는 신사임당 동상이 세월의 흐름을 말해주듯 푸른빛이 감도는 옷을 입은 채 양손으로 책을 펼쳐들고 독서삼매경에 빠져 있다.

이번엔 아래로 시선을 낮춰 보니 편히 쉬고 있는 운동장이 보인 다. 운동장 바로 위쪽으로 길게 경사진 화단이 펼쳐져 있다. 화단에 는 정원수가 줄지어 서 있다. 단정하게 손질한 학생의 머리처럼 가 지런한 모양으로 층층이 싱그러운 녹색을 뿜어내고 있다.

정원수의 단정한 용모가 마음에 들어 가까이 다가가려고 계단을 내려서자 직박구리가 요란한 소리를 내며 내 앞에서 배회한다. 가까 이 다가가도 도망갈 생각이 없다. 온 가족이 모여 정원수 여기저기 서 무슨 신호를 주고받는지 시끄럽고 분주하다. 내가 자신들의 쉼터 에 침입이라도 한 것처럼 비상사태를 선포하는 듯했다. 아무래도 정 원수 어딘가에 보금자리를 마련해놓은 것 같다. 멀리까지 도망가지 도 않고 주변에서 빙빙 돌고 있는 걸 보면……

후문 쪽 내리막길 벚나무도 어느새 어린 이파리가 오순도순 키 재기를 하고 있다. 바로 옆에는 히말라야시다나무 키다리아저씨 아 래에서 왕벚나무가 꽃망울을 불룩이며 눈치를 보고 있다. 누구라도 먼저 고개를 내밀면 일제히 창문을 열고 뛰쳐나올 기세다.

교정을 물끄러미 둘러본다. 시간의 흐름에 따라 수많은 생명체가 자신들의 삶을 살아가고 있다. 모두가 제자리에서 자신의 소명을 다하고 있는 자연의 모습이 경이롭다.

제자리를 지킨다는 건 소중하다. 다른 생명체에게 피해를 주지 않고 자신의 삶에 충실하다는 이야기다. 주변에 있는 다른 대상과 서로 화합하고 어우러질 수 있는 품성을 지녔다는 증거다.

제자리를 지키며 살아가는 삶은 아름답다. 자신을 잘 관리하고 지킬 줄 알며 동시에 누구에게도 해로운 영향을 끼치지 않고 살아간다. 마음속에 자신감과 여유를 가득 담고 있음이 틀림없다. 어떤 상황에서도 흔들림 없이 자신의 길을 뚜벅뚜벅 걸어간다. 내 삶의 주인이 되어 지금 이 순간에 온전히 몰입하는 삶을 이끌어간다.

나는 직업상 시작종이 울리면 교실로 들어가고, 마침종이 울리면 수업을 끝내고 교실을 나온다. 종소리에 따라 내 생활이 엄격하게 묶여 있다. 일과 중에는 내가 원하는 시간에 하고 싶은 일을 할 수 없다. 학교의 시정표와 내게 배정된 시간표에 모든 활동을 맞춰야 한다. 이 경우 시간표는 모든 학급이 동시에 맞물려 돌아가기 때문에 어느 한 사람이라도 지키지 않으면 문제가 발생한다. 하나의 조직이나 단체 또는 국가가 정상적으로 운영되기 위해서는 합의해서 만든 규칙을 반드시 지켜야 한다.

인위적인 사회조직도 마찬가지겠지만 자연에서도 그 원리는 똑같다. 시간이 흐르고 계절이 바뀜에 따라 자연은 한 치의 오차도 없이 순리에 따라 제자리에서 자신의 역할을 충실히 수행하고 있다.

우리 인간도 자연의 일부다. 당연히 우리 인간도 자연의 순리를 따라야 한다. 하지만 우리의 현실은 그렇지 않다. 인간의 편의를 위해 자연의 순리를 거역하는 부분이 한둘이 아니다. 요즘 '제철'이라는 말이 의미를 잃었다. 과거에는 원래 자연의 이치에 따라 그에 맞는 계절에 나오는 과일이 있었다. 언제부터인가 우리는 제철 과일을 먹어야겠다는 생각을 잘 하지 않는다. 사시사철 언제든 먹고 싶으면 슈퍼나 대형마트에서 사 먹으면 된다. 그러다 보니 아이들도 모든 과일이 언제든 생산되는 줄 알고 있다. 내가 어렸을 적엔 포도, 복숭아, 수박 등은 여름이 되어야 먹을 수 있고, 사과나 감을 먹고 싶으면 가을까지 기다려야 한다는 걸 삶 속에서 배웠다. 내가 원한다고 무엇이든 바로 얻을 수 있는 건 없다는 이치를 경험으로 배웠다.

요즘 아이들은 어떤가. 먹고 싶은 과일이 있으면 부모에게 떼를 쓰거나 정중하게 부탁을 하면 얻을 수 있다고 생각한다. 심지어 쌀이 나무에서 열리는 줄 아는 아이들도 있다. 이 모든 결과는 바로 우리 인간이 만들어낸 병폐다. 오직 인간의 필요와 편리를 추구하는 과정에서 나온 결과다.

자연의 순리나 이치를 따르지 않기 때문에 우리가 겪는 문제는 한두 가지가 아니다. 방금 이야기한 것처럼 아이들 교육상 문제가 되기도 하고, 무엇보다 심각한 것은 우리 모두의 생존과 직결되는 환경문제다. 사계절이 기후가 뚜렷한 나라라고 교과서에서 배운 적이 있지만 요즘 우리나라의 기후와 날씨를 보면 어떤가. 봄과 가을이 짧아진 느낌이다. 여름이 빨리 찾아오고 겨울이 따뜻해지고 있다. 온대성 기후에서 거의 완전히 아열대 기후로 바뀐 것으로 보인다.

이러한 기후 변화는 사람의 심리에도 영향을 미친다고 한다. 개인 심리뿐만 아니라 집단 심리 및 의식에도 영향을 줄 수 있다. 집단의 의식에 영향을 미치게 되면 시간이 지날수록 그 사회의 문화 자체도 변화할 수 있다는 말이다.

인간의 편의와 이기심에서 비롯된 환경문제가 전 세계적으로 얼마나 큰 파장을 몰고 올 수 있는지 직접 겪고 있어 잘 알고 있지 않은가. 그렇다면 이러한 기후와 환경문제를 어떻게 해결해야 하는가. 어느 한 개인이나 국가의 문제가 아니다. 지구상에 존재하는 모든 사람과 국가가 함께 협력하지 않으면 해결할 수 없다.

지구는 하나뿐이다. 우리 인류는 피부색이 다르고, 종교가 다르고, 국가도 다르다. 하지만 모두 하나의 공동체임을 분명히 깨달아야 한다. 일부 선진국에서는 과학기술의 발달을 이용해 지구를 대체할 만한 다른 행성을 선점하기 위해 연구와 노력을 하고 있는 것으로 안다.

미리 준비해서 선점하는 나라가 지배권을 가지겠다는 말이다. 이러한 생각은 결코 근본적인 해결책이 아니다. 설사 인간이 살 수 있는 새로운 행성을 발견한다 해도 지금까지 지구가 걸어온 전철을 그대로 밟을 것이고, 국가 간의 경쟁도 불 보듯 뻔하다.

다른 해결책은 없다. 지구를 살리는 길뿐이다. 어떻게 지구를 살리는가. 지구는 인간이 인위적으로 훼손하지 않으면 자정능력이 있다고 한다. 지구가 스스로 환경을 회복할 시간을 주어야 한다. 현재 우리 지구는 모든 게 포화상태라고 봐야 한다. 이 위기상황을 어떻게 극복하느냐에 우리 인류의 미래가 달려 있다.

지구에게 휴식하며 회복할 시간을 줘야 하는 것은 맞지만 고도로 발달한 문명사회에서 갑자기 모든 문명의 이기를 내려놓고 농경사회로 돌아갈 수는 없는 일이다. 모든 인류를 다른 행성으로 단기 이주 시킬 수도 없는 노릇 아닌가. 그렇다면 대안은 무엇인가. 그것은 바로 현재 지구가 직면해 있는 문제의 심각성을 깨닫는 일이다.

지구 문제의 심각성을 깨달았다 할지라도 인종, 종교, 국가별로 생각이 분열된 상황에서는 마음을 하나로 모으기 어렵다. 우리 모두는 지구시민이라는 하나의 마음으로 접근해야 한다. 지구시민의식이 뿌리내리면 다음은 지구상에 발을 딛고 사는 모든 개인들이 일상생활 속에서 지구를 되살리기 위한 실천사항을 행동으로 옮겨야 한다.

우리가 행하는 일상의 많은 활동 중에서 무심코 지구환경에 해로운 영향을 끼치는 일들이 얼마나 많은지 알게 되면 놀랄 것이다. 아침에 일어나 세수나 샤워를 할 때 지나치게 물을 많이 사용하는 것도 지구를 병들게 한다. 오염원이 될 수 있는 샴푸 사용도 한 사례가 된다. 주방용 세제도 마찬가지다. 또한 재활용품 분리배출을 철저히 지키지 않는 것도 지구환경에 나쁜 영향을 줄 수 있다. 어디 이

것뿐이겠는가. 가까운 거리는 걸어 다녀도 충분하지만 습관적으로 자동차를 이용하는 등 불필요한 에너지 소비도 이에 해당한다.

문제의 핵심은 결국 우리 인간에게 있다. 인간의 끝없는 욕심과 이기심이 자초한 일이다. 해결의 실마리도 인간에게서 찾아야 한다. 거창한 구호나 떠들썩한 캠페인은 필요하지 않다. 지구시민 한 사람 한 사람의 의식개혁이 먼저 이루어져야 한다. 우리 사람도 하나의 소우주라고 하지 않았던가. 하나의 소우주인 개개인이 맑고 깨끗한 우주환경을 만들어가야 한다. 맑고 깨끗한 소우주의 수가 늘어날수록 지구는 저절로 본래 모습을 회복할 것이다.

건강하고 깨끗한 지구를 만들고 싶은가. 그렇다면 먼저 자신의 영혼을 맑게 하고 내 몸과 마음을 건강하고 튼튼하게 만들어라. 기초가 되는 밑바닥에서부터 긍정적인 변화의 물결이 일어나야 완전한 변화를 이룰 수 있다. 힘에 의한 위로부터의 개혁이나 변화는 시작은 웅장할지 모르나 마지막까지 그 동력이 전달되기 어렵다.

세상을 바꾸고 지구를 살리기 위해 내가 할 수 있는 일이 무엇인지 생각해보라. 급진적인 개혁이나 혁명을 생각할 필요는 없다. 변화의 시작은 언제나 나로부터 나와야 한다. 내 마음속에서 뜨거운 열정으로 시작해야 한다. 나의 내면을 성장하고 발전시키겠다는 긍정적인 마음에서 시작해야 한다. 그다음은 나를 둘러싼 이웃과 세상을 위해 정성과 노력을 다하겠다는 마음을 가져야 한다.

당신은 지금 바른 삶을 살아가고 있는가. 어떻게 사는 삶이 바른 삶인가. 제자리를 지키고 합의한 규칙과 질서를 지키는 삶이다. 개인적인 욕심과 이기심을 버리고 자연의 순리와 이치를 따르는 삶이다. 바르게 사는 삶이란 자연과 하나 되는 삶이다. 물 흐르는 대로 바람 부는 대로 자연과 함께 하며 내 삶의 주인으로 당당하게 살아가는 삶이다.

인성(人性)
자연에서
배우다

2장

산책의 시간

　풀꽃의 치열한 삶을 본 적이 있는가. 영일대 해안가로 저녁 산책을 다녀오다 풀꽃의 집념을 본다. 보도블록 틈새와 갈라진 아스팔트 사이에 민들레가 뿌리내린 채 가로등 불빛 아래에서 싸늘한 밤을 맞이하고 있다. 언제 어디서 홀씨가 날아와 자리를 잡았는지 꽃을 피웠다가 솜털이 달린 하얀 홀씨를 동그랗게 품고 있는 모습이 당당하다. 척박한 환경임을 한눈에 알아보고 생존을 위한 절박함을 온몸으로 느꼈는지 서둘러 한 송이를 먼저 피워낸 모양이다.

　주위를 둘러봐도 온통 시멘트 벽면과 아스팔트가 깔린 골목뿐 부드러운 흙이라고는 찾아볼 수 없다. 수분은 또 어디서 어떻게 섭취할 수 있을지 나의 식견으로는 도저히 알 수 없는 상황이다. 내가 만일 저 민들레와 같은 처지에서 삶을 새롭게 출발해야 한다면 과연 어떻게 할까. 나에게 주어진 저 혹독한 조건을 받아들일 수 있을까. 지금까지 오십 평생을 살아오며 저 민들레보다 어려운 환경을 경험해본 적이 있었던가.

누가 저들의 삶을 불쌍하다고 말하는가. 아무리 힘든 상황이라도 꿋꿋하게 견뎌내며 자신만의 꽃을 피우고 당당하게 살아가고 있지 않은가. 처절한 상황이지만 단 한 마디 불평도 하지 않고, 다른 사람의 눈치를 보는 법도 없지 않은가. 자신만의 속도에 맞춰 터 잡은 자리에서 평생을 다 바치는 저들의 삶이 경이롭지 않은가.

다시 한 번 저 민들레를 가만히 살펴보라. 자신의 상황을 정확히 파악하고 적절히 대처하고 있다. 비가 오거나 아침 이슬이 내리지 않는다면 수분을 보충할 길이 없는 처지다. 민들레가 이런 상황을 잘 알고 있다는 걸 잔뜩 웅크린 잎을 통해 짐작할 수 있다. 전망대처럼 우뚝 솟은 홀씨 주변을 자세히 보니 피우지도 못한 채 쓰러진 꽃송이들이 널브러져 있다. 어떻게든 살아남아 대를 이어야 한다는 강한 본능이 있었기에 어려운 상황에서도 홀씨를 피워낸 것이 아닌가.

가로등 불빛에 길게 드리워진 홀씨의 그림자가 아스팔트 바닥에 박제되어 있었다. 살아 숨 쉬는 동안에도 단 한 걸음도 움직일 수 없었던 민들레가 피워낸 홀씨 아닌가. 그림자조차도 차갑고 단단한 아스팔트 바닥에 박제되어 누워 있는 민들레를 바라보다 다시 발걸음을 옮겼다.

가로등 불빛이 군데군데 희끗희끗 비추고 있었지만 내 마음은 여전히 어둡고 무거웠다. 내가 지금 저 민들레를 보고 가엾다는 생각을 하고 있다는 말인가. 작은 풀꽃에 지나지 않지만 강인한 생명력을 지닌 존재 앞에서 감히 무슨 생각을 하고 있는가. 단지 인간이라는 우월감만으로 다른 존재를 얕잡아보고 있다는 말인가.

저 민들레도 비록 작은 풀꽃에 지나지 않지만 무한한 생명력을 지닌 소중한 존재다. 스스로 중심을 잡고 당당하게 땅을 딛고 서 있는 동그란 홀씨는 수십 개의 생명을 품고 있는 하나의 소우주다. 저들의 존재를 결코 깎아내려서는 안 된다. 저들도 이 땅에서 살아갈 권리가 있고, 다해야 할 소명이 있다. 크고 작은 것의 문제가 아니요, 더 소중하고 덜 소중한 것의 문제도 아니다. 어떤 존재든 나름의 존재 이유가 있으므로 모두가 소중하다.

아파트 정문 앞에 이르렀지만 마음은 아직도 민들레에게 가 있었다. 정작 민들레 자신의 마음은 어떨지 궁금해졌다. 말이 통한다면 돌아가 직접 물어보면 되겠지만 그럴 수 없으니 답답할 노릇이다.

민들레는 아무렇지도 않은 채 행복한 마음으로 자신의 삶을 잘 살아가고 있는데 나 혼자 괜한 걱정을 하고 있는 것은 아닐까. 오직 인간의 입장에서 오십여 년을 살아온 나의 관점에서 민들레를 바라보고 섣불리 판단한 건 아닌지 모르겠다.

민들레에 대한 생각을 정리하다 문득 이런 마음이 든다. 인간관계에서 종종 오해하는 경우가 있다. 예를 들어 같은 공간에 세 사람이 있는데 두 사람은 서로 가까이 마주 앉아 소곤소곤 이야기를 나누고 있고, 다른 한 사람은 혼자 떨어져 앉아 있다. 홀로 있는 사람은 괜히 두 사람의 이야기에 귀를 기울이게 된다. 언뜻언뜻 들려오는 한두 마디가 꼭 자신을 욕하고 있는 것처럼 들린다. 이와 같은 마음이 드는 순간 화가 나기 시작하고 감정은 극도로 격해진다. 사실 그 두 사람이 욕을 하고 있었던 것도 아닌데 말이다.

나도 이와 같은 사례를 겪은 적이 있다. 다른 친구들이 나만 빼고 함께 놀고 있다거나 속닥속닥 이야기를 나누면 함께 어울리지 못하고 겉돌기만 하다 내 험담을 한다고 생각한 적이 있다. 괜히 혼자 마음이 상해서 울적해지거나 화가 난 적도 있다.

왜 이렇게 스스로 부정적인 결론을 내리게 되는 걸까. 나를 포함한 사람들 대부분은 자신을 있는 그대로 인정할 줄 모르기 때문이다. 남들보다 키가 좀 작은 자신을, 피부가 좀 검은 자신을 있는 그대로 받아들이지 못하고 열등감에 사로잡힌다. 열등감에 빠져 자존감이 낮아지고 자신감도 떨어지게 되면 모든 상황을 부정적으로 본다. 이러한 문제를 초래한 것은 외부의 문제가 아니라 내면의 문제다. 결국은 스스로 선택하고 자초한 일이다.

아파트 정문을 들어서니 가로등 불빛 아래 화사하게 활짝 핀 벚꽃이 눈에 들어왔다. 제법 훤칠한 키에 적당한 근육이 붙은 가지들이 뻗어 있고 가지마다 풍성한 꽃들이 와글와글 이야기꽃을 피우고 있었다. 내가 보기에 벚꽃은 분명 멋지고 대단한 존재였다. 더구나 3~4월은 벚나무에겐 한창 때이니까.

겉으로 아름답고 멋져 보인다고 마음까지 반드시 행복하고 즐거울까. 민들레를 가엾게 바라보았던 내 마음이 이제는 벚나무에게로 옮겨졌다.

저렇게 화려한 벚나무는 지금 어떤 마음으로 살아가고 있을까. 햇살 좋은 낮에는 벌들이 윙윙거리며 찾아와 이 꽃 저 꽃 날아다니며 꿀을 따고 꽃가루를 묻혀 수정을 시켜주니 행복할까. 낮이면 낮대로 밤이면 밤대로 많은 상춘객들이 몰려와 자신들을 배경으로 사진을 찍으며 즐거운 시간을 보내고 있는 걸 흐뭇한 표정으로 바라보고 있을까.

산책길에서 우연히 만난 민들레와 벚나무를 보면서 이런저런 생각에 잠겨 있다 보니 끝없는 여행을 하다 돌아온 기분이다. 우리는 살아가면서 민들레처럼 작은 풀꽃에서부터 화려하고 커다란 벚나무에 이르기까지 다양한 존재를 만난다. 저마다 특성과 기질이 있고 생활방식이 다르다. 여러 가지 면에서 서로 다른 존재를 보며 그들의 삶은 어떤지 생각해보기도 하고 내 삶과 비교해보기도 한다. 모두 다 생명이 있는 존재라는 점에서 같다고 볼 수 있지만 대부분은 서로 다르다. 서로가 다른 존재임을 인정하고 받아들이며 살아간다면 함께 어우러질 수 있다.

쉬는 날이면 자주 산책을 나간다. 아침이나 낮 시간이면 가까운 산으로, 저녁시간이면 바닷가로 나가곤 한다. 산으로 갈 때와 바닷가로 갈 때 느낌이 다르다. 만나는 풍광이 다르고 마주치는 생명이

다르기 때문이기도 하다. 내 몸과 마음의 상태에 따라 또한 느낌이 달라질 수 있다.

　산으로 가는 길엔 주로 새들을 많이 만난다. 산에는 아무래도 나무숲과 초목이 많기 때문에 참새, 박새, 어치, 비둘기, 쇠딱따구리, 직박구리 등 다양한 새들이 저마다의 음색으로 지저귀며 나를 반긴다. 새의 종류에 따라 그 울음소리가 다르고 같은 종의 새라도 상황에 따라 다양한 소리로 서로 의사소통을 한다.

　산속 오솔길에서 자주 만나는 새 중에 박새가 있다. 앙증맞을 정도로 몸집이 작은 박새는 목소리도 여리고 가늘다. 식사시간이면 온 가족이 함께 모여 소나무 가지를 돌며 가벼운 목소리를 짧게 내뱉는다. 먹잇감이 어디에 많은지 알려주는 모양이다. 분주한 식사가 끝나고 나면 가끔씩 꽤나 아름다운 목소리로 여유로움을 표현하기도 한다. 어치는 몸짓도, 아주 가끔씩 내는 목청도 무게감이 느껴진다. 그다지 번잡하지 않게 먹이활동을 하는 녀석들이다. 쇠딱따구리는 딱따구리 과에서 가장 몸집이 작은 녀석으로 끼룩끼룩 소리를 내며 작은 부리로 연신 소나무 줄기를 쪼아댄다. 이 녀석들은 내가 만날 때마다 늘 분주하게 먹이활동만 하면서 똑같은 소리를 내기만 한다.

　새의 언어를 알아들을 수만 있다면 산책을 하며 많은 대화를 나누고 싶다. 저들의 언어를 알아들을 수는 없지만 평화로운 분위기인지 아니면 위급한 상황인지는 말이 통하지 않아도 알 수 있다. 그간 산책길에서 만나면서 나름대로 터득한 방법이다.

산책길에서 만나는 새와 나무 그리고 풀꽃의 삶을 자세히 관찰해보면서 살아가는 방식이나 겉모습은 다르지만 우리 모두 별반 다를 바 없다는 결론을 내려본다. 자연에서 살아가는 새와 풀꽃의 삶은 사회에서 살아가는 우리 인간의 삶과 근본원리가 같다.

사람도 넓게 보면 자연의 일부이므로 자연의 법칙을 따르는 것이 몸과 마음의 건강에도 좋다. 다른 점이 있다면 자연은 서두름이 없고 때가 되면 이루어질 것은 자연스레 이루어진다는 사실이다. 인간처럼 개인적인 욕심과 이기심이 없기 때문에 자연은 질서가 유지된다. 인간이 자신들의 편리와 이익을 위해 개입하지 않으면 자연은 스스로 균형을 맞춰 나간다. 인간이 머물다 간 자리엔 오랜 세월 사라지지 않는 흔적이 남지만, 자연이 머물고 간 자리엔 흔적은 사라지고 부드러운 흙이 남는다.

산속 오솔길에서 들꽃과 나무와 산새들을 만나는 산책의 시간은 내게 소중한 깨달음을 준다. 바쁜 일상 속에서는 전혀 생각하지 못했던 삶의 지혜를 깨우쳐주기도 하고 내 삶을 성찰할 시간도 준다. 자연의 이치와 삶의 진리를 터득하게 해주기도 한다.

도심의 아스팔트나 보도블록 틈새와 같은 척박한 곳에 뿌리내린 민들레의 삶에서 강인한 생명력과 인내를 배우고, 내 삶을 관조해볼 수 있는 기회를 얻는다. 삶의 교훈을 얻을 수 있는 곳은 어디 멀리 있는 게 아니라 바로 내 삶의 터전에 있다. 많은 시간과 돈을 들여 멀리까지 찾아가야 할 필요가 없다. 가까운 산이나 인근 골목길을 산책하며 우리는 삶의 소중한 선물을 얻는다. 이러한 선물은 아무나 얻을 수 있는 것이 아니다. 일상에서 만나는 대상을 다양한 관점에서 바라보고 자신의 내면을 들여다보는 습관을 지닌 사람만이 얻을 수 있는 귀한 선물이다.

사색, 깊게 생각하다

하늘을 자주 올려다보는 편이다. 교무실에 앉아 있을 때도 등만 돌리면 창밖으로 하늘을 볼 수 있다. 학교 건물이 동향이라 출근해서 바라보면 동녘 하늘에서 아침 해가 떠오르는 광경이 눈부시다. 수업이 없는 시간이면 자주 중앙현관으로 나가 하늘을 바라보며 같은 장소의 사진을 스마트폰으로 담는다. 같은 장면을 수시로 찍어 보면 매번 느낌이 다르다. 화창한 날의 풍경과 비가 내리는 날의 풍경 그리고 구름이 지나가는 날의 풍경이 모두 다르다. 맑은 날에도 구름 한점 없이 파란 하늘일 때가 있는가 하면 두둥실 뭉게구름이 줄지어 지나갈 때도 있다. 옅은 구름이 잔잔하게 펼쳐져 드넓은 밭을 연상시킬 때도 있고, 솜털구름이 뽀송뽀송하게 펼쳐지는 하늘도 있다. 다양한 모양의 구름들이 앞서거니 뒤서거니 달리기 시합을 하기도 한다.

구름은 시시때때로 변신을 거듭한다. 성벽 위에 올라서서 눈을 부라리며 싸움을 진두지휘하는 장군의 모습을 보이다가도 부드러운 머릿결을 드리운 채 아름다운 자태를 뽐내는 여인의 용모로 바뀌기도 한다. 하늘의 변신은 바람과 다양한 모양의 구름이 만들어낸 작품이다. 수시로 변화를 거듭하는 하늘은 상상의 밭이다.

출퇴근길에도 차창 밖으로 펼쳐지는 하늘을 바라보기 좋아한다. 특히 해 질 녘 발그레 번져나오는 노을의 혈색은 그야말로 장관이다. 순식간에 펼쳐지는 빛의 마술은 충분히 마음을 들뜨게 한다.

하늘을 자주 올려다보게 된 계기가 있다. DSLR 카메라가 유행하고 있을 때 구입한 적이 있다. 아마도 스마트폰이 본격적으로 사용되기 바로 전이었던 시절로 기억한다. 스마트폰이나 똑딱이 카메라보다 제법 크고 무거운 카메라였다. 사진을 찍는답시고 카메라를 둘러메고 얼마간 다녔는데 실력이 별로 늘지 않아 도서관에서 사진 관련 책을 빌려 보았다. 지금은 사진가와 책 이름은 기억나지 않지만 작가는 일본인으로 매일 하늘 사진을 찍어서 엮은 책이었다.

그 책을 읽고 나서부터 하늘을 자주 올려다보며 스마트폰으로 사진을 찍곤 했다. 사진을 찍으면 일상에서 마주치는 대상을 유심히 관찰하게 된다. 새로운 피사체를 찾아야 하기 때문이다.

카메라에 담을 만한 새로운 피사체를 찾아 멀리까지 출사를 나갈 시간적 여유가 없다. 시간적 여유가 없으니 방법을 모색해야 한다. 시간과 돈을 절약하면서 사진을 찍을 수 있는 가장 좋은 방법이 바로 가까운 곳에서 내가 담고 싶은 대상을 찾는 것이었다. 내가 살고 있는 주변에서 찾아야 한다. 나의 주변은 가장 평범하면서도 무엇보다 특별한 사진을 담을 수 있는 공간이기도 하다.

'낯설게 보기'라는 말이 있다. 매일 대상을 다르게 보라는 말이다. 일반적으로 사람들은 매일 보는 대상은 늘 같다고만 생각하는 경향이 있다. 늘 그 자리에 있고 매일 마주하기 때문에 달라질 게 없다고 단정해버린다. 우리 눈에는 보이지 않지만 모든 존재는 엄밀히 말해 한순간도 똑같은 모습을 하고 있지 않다. 우리의 마음속에서 감정의 물결이 일어나듯 물리적인 에너지의 양이 달라짐에 따라 늘 변화가 일어난다.

사진에 의미를 담기 위해 반드시 특별한 대상을 찾을 필요는 없다. 피사체 자체가 특별하다면 다른 사진가들이 이미 작품으로 남겼을 가능성이 많다. 다른 사진가들이 작품으로 남겼다는 말은 더 이상 특별한 사진이 아니라는 말이다. 그렇다면 특별한 사진을 담기 위해 무엇을 어떻게 해야 하는가. 사람들이 말하는 가장 평범한 피사체를 찾아내야 한다. 가장 평범한 것이 어떻게 특별해질 수 있단 말인가. 일상의 평범한 대상을 낯설게 바라봄으로써 특별한 의미를 담아낼 수 있다.

우리 집 거실에 있는 화초 중 하나를 예로 들어보자. 지난 2월 말부터 그윽한 향기를 내뿜었던 킨기아눔이 있다. 보통 사람들은 화초에 별 관심이 없다. 이른 아침 진한 향기가 코를 감싸고 돌아도 향기를 느끼지 못한다. 킨기아눔을 아는 사람도 그저 향기가 나고 있구나 하면서 힐끗 보기만 한다.

나는 다르다. 화초에 관심이 많고 매일 돌본다. 게다가 나는 유명한 사진작가는 아니지만 관심 있는 대상을 사진으로 담아 의미를 부여하고 싶어 한다. 매일 킨기아눔에게 가까이 다가가 향기도 맡아보고 요리조리 방향을 바꾸어가며 살펴보기도 한다. 단순히 오늘 꽃이 피었네 하면서 시선을 한 번 던지고 돌아서버리는 것과는 다르다. 한마디로 말하자면 '낯설게 보기'는 새로운 의미를 부여하기 위해 대상을 다른 시각으로 바라보는 방식이라 할 수 있다.

7, 8년 전쯤이었을까. 인터넷을 검색하다 우연히 박성우 시인의 〈삼학년〉이란 시를 만나게 되었다. 단 여섯 행으로 된 짧은 시였지만 읽는 순간 바로 공감할 수 있는 시였다. 어려운 시어나 미사여구는 없었다. 다섯 행으로 된 1연과 마지막 한 줄의 강렬한 여운이 내 마음을 움직였다. 이렇게 평범한 일상도 시가 될 수 있다는 사실에 신선한 충격을 받았다.

이 경험을 계기로 나의 글쓰기, 좀 더 정확히 말하자면 시 쓰기가 시작되었다. 시랍시고 끼적여보았지만 마음대로 될 리가 없었다. 물이 넘치려면 일단은 가득 채워야 하는 게 이치가 아닌가. 그런데도 난 채우지도 않고 넘치기를 바랐다.

일단은 채워야겠다는 생각에 도서관에서 시집을 빌려 읽기 시작했다. 읽어봐도 이해가 되지 않는 어려운 시는 대충 읽고 넘어가고, 처음 읽었을 때 무언가 가슴속으로 느낌이 일렁이는 시를 중심으로 읽어나갔다. 약 1년 정도 시집을 읽어나가고 있을 무렵이었다. 나도 모르게 시를 한번 써봐야겠다는 마음이 내 안에서 스멀스멀 기어 나오기 시작했다. 아마도 4월 무렵이었던 걸로 기억이 난다.

교문을 지나 오르막 끝자락 화단에 동백나무 한 그루가 서 있다. 비바람이 제법 세차게 몰아치던 주말이 지난 다음 월요일 오후였다. 쉬는 시간 교정을 거닐다 그 동백나무 앞에 이르렀을 때 따사로운 햇살이 나무 아래 떨어져 있던 발그레한 동백꽃을 환히 비추고 있는 풍경이 눈에 들어왔다. 바로 그 순간 나의 첫 습작시가 탄생하게 되었다.

시린 겨울바람
켜켜이 껴입었던 외투를 벗고
따사로운 봄볕을 누린 날이
며칠이었더냐?

주말 비바람에 무던히 내려앉아
지빠귀의 연둣빛 울음소리
타고 내리는 햇살을 향해
마지막 미소 짓는 붉은 몸짓이어라!

_동백꽃

취미로 카메라를 들고 사진을 찍으며 처음으로 '낯설게 보기'를 시작하였다. 낯설게 보기를 하면서 매일 마주치는 대상을 좀 더 관심 있게 바라보는 습관이 생겼다. 다양한 각도로 사물을 살펴보며 새로운 의미를 찾아내려고 노력했다. 늘 다니던 출퇴근길 대신 다른 길을 택하여 다녀보기도 했다. 앞으로만 걸어가던 길을 옆으로 걸어보기도 하고 때로는 돌아서서 뒤로 걸어보기도 했다. 이런 모든 행동은 대상을 새롭게 보기 위한 나의 노력이었다.

시집을 읽고 습작을 하면서 '낯설게 보기'는 온전히 나의 일상이 되었다. 뭔가를 카메라에 담고 글로 표현하려면 새로운 소재가 있어야 했기 때문이다. 길을 걸어가면서도 주위를 둘러보거나 발밑을 살피는 습관이 생겼다. 도시숲길을 걸으며 어제와 다른 대상이 없는지 늘 살핀다. 다른 사람들은 무심코 지나쳐버리는 작은 풀꽃도 내 눈에는 모두 들어온다. 도심에서 문명의 소리가 시끄럽게 퍼져 나와도 내 귀에는 맑고 아름다운 자연의 소리가 들려온다. 출근길 도시숲길에는 참새, 박새, 까치, 비둘기, 직박구리, 꿩, 쇠딱따구리, 비비새 그리고 딱새 등 다양한 새들이 분주하게 아침을 맞이하는 소리가 들려온다.

'낯설게 보기'는 작은 존재에게도 깊은 관심을 갖게 해주었다. 일상의 사소한 변화도 느낄 수 있는 감수성을 기를 수 있게 해주었다. 이 세상에는 나와 함께 살아가고 있는 소중한 존재가 많다는 사실을 새삼 깨닫게 해주었다. 사람들 대부분이 평범하다고 여기는 존재가 결코 평범하지 않다는 걸 알게 되었다.

이 세상에는 특별한 것도 없고, 평범한 것도 없다. 특별한 것은 특별하다는 이유로 곧 평범해져버린다. 사람들이 너나없이 특별해지고 싶어 하고 특별함만을 추구하기 때문이다. 평범한 것이 모두 특별해지는 건 아니다. 사람들은 대부분 평범한 것은 당연히 평범하다고 생각해버린다. 그러면 결코 특별해질 수가 없다. 특별한 의미를 부여해줄 때에만 평범한 것은 특별해질 수 있다.

평범한 피사체를 프레임 안에 담아내는 사진작가나 일상의 평범한 대상을 시나 글로 표현해내는 작가는 평범함을 특별함으로 승화시키는 위대한 사람들이다. 아무리 사소한 대상일지라도 예리한 시각과 뛰어난 감수성으로 마주치는 모든 대상의 특징을 찾아내고 의미를 부여하는 작업은 결코 쉬운 일이 아니다. 매일 꾸준한 노력을 기울여야만 이룰 수 있는 사명이다.

평범한 일상을 지루하고 재미없는 삶이라 불평하지 말고 스스로 의미를 부여하는 습관을 길러보자. 어제의 태양이 오늘의 태양과 같지 않고 어제 아침 출근길에 만난 새소리가 오늘 아침 새소리와는 분명 다르다.

내가 아는 만큼 보이고 들린다. 내가 보고 들은 만큼 알게 된다. 내 삶의 모든 것은 내가 하기에 달려 있다. 아무 생각 없이 소중한 시간을 허비하지 말자. 아침 출근길 발치에서 마주친 풀꽃도 내 삶의 큰 스승이 될 수 있음을 깨닫고, 자신의 삶을 돌아보며 의미 있는 시간을 만들어가자. 아무나 누릴 수 없는 나만의 소중한 삶이 아닌가.

순리를 따르는 자연의 모습

평일에 교외로 나간다. 봄 소풍을 가는 날이다. 마음이 이보다 더 홀가분하고 설렐 수가 없다. 남들이 출근하여 일하고 있는 시간에 자연을 마주하러 갈 수 있음이 감사하다.

화창한 날씨에 적당한 기온으로 시작하는 아침 자동차는 고속도로를 신나게 달린다. 차창 밖으로 스쳐 지나가는 풍경이 초봄을 지나 신록의 4월임을 느끼게 한다. 산자락엔 복숭아꽃이 분홍 물결을 이루고 군데군데 자두꽃이 미색을 더하여 조화를 이루고 있다. 괜스레 가슴이 설레고 부풀어 오른다. 이렇게 싱그러운 날 실내에 있었다면 답답했을 가슴이 시원하게 뚫리는 기분이다.

시원하게 뚫린 고속도로는 바로 지금 내 가슴과 같다. 평일 아침 시간이라 차량도 많지 않아 교통 소통이 원활하다. 도로 왼편으로

획획 지나가는 산등성이가 내 마음을 사로잡는다. 산꼭대기에서부터 타고 내려오는 초록물결이 마치 수묵화를 연상케 한다. 새로 돋아나는 여린 촉들이 수묵화가가 붓 끝에 온 정성을 다하여 점을 찍어놓은 듯하다. 눈앞에 펼쳐지는 풍경을 그림으로 표현하는 게 과연 가능할지 의문이 들 정도다. 자연이 그려놓은 예술작품을 사람이 만들어내려면 얼마나 많은 정성과 노력이 필요할까. 새삼 자연의 위대함과 섬세함에 감탄하지 않을 수 없다.

자연의 모습은 계절마다 늘 아름답지만 해마다 이맘때가 가장 감탄을 자아내게 하는 것 같다. 겉보기엔 꽃이 가장 두드러져 보이지만, 꽃이 지고 난 다음 살며시 눈을 뜨고 고개를 내미는 여린 새순의 반란을 보라. 비린내 나는 연둣빛 속살이 시나브로 빚어내는 순수함이 보이는가. 비록 꽃보다 화려하거나 강렬하진 않지만 은은한 빛깔이 햇살을 품어내는 따스함은 우리의 눈을 시원하게 하고 마음을 차분하게 해준다.

영화 필름이 돌아가듯 차창 밖으로 스치는 장면을 뒤로하고 어느덧 자동차는 고속도로를 빠져나와 국도로 접어든다. 더욱 가까워진 풍경 속엔 절정에 이른 벚꽃이 맑은 아침햇살에 세수를 하는지 푸푸 물을 내뿜는 듯하다. 가끔씩은 무리 지어 둘러앉아 왁자지껄 수다를 떨고 있는 듯하다.

자동차가 꼬불꼬불 오르막길을 오르기 시작하고 귀가 먹먹해지는 걸 보니 목적지인 갓바위가 가까워진 모양이다. 잠시 후 주차장에 주차를 하고 내려서서 주위를 빙 둘러본다. 맑은 공기와 초록물결 그리고 청명한 새소리가 나의 오감이 살아 있음을 느끼게 해준다.

평일이지만 생각보다 제법 많은 사람들이 눈에 띈다. 이 시간에 산을 찾는 사람들은 도대체 어떤 일을 하는 사람들일까. 이런저런 생각을 하며 산을 오르기 시작한다. 바로 옆으로는 깊은 계곡이 있어 물소리가 울려 퍼진다.

높은 산꼭대기에서 어떻게 저렇게 많은 물이 흘러나와 계곡물을 이루는지 자연의 신비는 이해할 수 없다. 높은 산이 품고 있는 물이 얼마나 많을까. 어떻게 물을 가득 품고 있을까. 높은 산은 마음이 얼마나 넓으면 저렇게 많은 물을 묵묵히 품어줄 수 있을까. 품어주는 넉넉한 마음은 욕심을 부리지 않고 때가 되면 흘려보낸다. 자기 것으로 계속 움켜쥐고 있지 않고 적당히 비워낼 줄도 안다. 가득 차면 욕심을 내려놓고 흘러가도록 붙잡아두지 않는다.

산을 오르며 주변을 자세히 살펴본다. 종류가 다양한 나무들이 보인다. 나무 이름을 정확히 몰라 불러주지 못해 미안한 마음이 든다. 소나무와 참나무는 가장 흔히 볼 수 있어 알 수 있지만 자주 본 듯해도 이름이 떠오르지 않는 나무가 많다. 제법 오랜 세월을 보낸 나무 한 그루가 보인다. 나무 둥치에 울룩불룩 상처가 많이 눈에 띈다. 얼마나 오랜 세월을 견뎌냈는지 한눈에 짐작이 간다. 얼마나 힘든 세월을 살았는지 옹이처럼 튀어나온 흔적이 역력하다.

지금까지 살아온 내 삶의 흔적은 어떤 모습일까. 내 몸과 마음에도 저 나무처럼 숱한 옹이와 상처가 두드러져 보이는 건 아닐까. 세월의 마디마다 남겨진 아픔과 괴로움이 움푹 패고 불룩 솟아올라 있지는 않을지…….

생각에 잠겨 말없이 걷다 고개를 들어보니 수많은 계단이 이어져 있다. 계단 양쪽엔 연등이 줄지어 매달려 있고 중천에 떠 있는 태양은 따사로운 햇살을 연등마다 뿌려댄다. 천천히 계단을 오르기 시작한다. 계단을 하나씩 오를 때마다 마음의 짐을 하나씩 덜어내자고 약속한다. 계단마다 하나씩 덜어내고 정상에 이르게 되면 내 마음을 완전히 비울 수 있을 거라 믿으며 천천히 발을 내딛는다.

계단 양쪽에 달린 연등 밑에는 전국 각지에서 다녀간 사람들의 주소와 이름이 적혀 있다. 곳곳에 설치된 확성기에서는 불전을 놓고 간 신도들의 이름을 독송하는 소리가 울려 퍼진다. 불전을 놓고 절을 하고 이름을 적어 연등 밑에 달아두면 반드시 소원이 이루어질까. 이 계단을 한 발 한 발 올라가서 갓바위 부처님께 절을 하면 한 가지 소원은 반드시 이루어진다는 안내문이 붙어 있다.

간절하게 기도드리면 한 가지 소원은 반드시 이루어준다는 말이 사실일까. 기도만 하고 가만히 앉아 있으면 원하는 바를 이룰 수 있다는 게 말이 되는가. 이 말이 사실이라면 모든 사람들이 하는 일을 그만두고 이곳에 와서 절만 하고 있으면 된다는 말인가.

지금 내가 딛고 있는 이 계단을 한 발 한 발 오르는 것 자체가 정성을 모으는 일이다. 계단을 다 올라 부처님께 간절한 마음으로 절을 하고 돌아가면 다시 자신의 일에 최선을 다해야 한다는 뜻이다. 내가 해야 할 일에 최선을 다하고 기도를 드리면 소원을 이룰 수 있다는 말이다.

부처님께 절을 올리고 정상에서 내려다보니 참나무 꼭대기에 까치둥지 두 개가 보인다. 까치 부부가 부지런히 나뭇가지를 물어 날라 둥지를 짓느라 여념이 없다. 둥지 하나는 거의 완성되었다. 제법 큰 나뭇가지를 입으로 물고 이리저리 끼워 맞추고 있는 모습이 여느 목수와 다를 바 없다. 어떻게 저렇게 많은 나뭇가지를 물어왔는지 어떻게 나뭇가지를 엮어 튼튼한 둥지를 만들 수 있는지 신의 섭리가 얼마나 대단한가를 느끼게 된다.

정상에서 내려오는 길 계곡 옆 나무에서 새소리가 아름답게 들려온다. 자주 들어본 박새나 까치 소리는 아니었다. 이리저리 고개를 돌려 아무리 살펴보아도 새소리만 들릴 뿐 정체를 알 수 없다. 어떤 새가 저렇게 고운 목청으로 노래하고 있을까. 걸음을 멈추고 가만히 지켜보고 있는데 나무 밑동으로 자그마한 새 한 마리가 날아오른다. 방금 전까지 고운 음색을 들려주던 녀석이다. 겉모습으로 보아하니 딱새와 비슷하다. 맑고 고운 새소리가 나의 마음을 깨끗하게 씻어주는 듯하다. 도심의 소음에 찌든 나의 귀가 오늘은 호강을 한다. 평소에도 늘 이처럼 맑은 새소리를 들을 수 있으면 좋겠다. 그러면 몸도 마음도 정화되어 행복하게 살아갈 수 있을 것 같다.

오늘 하루 일상의 분주한 삶에서 벗어나 자연의 품속에서 여유로운 시간을 보냈다. 매일 아침 정해진 출근시간에 늦지 않기 위해 불안한 마음으로 허둥대며 집을 나서곤 한다. 도로 사정에 따라 정신없이 바빴다가 조금은 여유로웠다가 하는 마음으로 자동차를 몰곤 한다. 시간에 쫓겨 급한 마음으로 가고 있을 때 갑자기 앞에 다른 자동차가 끼어들려고 하면 조금도 양보하지 않고 차간 거리를 더욱 좁히며 욕을 하기도 했다. 반대로 내가 바빠서 차선을 변경하려 할 때 상대방이 양보하지 않으면 화를 내거나 욕을 했다. 늘 조바심 때문에 남의 입장을 생각해주고 배려해줄 마음의 여유가 없으니 넓은 아량을 베풀어줄 수 없었다.

오늘 아침부터 지금까지 내가 보낸 시간을 가만히 돌아본다. 평소와는 달리 아침부터 시간에 쫓기며 허둥댈 필요가 없었다. 시간적 여유로움은 내 마음을 편안하고 행복하게 만들었다. 차분하고 안정된 마음으로 하루를 시작하니 모든 게 새로워 보였다. 마음이 여유로워지니 무엇이든 긍정적인 시각으로 볼 수 있는 힘이 생겼다. 내 앞에 갑자기 끼어드는 자동차가 있어도 바쁜 일이 있을 거라 생각하며 양보할 수 있었다. 횡단보도 앞에서도 길을 건너는 보행자들에게 양보하는 아량을 베풀 수 있었다.

사람의 마음이란 알다가도 모를 일이다. 급하게 서두르던 마음도, 넉넉하고 여유로운 마음도 모두 내 마음이라는 사실이 믿어지지 않는다. 상황에 따라 정반대의 마음이 앞서거나 뒤서거니 하는 걸 보며 어떻게 마음을 다스려야 할지 고민스럽다. 급한 마음도, 여유로운 마음도 내가 만들어낸 결과물이다. 내 감정이 움직인 결과다.

내가 어떤 선택을 하느냐에 따라 결과가 달라질 수 있다는 말이다.

세상에는 보편적인 진리가 있다. 늘 변하지 않는 진리가 있다는 말이다. 그런데 우리는 상황에 따라 달라지는 명제를 진리로 잘못 알고 있는 경우가 있다. 동서남북은 바뀌지 않는 진리다. 내가 어디를 가더라도 어느 방향을 바라보고 있더라도 동서남북은 결코 변하지 않는다. 내가 왼쪽으로 돌아서든 뒤로 돌아서든 나침반의 침은 북쪽을 가리킨다. 상하좌우는 상대적인 위치다. 내가 어디에 있느냐에 따라 늘 바뀔 수 있다. 불변하는 절대적 진리와 상황에 따라 달라지는 상대적 진리를 혼동하면 안 된다.

이기심과 욕심이 앞서면 절대적 진리가 보이지 않는다. 이기심과 욕심이 이성적인 판단력을 잃게 만들기 때문이다. 자신의 입장에서만 바라보기 때문에 상대적 진리를 절대적 진리라고 우기게 된다. 다툼이 일어나는 곳에서는 서로가 입장이 똑같다. 방향만 180도 돌리면 상대방의 입장에서 바라볼 수 있다. 생각해보면 한 바퀴가 아니라 반 바퀴만 돌면 된다. 한 바퀴를 완전히 도는 것보다는 반 바퀴만 도는 것이 이론상으로 더 쉽다. 그런데도 일상에서 우리는 이를 실천하는 경우가 드물다. 개인이나 조직 그리고 국가 간에 다툼과 불화가 끊이지 않는 이유다.

오늘 자연의 품속에서 보낸 하루는 여러 가지 생각을 하고, 나를 돌아볼 시간적 여유를 누릴 수 있었던 소중한 시간이었다. 산길을 오르내리다 보면 다양한 나무, 풀꽃, 새들을 만날 수 있다. 운명적으로 한곳에만 뿌리를 내리고 평생을 살아가야 하는 생명체도 있고, 새들처럼 자유롭게 원하는 대로 날아다니며 둥지를 트는 존재도 있다. 한곳에 정착하여 살아가야 하는 존재도, 이동하며 살아가는 존재도 모두 함께 어우러져 조화를 이루며 살아가고 있다. 욕심 없이 주어진 상황을 있는 그대로 받아들이고 자신의 소명을 다하기 위해 최선을 다하고 있다. 살아가는 데 필요한 기본적인 욕구만 충족되면 더 이상 욕심을 내지 않는다.

자연은 있는 그대로 아름답고 순수하다. 애써 노력하지 않는다. 그저 순리에 따라 주어진 소명을 다할 뿐이다. 자연은 불변의 진리를 알고 받아들인다. 우리는 자연을 닮은 삶을 배워야 한다. 인간다운 삶을 위해 자연과 하나 되는 삶을 위해 반드시 실천해야 할 의미 있는 과제다.

강물이 흘러가듯

유유히 굽이쳐 흐르는 강물을 본 적이 있는가. 양동마을로 들어가는 길목에 형산강 하구가 있다. 이 강은 경북 경주시 서면 도리 인내산에서 첫 발걸음을 시작하여 동해안으로 흘러들어간다. 유금리와 호명리 사이를 끼고 돌면 저 멀리 포스코 공장의 굴뚝이 보인다.

고향을 다녀오는 길이나 아이들 외가를 다녀올 때마다 이곳을 지난다. 하구 쪽이라 가뭄이 심해도 강물은 늘 제법 많이 흐른다. 오랜 세월 수많은 사연을 안고 흘러왔지만 그 모습은 담담하다.

키 낮은 포플러나무가 올망졸망 모여앉아 있는 4월이면 연둣빛 물결과 강물이 어우러진 풍경은 마치 창녕 우포늪에 와 있는 착각을 들게 할 정도다. 새벽에 지나는 일은 잘 없지만 시간만 잘 맞추면 아침 안개가 자욱한 하구는 그야말로 한 폭의 그림이다.

가끔씩 왜가리 한 마리가 물 위로 비스듬히 세워진 나무그루터기에 걸터앉아 사색을 하고 있는 모습도 볼 수 있다. 바로 옆 도로에서 많은 자동차들이 소음을 내며 달려도 왜가리는 아랑곳없이 수면을 바라보고 있을 뿐이다. 엄청난 몰입과 집중력을 보여준다. 주말이면 형산강 하구엔 강태공들이 군데군데 자리를 잡는다. 갈대숲 사이에서 낚싯대를 드리우고 있는 이들의 모습에서도 또한 집중력을 엿볼 수 있다.

맑은 날 형산강을 지나다 보면 잔물결 일렁이는 수면 위로 눈부시게 쏟아지는 햇살이 가슴을 뛰게 한다. 바람결에 밭이랑처럼 늘어선 물결이 햇살 한 줌 받아들고 곁에 있는 친구에게 넘겨주는 듯하다. 끊임없이 찰랑대는 물결의 햇살 전하기는 사람과 사람 사이에 따스한 정을 나누는 의식 같다.

깊은 강물은 멀리서 보면 마치 호수처럼 움직임이 없어 보인다. 흘러가고 있다는 생각이 전혀 들지 않는다. 시간도 멈추고, 생각도 멈추고, 세상이 모두 잠깐 멈춰 있는 것 같다. 하지만 강물은 끊임없이 흐르고 있다. 돌고 도는 계절의 변화 속에서 자신의 자리를 지키며 세월의 파수꾼으로 흘러가고 있다.

강물의 품속은 수많은 생명들이 살아 움직이는 삶의 현장이다. 잔잔한 수면과는 달리 다양한 물고기와 수중 생물이 수초 사이에서 쫓고 쫓으며 치열한 삶을 살아간다. 물고 물리는 먹이사슬이 이어지는 냉엄한 실전이다.

강물을 바라보며 사색에 빠지면 강물이 들렀던 마을의 이야기가 고스란히 담겨 있음을 알 수 있다. 기쁨과 슬픔, 아픔과 외로움이 번갈아가며 찰방대는 강물은 훌륭한 이야기꾼이다. 이야기보따리를 풀고 싶어도 들어줄 사람이 없으니 가슴속 깊이 담아둔 채 흐른다. 가슴속에 담아둔 이야기는 바다로 흘러들어 높은 파도를 일으키며 하늘로 올라가려 발버둥 친다. 천둥 번개가 치고 폭풍우가 몰아치는 밤이면 꼭꼭 묶여 있던 이야기보따리는 매듭이 풀리고 우레와 함께 하늘로 치솟아 오른다. 하지만 이야기를 들은 사람은 아무도 없다.

어릴 적 우리 집 과수원 앞으로 강물이 흘렀다. 평상시에는 맑은 물이 하늘을 품었다. 얕은 곳에선 졸졸졸 소리를 내며 흘러가기도 했다. 달이 뜬 저녁, 보 위쪽에 고여 있는 물에서 물고기가 뛰어오르면 하나 둘 생겨난 원이 물결을 그리며 기하무늬로 번졌다(저녁 답이면 보 위쪽에 고여 있는 물에서 물고기가 뛰어오르면 하나둘 원을 그리며 물결이 번져 나와 기하무늬를 만들었다.)평화롭고 아늑한 고향의 모습이었다. 비가 많이 내리는 장마철엔 누런 황토물이 사정없이 제방을 후려치고 지나가기 일쑤였다. 진한 흙탕물은 자신의 속마음을 내보이지 않는다. 자신의 마음은 완전히 가린 채 인정사정없이 공격하며 지나간다. 이들이 지나간 자리에는 많은 상처가 남는다. 상류에서 훑어 내려온 세간살이를 비롯해 뿌리째 뽑힌 나무까지 처참한 광경이 펼쳐진다.

세상은 흐름이 중요하다. 흐름을 잘 타야 한다. 강물을 건널 때

물살의 흐름을 보고 그 흐름을 타게 되면 쉽게 강물을 건널 수 있다. 세상을 살아가는 일도 이와 마찬가지가 아닐까. 나에게 유리한 흐름이 왔을 때 기회를 잡아야 한다. 그 흐름을 잘 타면 별로 큰 힘을 들이지 않아도 원하는 바를 얻을 수 있다. 먼저 흐름을 읽어내는 능력을 길러야 한다. 흐름을 읽어내는 능력은 하루아침에 기를 수 있는 것이 아니다. 많은 시간과 노력이 필요하다.

목표를 이루기 위해 우리는 많은 노력을 기울일 때가 있다. 오로지 목표를 달성하는 데에만 온 힘을 집중한다. 전체적인 상황을 고려하지 않고 빠른 시간 안에 목표를 이루는 것에만 집중한다. 열심히 목표에 집중하는 자체가 잘못된 건 아니지만 전체를 조망하는 습관을 갖추지 못하면 흐름을 파악할 수 없다. 선택과 집중이 필요하고 중요하지만, 먼저 전체 흐름을 파악하는 것이 먼저임을 깨달아야 한다.

무슨 일을 시작하든 먼저 밑그림을 그리는 것이 순서다. 밑그림이 완성되고 나면 비슷한 부분끼리 묶어 특징을 살리고 적재적소에 필요한 내용을 채워나가야 한다. 흐름에 따라 선택과 집중이 필요한 시기다.

욕심을 앞세워 한 번에 온 힘을 다 쓰려고 하지 마라. 욕심이나 의욕이 앞서면 전체를 보는 눈이 흐려진다. 전체를 조망할 수 없으면 균형을 이루지 못하게 된다. 균형을 이루지 못하면 중심을 잃게 되고, 중심을 잃게 되면 모든 게 흔들리기 시작한다. 걷잡을 수 없는 소용돌이에 휘말리게 된다. 소용돌이에 휘말리면 빠져나오기가 쉽지 않다. 소용돌이에 빠지기 전에 대책을 세워 미리 예방하는 것이 가장 좋은 방법이다.

현명한 사람은 대쪽 같은 사람이 아니다. 너무 곧은 사람은 부러지기 쉽다. 지나치게 무른 사람은 바로 서야 할 때 바로 서지 못한다. 바람이 불면 바람에 앞서 누웠다가 바람이 지나가면 다시 일어서는 풀과 같은 삶을 사는 지혜가 필요하다. 들풀은 흐름을 제대로 이용할 줄 안다. 자신의 중심이 흔들리기 때문에 풀이 눕는 건 절대 아니다. 받아들이는 마음, 인정하는 마음이 있기 때문이다.

강하게 밀고 나아간다고 반드시 좋은 건 아니다. 상황에 따라 고개를 숙일 줄도 알아야 한다. 강자 앞에 비굴하게 무릎을 꿇는 게 아니라 필요에 의해 스스로 상황을 이용하는 지혜를 발휘하는 것이다. 두 걸음 전진을 위해 한 걸음 후퇴하는 전략이다. 흐름을 읽고 흐름을 타는 현명한 전략이다.

모든 일에는 흐름이 있다. 자연스러운 흐름이 있다는 사실을 명심하라. 자연스러운 흐름에 따라 처리를 해야 한다. 흐름에 역행하면 반드시 문제가 생긴다. 흐름을 거역하면 다친다. 순리를 따르라는 말이다. 내가 힘이 조금 있다고, 배경이 조금 있다고 어깨에 힘을 주고 으스대지 마라. 힘을 잘못 사용하면 다치거나 부러지게 된다. 그것이 세상이 돌아가는 이치요 진리다. 자연의 법칙이다.

무엇이 두려운가. 힘에는 힘으로 맞받아치려고 하지 마라. 부드러운 것이 강한 법이다. 부드러운 것이 결국에는 이긴다. 무조건 힘이 세다고 좋은 건 아니다. 힘이 너무 강하면 제 힘에 부러지는 수가 있다. 상대방이 나의 힘을 역이용하여 내가 꺾이게 된다. 씨름 경기를 보지 않았는가. 상대방이 힘을 잔뜩 집어넣어 밀어붙일 때 이 힘을 역이용하여 방향만 살짝 바꾸기만 해도 상대는 그대로 거꾸러지고 만다.

상황을 잘 이용해야 한다. 전체적인 상황을 잘 판단하고 읽어 흐름을 타야 한다. 흐름은 언제나 왔다가 간다. 나에게 흐름이 왔을 때를 알아차리고 그 시기를 놓치지 않는 게 중요하다. 나는 지금 글쓰기를 하고 있다. 무슨 글을 쓰고 있는가. 아무 글이나 생각나는 대로 쓰고 있다. 닥치는 대로 쓰고 있다. 내용은 중요하지 않다. 나는 지금 내 생각의 흐름을 붙잡는 연습을 하고 있다. 강물이 흘러가듯 자연스레 떠오르는 생각을 붙잡을 수 있다면 나의 글쓰기는 자유로워질 수 있을까.

화초를 돌보며

　현재 시각 새벽 4시 43분. 아들 녀석이 기침을 하고 있다. 나를 닮았는지 기침을 자주 하는 편이다. 봄날 약간의 기온 변화에도 적응을 못하는지 목감기가 들곤 한다. 내가 고등학교 3학년 시절 바로 이맘때인 4월 중순 무렵이었던 걸로 기억이 난다. 처음엔 단순한 감기라고 생각했다. 병원에서 주사를 맞고 약을 처방 받아 먹었다. 2주일이 지났지만 기침은 더 심해졌다. 엑스레이 사진을 찍어본 결과 기관지염으로 밝혀졌다.

　알다시피 1980년대 중반은, 고등학교 3학년이면 아침 일찍 등교하여 밤늦게까지 자율 아닌 자율학습을 하던 시절이었다. 아침 7시 20분까지 등교하여 밤 11시가 지나서야 집에 도착했다. 병원에 가서 주사를 맞아야 하지만 시간이 없어 약으로 대신 해야 했다. 하루

다섯 번씩 약을 먹어야만 하는 강행군이 계속되었다.

기관지염을 앓으면 찬바람을 조금만 쐬어도 바로 기침이 난다. 기침이 한 번 시작되면 끊이질 않는다. 목이 따갑고 심하면 가슴까지 아파온다. 계속 기침을 해대고 나면 이마와 온몸에 식은땀이 나기도 한다. 전반적으로 기력이 쇠해진다.

가장 힘들었던 때는 수업시간이었다. 약을 많이 먹었기 때문에 졸음이 찾아오는 경우가 많았다. 아마도 수학시간이었다. 나도 모르게 졸고 있었는데 선생님께서 "요놈!" 하시며 작고 단단한 북채로 나의 정수리를 한 대 후려쳤다. 몸이 아파 약을 먹고 졸고 있다는 걸 몰랐던 모양이었다. 순간 눈물이 핑 돌았다. 아픈 것도 아픈 것이었지만, 서럽고 억울해서 참을 수가 없었다. 어쩔 도리가 없었다.

윤리시간이었다. 선생님께서 한창 수업을 진행하고 있는데, 연거푸 기침이 나기 시작했다. 친구들에게 방해가 될까 싶어 미안한 마음에 참으려고 노력했지만 어찌할 수 없었다. 그 순간 선생님께서 화를 내며 밖으로 나가라고 하는 게 아닌가. 지난번 수학시간에 머리를 한 대 얻어맞은 것보다 더 어이가 없어 할 말을 잃었다. 밖으로 나갔는지는 기억이 나질 않는다.

담임선생님 시간인 국어시간이었다. 키가 작은 편이었던 나는 맨 앞줄에 앉아 있었다. 불혹에 접어드신 선생님은 머리가 온통 백발이셨다. 말씀도 천천히 하며 재미나는 이야기도 많이 해주셨다. 우리에게 늘 최선을 다해 공부해야 성공할 수 있다고 말씀하셨다. 한창 수업이 진행되고 있을 때 나의 기침이 발동이 걸렸다. 그칠 기미가 없자 선생님께서 다른 친구에게 조용히 말씀하셨다.

"아무개야! 니 자한테 물 한잔만 떠다줘라."

지금도 선생님의 그 말씀을 잊을 수가 없다. 약을 먹고 졸고 있다가 머리를 얻어맞았던 일과 기침을 심하게 해서 수업에 방해된다고 밖으로 나가라는 말을 들었던 기억이 교차하면서 눈물이 날 것만 같았다. 가슴이 따뜻해지고 뭉클해졌다. 지금도 그 당시의 기억을 떠올리면 마음이 짠해진다. 겉으로 표현은 잘하지 않았지만 선생님의 깊은 제자사랑을 알 수 있는 대목이다.

우리 담임선생님의 영향을 받아서인지 모르겠지만 나도 지금 현재 학생들을 가르치고 있다. 내가 선생님으로부터 받은 따뜻한 사랑의 기억이 떠올라 수업 중에 기침을 하거나 아픈 학생이 있으면 충분히 배려해주려 노력한다.

아이들을 바르게 교육하고 가르치려면 어떻게 하는 것이 가장 바람직할까. 교사가 매사에 간섭하며 강압적이고 권위적인 태도로 지도해야 하는가. 교사는 대체로 성향에 따라 엄하게 대하는 교사와 부드럽게 지도하는 교사로 나누어진다. 어떤 지도방식이 더 낫다고 말할 수는 없다. 상황에 따라 엄하게 또는 부드럽게 다가가야 한다. 중요한 것은 지도방식이 아니라 학생들의 입장을 공감해줄 수 있느냐 없느냐의 문제다.

과거에는 학교에서 선생님은 권위적이고 엄했다. 학생의 입장에 서기보다 선생님의 입장에서 편한 쪽으로 기우는 경우가 많았다.

요즘은 시대가 바뀌었다. 세상이 완전히 바뀌었다. 변화의 속도도 점점 빨라지고 있는 추세다. 인공지능이 사람들의 일자리를 대신하고 있다. 과거처럼 권위를 내세우고 엄격하게 아이들을 통제하는 시대는 지났다. 소위 말하는 '빡빡이' 숙제를 하면서 단순 암기를 하던 시대는 지났다. 아이들이 정서적으로 보다 더 편안한 상태에서 자신들의 의견과 생각을 자유롭게 말할 수 있는 분위기를 만들어줘야 한다. 물론 지나치게 자유로운 분위기가 되어 최소한 지켜야 할 기본이 무너지는 일은 없어야 한다.

아이들을 지도하다 보면 문득 집에서 기르는 화초가 떠오른다. 한창 자라나는 아이가 화초와 많이 닮았다는 생각이 든다.

내가 집에서 본격적으로 화초를 키우기 시작한 때는 2007년 무렵이었다. 그 전까지는 집에 화분이 한두 개 있었지만 살아남는 녀석은 거의 없었다. 화초를 돌볼 줄도 몰랐던 시절이었다. 업무를 담당하다 모처럼 담임을 맡았던 해였다. 학기 초 면담을 오면서 화분을 가져오는 학부모님이 몇 분 있었다. 요즘은 소위 '김영란법'이 시행되어 있을 수 없는 일이겠지만, 그 당시엔 흔히 있는 일이었다.

그때부터 해마다 베란다에 화분의 수가 조금씩 늘어나기 시작했다. 식구가 늘어나자 나도 제대로 한번 길러보자는 마음이 생겨 관심을 기울이기 시작했다. 주말과 휴일이면 화분에 물을 주고 마른

잎을 제거하고 먼지를 닦아내는 등 정성을 다하였다.

그 무렵 인터넷에는 '싸이월드 미니홈피'가 한창 유행하고 있었다. 홈쇼핑에서 구입한 작은 디지털카메라로 찍은 화초 사진과 함께 간단한 글을 미니홈피에 올리곤 했다. 지금 생각해보면 그때부터 나의 글쓰기가 시작되지 않았나 싶다.

인터넷에 화초 사진과 글을 올리면서 화초를 돌보는 일에 점점 더 열정을 쏟기 시작했다. 매일 아침 일어나 화초를 둘러보며 인사를 나누었다. 밤새 잘 잤는지 물어보기도 하고 잎을 쓰다듬어주면서 예쁘게 잘 자라줘서 고맙다는 말도 건넸다. 말 못하는 식물이지만 관심을 줄 때와 바빠서 한동안 신경 쓰지 못했을 때 확연한 차이를 느낄 수 있었다. 조금만 소홀해도 먼지가 쌓이면서 윤기가 없어졌다. 엄마가 돌봐주지 않으면 얼굴에 때가 꼬질꼬질 묻어 있는 아이와 다를 바 없었다.

초록물결이 새들의 지저귐을 타고 사방으로 퍼져나가는 4월, 그동안 집에서 기르던 화초 중 특별히 기억에 남는 녀석들이 있다.

7, 8년 전 3천 원을 주고 구입하여 여러 차례 꽃도 피우며 잘 자라던 스파티필름이 현재 살고 있는 아파트로 이사한 후, 무언가 심상찮은 조짐을 보였다. 물을 너무 많이 준 탓일까. 특히 무더운 여름철을 견디기가 힘들었는지 잎의 윤기도 없어지고 끝이 마르기도 했다. 특단의 처방을 내리지 않으면 영원히 이별을 고해야 할 것 같았다. 그래서 과감하게 뽑아 뿌리를 깨끗하게 씻은 다음 병에다 물꽂

이를 했다. 그렇게 추운 겨울을 보내고 봄이 되면서 뿌리도 튼실해지고 새잎이 하나씩 돋아나면서 생기를 되찾기 시작했다. 주변이 온통 초록으로 번진 4월 무렵 새로운 분갈이용 배합토를 듬뿍 넣은 보금자리를 마련해주었다. 그 후 주기적으로 새잎이 돋아나기를 반복하면서 사계절이 지난 지금 드디어 하얀색 꽃 몽우리를 조용히 내밀었다. 매일 아침저녁으로 녀석의 상태를 살피고 시기에 맞춰 물을 주면서 지극한 정성과 관심을 기울인 결과였다.

다음으로 이웃집에서 줄기 세 개를 얻어다 처음 심었을 땐 이름도 몰랐던 스웨디시아이비! 끊임없이 새순을 틔워 길게 줄기를 늘어뜨리고, 예쁘지는 않지만 꽃도 피우며 무척 잘 자라던 녀석이었다. 하지만 이 녀석도 이사를 온 후 새순이 돋아나는 끝부분이 마르고 잎이 떨어지면서 기력을 잃어갔다. 우리 아파트는 정남향이지만 주변 건물 때문에 햇빛이 많이 들지 않는다. 햇빛을 많이 보지 못해서일까. 아니면 물을 너무 많이 준 탓일까. 그동안 나름대로 신경을 쓰며 잘 보살폈다고 생각했는데 잘 자라지 않으니 괘씸하다는 생각이 들었다. 그래서 그 후로 한동안 물도 거의 주지 않고 방치하다시피 해두었다. 그러던 어느 날, 자세히 들여다보니 잎이 거의 다 떨어진 앙상한 줄기에서 연초록 새잎이 예쁘게 돋아나고 있는 게 아닌가. 이 녀석은 지금 제법 자라나 줄기를 늘어뜨리고 해바라기를 하며 우리 집 거실에서 예쁘게 한 자리를 차지하고 있다.

화분을 처음 들여놓았을 당시에는 아무것도 모른 채 화초가 시들시들하면 무조건 물을 자주 주곤 했다. 시간이 지나면서 인터넷에서 화초 기르기와 관련된 블로그를 방문하여 정보를 얻은 후, 물 부족이 아니라 과습 때문임을 알게 되었다.

앞에서 말한 스파티필름과 스웨디시아이비를 가꾸고 돌보는 과정에서 두 가지 새로운 교훈을 얻었다. 첫 번째는 아이들에게나 화초에게나 지극한 관심과 사랑은 약이 되지만, 지나친 관심과 사랑은 오히려 독이 된다는 것이다. 지나친 관심은 아이들에게 큰 부담을 줄 수도 있다. 또한 부모의 사랑이 지나치면 아이들이 자신감과 독립심을 기를 수 없게 된다. 또 다른 교훈은 모든 것은 때가 있다는 것이다. 화초도 싹이 돋고 꽃이 피는 시기가 저마다 다르다. 내가 보살피고 있지만 내가 보고 싶어 하는 그 순간에 반드시 꽃을 피우지는 않는다. 매일 정성껏 돌봐주고 인내하면서 지켜봐주면 어느 순간 때가 되면 예쁜 꽃으로 화답한다. 아이들도 마찬가지다. 부모가 원하는 결과를 그때그때 보여주지 못한다고 해서 조바심에 불안해하며 아이들을 야단치거나 다그치면 안 된다. 무조건 물을 많이 주고 거름을 많이 준다고 화초가 곧바로 예쁜 꽃을 피우지 않는 것처럼…….

요즘 학교폭력과 청소년 자살이 심각한 사회문제로 대두되고 있다. 하지만 정부에서 추진하고 있는 대책은 근본적인 해결책이 아닌 것 같다. '사후약방문'식의 임시방편으로는 문제를 해결할 수 없다. 평소 생활 속에서 학교, 교사, 학부모, 사회 모두가 우리 아이들에게 '지나친' 관심과 사랑이 아닌 지극한 관심과 사랑을 기울여야 한다.

아이들의 목표가 오로지 좋은 성적을 받고, 많은 스펙을 쌓아 소위 일류 대학을 나와 좋은 직장을 갖는 것이 되어서는 안 된다. 이것은 우리 아이들을 지옥과 같은 경쟁의 터널 속으로 몰아넣을 뿐이다.

기성세대들이 먼저 의식을 바꾸고 욕심을 버려야 한다. 아이들에게 성공하기 위해서는 무조건 열심히 공부해야 한다고 말할 것이 아니라, 먼저 자신의 꿈을 갖게 하는 것이 중요하다. 자기 혼자만 잘 살겠다는 이기적인 꿈이 아니라, "내가 바라는 것은, 내가 있음으로 해서 이 세상이 더 좋아졌다는 것을 보는 일이다"라는 링컨의 말처럼 이타적이고 분명한 자신의 꿈이 있어야 한다. 이러한 꿈을 이루기 위해서는 자신을 다른 사람과 비교할 것이 아니라 먼저 자기 자신을 제대로 알 필요가 있다. 다시 말해 자신에 대한 깊은 성찰이 필요하다.

아이들이 진정한 자신을 발견하고 자신의 꿈을 이루도록 어른들이 도와주어야 한다. 현실과 너무 동떨어진, 이상적인 이야기를 하고 있는 듯하지만, 우리가 아이들을 지나친 관심과 사랑이 아닌, 지극한 관심과 사랑으로 보살펴야 하는 이유다.

마른풀은 살아 있다

《어느 날 사진이 가르쳐준 것들》(천명철 지음)이란 책을 읽은 적이 있다. 아마도 내가 2007년 처음으로 DSLR 카메라를 장만하고 작품사진을 찍어보겠다고 다니던 무렵이 아닐까 싶다. 새 차를 사면 어린아이처럼 기분이 좋아 잠시도 집에 있지 못하고 자꾸만 자동차를 몰아보고 싶은 마음이 생긴다. 내겐 DSLR 카메라도 마찬가지였다.

매뉴얼을 열심히 읽어보고 카메라를 요리조리 조작해보면서 흐뭇해하던 시절이었다. 카메라는 구입했지만 실제로 사진을 많이 찍어보지 않았기 때문에 사진에 대한 공부가 더 필요하다는 생각으로 책을 찾아보고 있었다. 인터넷을 검색하다 우연히 발견하게 된 책이 바로 《어느 날 사진이 가르쳐준 것들》이었다.

이 책을 선뜻 고른 이유는 단순한 사진촬영기법을 알고 싶어서가 아니었다. 기법에 관한 내용은 이미 가지고 있던 한 권만으로도 충분했다. 사진에 대한 좀 더 깊이 있는 철학이랄까 뭐 그런 걸 갖고 싶던 차에 만나게 된 소중한 책이다.

작가는 이 책에 사람들이 일반적으로 시선을 보내지 않는 하찮은 존재들에게 깊은 관심과 열정을 담았다. 봄의 화려한 꽃 잔치, 여름철 무성한 신록의 향연 그리고 가을의 풍성한 열매를 거두고 난 텅 빈 들판과 마른풀을 집중 조명한다.

기존에 나와 있는 다른 사진 책과는 달리 다루는 소재가 화려하지 않은 점 그리고 사진에 대한 작가의 철학이나 생각이 나의 관심을 끌기에 충분했다. 블로그를 통해 아프리카에 있는 에티오피아 사람들의 삶과 풍광을 생생하게 담고 있는 신미식 사진가의 이국적인 작품을 보아왔지만, 천명철 작가의 사진은 나에게 특별한 의미로 다가왔다.

이 책을 읽고 난 후부터 산책을 하거나 거리를 지나다닐 때마다 골목길 구석이나 담벼락 아래에 터 잡고 살아가는 풀꽃이 곧잘 눈에 들어왔다. 늦가을 된서리를 맞고, 한여름 푸르렀던 청춘의 추억을 고스란히 마음속에 품은 채 쓰러져 있는 마른풀에게 시선을 던지곤 했다.

사람들 대부분은 봄날의 화려한 꽃이나 한여름 무성한 신록이 우거진 울창한 숲 그리고 형형색색으로 물들어 흩날리는 가을날의 단풍을 사진으로 담으려고 앞다투어 몰려든다. 사진작가들 중에는 자신이 가장 좋은 자리에서 가장 멋진 사진을 담으려고 자리를 차지하는 이들도 있다. 한 장의 멋진 사진을 담기 위해 주변의 다른 생명체들은 아랑곳하지 않고 짓밟아버리는 경우도 있다. 어느 유명한 사진작가는 울진에 있는 대왕소나무를 찍기 위해 주변에 있던 수십 년 된 금강송을 마구 베어버리기도 했다.

사진뿐만 아니라 우리 사회의 다양한 분야에서 화려한 겉모습만 좇는 풍조가 만연하고 있다. 학생들까지도, 그것도 학기 중에 성형수술을 하는 이들이 늘어나고 있다고 한다. 그야말로 외모지상주의가 판을 치고 있다.

이와 같은 전반적인 사회 분위기 속에서 겨울 들판의 마른풀을 바라보며 깊은 사색의 시간을 갖는 천명철 작가를 생각하면 마음이 따뜻해진다. 많은 사람들의 주목을 받지도 못하는 소박한 존재에게 따스한 눈길을 던지며 삶의 아픔을 어루만져준다. 소외받고 있는 존재의 밑바닥을 조명함으로써 진정한 삶의 의미를 찾아내고자 노력한다.

우리의 삶은 돌고 돈다. 봄, 여름, 가을, 겨울. 계절의 순환이 계속되듯 우리의 삶도 끊임없이 이어진다. 계절에 따라 그 모습은 달라지지만 내면의 세계는 결국 하나라는 사실을 알아야 한다.

겉모습만 바꾸면 내면도 달라진다고 생각하는 사람들이 많이 있다. 대표적인 사례가 성형수술을 받거나 진한 화장으로 변장을 하거나 화려하고 값비싼 옷이나 장신구로 온몸을 치장하는 경우라고 할 수 있다. 겉모습을 아무리 아름답게 꾸미더라도 내면은 달라지지 않는다. 인위적인 노력으로 바꾼 경우엔 시간이 지나면 금방 본래의 모습이 드러나게 되어 있다. 화장을 예쁘게 했더라도 얼굴 표정이 밝고 순수하지 못하면 진정한 아름다움을 갖추었다고 할 수 없다.

진정한 아름다움은 어디에서 나오는가. 내 안에 품고 있는 마음과 내가 지닌 가치가 아름다워야 한다. 내면이 아름다우면 외모는 자연스럽게 아름다워지게 마련이다. 내 마음속에 분노 혹은 짜증이 가득 들어 있다면 얼굴 표정이 밝아질 수 없다. 눈으로는 웃음을 짓고 있지만 입으로는 화를 내는 표정을 만드는 것은 불가능하다. 우리의 겉모습은 내면과 밀접한 관련이 있다. 얼굴 근육도 마찬가지다.

산이나 들로 산책을 나가 보면 꽃이나 나무를 자주 만난다. 모두 소중한 존재라는 생각에 이름을 찾아보며 익히려고 노력한다. 도서관에서 책을 빌려 사진과 함께 각각의 풀꽃과 나무의 특징을 비교하며 외웠지만 막상 마주치면 이름이 잘 기억나지 않는다.

우리가 들꽃과 나무의 이름을 익히기 어려운 가장 큰 이유는 물론 관심의 문제다. 관심이 있어도 쉽지 않은 이유는 계절마다 그 모습이 다르기 때문이기도 하다. 나무를 예로 들면 이른 봄 새순이 나오고 꽃이 필 때나 가을에 열매를 달고 있을 때는 그나마 구별하기 쉽다. 꽃의 색깔이나 잎 또는 열매를 보면 나름대로 특징을 찾아내어 비교해볼 수 있다. 문제는 꽃과 잎 그리고 열매를 모두 떨구고 난 겨울철이다. 오로지 맨살로 떨고 있는 나무줄기와 가지만 남아 있으니 더욱 구별이 어려워진다.

한겨울 산이나 들판에서 한생을 마감하고 누워 있는 풀꽃도 마찬가지다. 지난날의 싱그러움과 풍성함은 사라지고 말라 쪼그라진 육신만 세찬 바람에 떨고 있는 모습에서 어떤 생명이었는지 알아보기는 쉽지 않다.

우리 인간의 모습도 마찬가지가 아닐까. 젊은 시절 근육이 우람하고 피부가 탄력 있을 때 보았던 얼굴을 떠올려보라. 세월이 흘러 중년을 지나 노년에 접어들면 근육도 줄어들고 탱탱하던 피부는 쭈글쭈글 오그라들어 초라해진다. 젊은 시절과는 완전히 다른 모습으로 비친다. 사람이나 풀꽃 그리고 나무도 모두 마찬가지의 삶을 살아간다.

우리는 영원히 젊음을 유지할 수가 없다. 나이가 들면 몸이 병들고 노화가 빨라지는 것은 자명한 이치다. 겉모습이 늙어가고 기력이 쇠해진다고 슬퍼할 일은 아니다. 당연한 이치를 당연하게 여기지 않고, 당연하게 여겨서는 안 될 고마움을 당연하게 여기는 사람들이 많다. 매우 잘못된 사고방식이다. 이는 받아들여야 할 일은 받아들이지 못하고 감사해야 할 일은 감사하지 않는다는 말이다. 삶이 순탄할 리 없다. 매사에 순리를 따르지 않기 때문에 삶이 고통스러울 수밖에 없다.

겉모습에 목숨 걸 일이 아니다. 때가 되면 변화하는 것이 겉모습이다. 그러한 변화는 당연한 일이다. 고민할 필요 없이 그대로 받아들이면 그만이다. 외모가 볼품없다고 주눅 들거나 부끄러워할 일이 아니다. 추잡해 보인다거나 궁색하고 비열해 보이는 것과는 다르다. 겉으로 부족함이 있더라도 내면이 알차고 정신이 깨어 있으면 초라해 보이거나 궁색해 보이지 않는다. 소박하고 담백해 보인다.

내면을 충실하게 다지지 않고 외모만 가꾸려 노력해서는 안 된다. 외모를 아무리 가꾼다 하더라도 내면이 뒷받침되지 않으면 모든 게 헛일이다. 자신의 내면을 갈고 닦기 위해 우리는 늘 깨어 있어야 한다. 자신을 성찰할 시간을 만들어야 한다. 시간이 없다고 불평해서도 안 된다. 불평할 시간이 있다면 잠시라도 내면을 바라보는 연습을 시작해라. 내 영혼을 맑게 하고 마음을 닦는 일이 어디 하루아침에 이루어지는 일인가.

어린 시절이나 청춘의 피가 끓어오르는 시기에는 싱그러움과 넘치는 힘이 천년만년 갈 거라 생각할 수 있다. 그때는 삶의 깊은 의미를 생각해볼 마음의 여유가 없는 시기다. 가만히 있어도 열정이 솟아나고 패기가 넘치는 때다. 두려운 것도 없고 무엇이든 마음만 먹으면 해낼 수 있다는 자신감이 넘쳐나는 시기다. 나중의 일을 생각할 필요도 없고 또한 생각할 수도 없다. 지금 이 순간의 열정과 활력이 나를 강력하게 밀어주고 있기에 먼 훗날을 대비할 지혜가 아직은 부족하다.

현명한 사람은 사계절의 변화를 바라보며 자기 삶의 변화를 예측할 수 있다. 매일 깊은 사색을 하며 자연이 던져주는 메시지를 하나씩 받아들여 자기 삶의 교훈으로 삼는다. 봄이 되면 만물이 소생하고, 여름이면 왕성한 활동으로 자신의 성장을 도모한다. 가을이면 풍성한 결실을 맺어 수확을 하고, 겨울이면 성장을 멈추고 조용히 내면을 살찌워 이듬해를 준비하는 과정을 반복한다. 이렇게 반복되는 과정을 지켜보며 삶을 준비하고 고난이 닥쳤을 때 어떻게 헤쳐 나갈지 대비한다.

추운 겨울 들판에 누워 있는 마른풀의 세계는 어떤 모습으로 다가오는가. 힘겹게 지나온 기나긴 생을 마감하는 허무한 계절의 상징으로 보이는가. 아니면 다음 생을 위해 또는 후세를 위해 자신의 모든 걸 다 바쳐 마지막으로 산화하는 꽃처럼 아름답고 거룩한 사명으로 여겨지는가. 바라보는 이의 마음속에 어떤 가치를 품고 있느냐에 따라 서로 다르게 느껴지는 건 당연하다. 사람마다 생각과 의식에 차이가 있을 수밖에 없다. 저마다 타고난 기질과 살아온 경험이 다르기 때문이다.

천명철 사진작가가 관심을 쏟았던 겨울 들판의 마른풀은 결코 죽은 존재가 아니다. 겉으로 보기엔 마르고 쪼그라들어 볼품없지만 그들은 위대한 청춘이다. 한생을 살아오는 동안 봄부터 가을까지 겪어온 온갖 경험들이 마른풀 속에 차곡차곡 스며 있다. 마른풀은 누구보다도 뜨거운 열정과 넘치는 에너지를 품고 있던 존재다.

주름이 가득한 노인의 얼굴에서 희망과 새 생명을 볼 수 있어야 하듯 겨울눈에 덮여 스러진 마른 풀잎을 보며 새봄의 연둣빛 여린 촉이 피어나는 무한한 생명력을 느낄 수 있어야 한다. 늙어서 죽어가거나 말라서 소멸해가는 모든 존재는 끝이 아니다. 새로운 생명의 탄생을 염원하며 온몸을 불사르는 무한한 생명에너지다.

끝은 곧 새로운 시작이다. 새봄에서 겨울로 이어지는 계절의 순환을 따라 산과 들의 꽃과 나무는 끊임없는 변화를 이어간다. 겉모습이 아무리 바뀌더라도 이들의 생명은 내면의 에너지로 영원히 이어진다. 한겨울 들판에서 조용히 펼쳐지는 마른풀의 향연은 그래서 끝없는 생명에너지의 승화다.

신제지 연꽃과 야생화

주말 아침 홀로 산책길을 나선다. 아파트 뒤편에 있는 쪽문을 열고 나가면 뒷산자락이 아파트 울타리까지 닿아 있다. 우람한 소나무 가지위엔 여린 박새 떼가 분주하게 아침식사 중인 모양이다. 사이좋게 앞서거니 뒤서거니 먹이를 잡는 박새 소리가 정답다. 늘 다니던 산자락 옆길을 따라 창포 숲을 향해 천천히 걸어간다. 이른 시간이라서인지 오솔길이 한산하다. 공기는 맑고 코끝에 감기는 미풍은 싱그럽다. 길 건너 신제지 연못이 시야에 들어온다.

신제지는 창포 숲으로 산책을 가는 길에 늘 지나가는, 그리 넓지도 작지도 않은 연못이다. 최근에는 한가운데에 분수가 설치되었다. 더운 여름이면 시원한 물줄기를 세차게 뿜어 올리는 모습이 마치 튼실한 나무가 서 있는 듯하다.

이 연못에는 다정한 오리 부부 한 쌍과 잉어 가족 그리고 연꽃이 함께 어울려 하나의 공동체를 이루고 있다. 오리 부부는 내가 산책할 때마다 거의 매번 마주치는데 항상 둘이서 함께 행동을 한다. 한 마리가 앞장서서 연꽃 사이를 헤엄쳐 나아가면 다른 한 마리도 약속이나 한 듯 그 뒤를 따른다. 옛날 우리 조상들이 집을 나설 때 남편이 앞장서고 아내가 그 뒤를 따르는 모습과 흡사하다. 수컷 오리가 헤엄치며 나아가다 자맥질을 하면 암컷도 뒤이어 자맥질을 시작한다. 한 녀석이 물에 젖은 머리와 날개를 격렬하게 털면 다른 한 녀석도 덩달아 날개를 털어 물기를 말리고 털을 고른다. 특별히 고함을 지르거나 대화도 없이 서로를 물끄러미 바라보기만 해도 자연스레 의사소통이 되는 모양이다. 오랜 세월 함께 살아온 남편과 아내 사이처럼 필요한 말 외에는 대화를 나누지 않는다. 평생을 함께 살아온 세월이 있어 말이 필요 없는 듯하다.

소통을 위해 반드시 말이 필요한 것은 아니다. 일반적으로는 말을 통해야 의사 전달이 더 정확하게 된다. 반대로 가장 빈번한 의사 전달 수단인 말이 없어도 소통이 잘 이루어지는 경우가 있다. 함께 한 절대적인 시간의 길이가 둘 사이의 관계를 돈독하게 하는 것인가. 시간의 길이보다 서로 간의 마음의 깊이가 관계를 발전시키는가. 오리 부부의 삶을 바라보며 관계의 깊이와 시간의 상관관계를 생각해본다.

연못 속에는 다양한 잉어 가족이 자유롭게 헤엄치고 다닌다. 가끔씩 수면 위로 고개를 내밀어 기포를 뽀글뽀글 피워내기도 하고 꼬리를 흔들며 물살을 만들어내기도 한다. 물속을 자세히 들여다보면 많은 잉어가 여유롭게 여기저기 몰려다닌다. 식구가 많지 않은 현대사회에서 신제지의 이곳저곳을 떼 지어 몰려다니는 잉어 가족을 보면서 서로 양보하며 함께 살아가는 공동체의식을 배울 수 있다.

해마다 7, 8월이면 신제지에는 연잎과 연꽃이 연못을 거의 뒤덮는다. 잎은 말라 스러지고 연밥과 연줄기만 꼿꼿이 서 있는 녀석, 고개를 완전히 꺾은 녀석 그리고 아예 물속으로 잠수해버린 녀석 등 다양한 자세로 겨울을 나는가 싶더니 여름이면 어느새 연잎을 피워올려 연못을 온통 점령해나간다. 비가 내리기라도 하면 연잎은 무게를 재는 저울처럼 이리저리 균형을 맞추다 한가득 담은 빗물을 와락 쏟아버린다. 그런 연잎은 세상의 무게를 모두 내려놓고 마음을 완전히 비우는 수도승의 마음 같다.

우리는 스스로 양쪽 어깨에 삶의 무게를 가득 짊어진 채 힘들어한다. 아무도 짊어지라고 하지 않았는데도 집착 때문에 삶의 무게를 내려놓지 못한다. 욕심과 집착을 내려놓는 연습을 해야 한다. 비우고 내려놓아도 일정기간이 지나면 우리의 마음속엔 또다시 욕심과 집착이 똬리를 틀기 시작한다. 비우고 또 비워도 삶의 무게를 완전히 내려놓지 못하는 사람들의 마음을 어떻게 다스려야 하는가.

무성한 연잎 사이로 연꽃송이가 고개를 들어올리기 시작하면 맑은 영혼이 깨어나는 소리가 들린다. 물밑의 진창에 뿌리내린 연꽃이 맑고 우아한 꽃송이를 피워 올리는 신비를 지켜보며 내 마음도 맑게 씻어내고 싶다. 싱그러운 연잎의 든든한 호위 속에 수줍은 듯 살포시 내민 연꽃을 보며 지어본 자작시 한 편을 소개해본다.

고운 자태로
우리의 마음과 영혼
맑게 씻어주던
연꽃송이

마지막 떠나는 길
지나간 영광 온몸으로 떨구고
우리의 육신(肉身) 정갈하게
씻으라 하니

배워야 하리!
고귀한 그 가르침을,
진흙창 속에서도
묵묵히 맑은 영혼 피워 올린
거룩한 그대로부터

_ 연꽃

우리는 때때로 진창에 빠져 허우적거리기도 한다. 무엇을 얻기 위해 진창에 뛰어들어 힘겨루기를 하는지 알 수 없다. 아무런 목적도 없이 무작정 진창 속으로 뛰어들었던 말인가. 남들이 장에 가면 거름 지고 장에 따라가는 것과 같은 이치인가. 진창 속에 귀한 보물이라도 숨겨져 있다 했는가. 너나없이 뛰어들어 서로를 밀치며 치열하게 경쟁하는 이유가 무엇인가. 치열한 싸움 끝에 보석은 찾았는가. 수중에 넣은 것은 무엇인가. 움켜쥔 손을 펴 봐도 잡은 것은 진흙뿐이지 않은가. 우리는 진흙탕에 발을 딛고 서 있지만 남은 거라곤 온몸이 진흙투성이가 된 것 외에는 아무것도 없지 않은가.

연꽃은 어떤가. 진창 속에서 발을 딛고 선 것은 우리와 마찬가지지만 연꽃은 진흙탕을 맑은 영혼으로 승화시켰다. 냄새 나고 질퍽한 진흙탕 속에서 오랜 시간 동안 얼마나 열심히 마음을 닦고 또 닦았으면 저리 맑은 꽃으로 다시 태어날 수 있었을까. 연꽃의 삶을 진지하게 바라보며 나도 옹골찬 삶을 살아가도록 노력해야겠다.

내가 살고 있는 환경이 깨끗하지 못하고 어려운 상황일지라도 그러한 역경을 극복할 수 있어야 한다. 좋지 못한 환경을 탓하거나 불평하지 말고 주어진 환경을 먼저 받아들이고 어떻게 대처해야 할지 살펴보는 노력을 기울여야 한다.

지금 당장의 이익과 손해를 따지며 감정의 기복에 흔들리면 안 된다. 감정이 앞서 이성을 되찾지 못하면 마음의 평정은 영원히 이룰 수 없다. 내가 손해 본다는 생각을 하는 순간 우리의 마음은 동요하기 시작한다. 마음이 동요하면 판단력이 흐려지게 된다. 진흙탕

속에서도 인내하며 마음을 닦는 노력과 정성을 다해 맑은 영혼으로 거듭 피어나는 연꽃을 보며 진정한 삶의 교훈을 얻어야 한다. 아무리 열악한 환경에서도 자신만의 맑은 영혼을 피워내는 연꽃이 보여주는 인내와 자부심을 배워야 한다.

2006년 7월 말경 경북 영양에 있는 검마산자연휴양림에서 가족들과 하룻밤을 보내고 돌아오는 길에 작은 야생화 화분 두 개를 얻어왔다. 한 개는 비비추이고, 다른 한 개는 범부채였다. 비비추는 2~3년 후에 연보라색 예쁜 꽃을 피우고는 미련 없이 생을 마쳤지만, 범부채는 끈질긴 생명력을 자랑하며 우리 집 앞 베란다에서 당당하게 자리를 지키고 있다.

여러해살이 야생화인 범부채는 부챗살 모양으로 잎이 무성하게 나왔다가 추운 겨울엔 잎이 마른 채 잔뜩 움츠리고, 봄이 되면 다시 새순이 돋아나기를 반복했다. 처음에는 꽃이 피지 않는 녀석이라 생각했다. 하지만 범부채도 꽃을 피운다는 사실을 전해 듣고 언제쯤 꽃을 보여주려나 오랜 기다림에 지쳐 있었다.

그러다 2013년 8월 어느 여름날, 줄기 하나가 다른 어느 해보다 튼실하고 길게 자라고 있어 유심히 살펴보았더니 분명 잎이 아닌 다른 무언가가 고개를 내밀려 하고 있었다. 순간 꽃대가 올라오고 있음을 직감했다. 나의 예상이 옳았다. 잎줄기 사이로 꽃망울이 볼록하니 올라오고 있었다. 말로 표현할 수 없을 만큼 기쁘고 감사한 순간이었다.

7년이라는 시간을 기다려 범부채의 꽃을 만날 수 있었던 것이다. 돋아나는 범부채의 꽃망울을 보다 자라나는 우리 아이들의 모습을 떠올리며 자녀에 대한 부모의 진정한 사랑은 바로 믿고 기다려주는 것이라 생각했다.

남들과 똑같은 꽃을 피울 필요는 없다. 아니 피울 수도 없다. 자신만의 꽃을 피우고 자신만의 향기를 간직하면 된다. 믿음, 관심 그리고 사랑을 마음속에 늘 간직하고 자녀들을 지켜보며 묵묵히 기다려주어야 한다.

옆집 아이처럼 크고 화려한 꽃을 빨리 피워내라고 다그칠 필요도 없다. 자신만의 색깔을 가진, 오솔길 옆 키 작은 풀꽃으로 피어나도 격려해주어야 한다. 우리는 모두 같은 꽃을 피우는 존재가 아닌, 자기만의 빛깔과 향기를 품은 꽃이요, 모두를 위한 소중한 꽃이다.

버리고,
내려놓다

3장

시련과 고통이 주는 삶의 의미

결혼하기 전 시내에서 살다 교외 지역인 흥해로 이사를 갔다. 건축업자인 집주인이 직접 새로 지은 단독주택이었다. 정확한 넓이는 모르겠지만 그리 넓지 않은 아담한 2층집으로 아래층에 두 가구가 살고 위층에 주인아저씨가 살았다. 내가 살던 곳은 1층이었다. 7번 국도에서 이어진 골목길을 30여 미터만 들어가면 나오는 대문도, 담장도 없는 집이었다. 출입문을 열고 들어가면 거실 겸 주방이 있고 왼쪽 편에 작은방, 화장실, 큰방이 이어지는 구조였다. 새집이라 모든 게 깔끔하고 산뜻했다.

살다 보면 누구에게나 크고 작은 시련과 고통이 있다. 신혼 초에 있었던 일이다. 새벽녘 사소한 말다툼으로 집사람이 밖으로 나가버렸다. 누구나 결혼 초기엔 대수롭지 않은 일로 다투는 경우가 많다.

남남으로 살아오던 사람들이 만났으니 서로 다른 점이 많기에 당연한 현상이 아니겠는가. 타고난 성격도 다르고, 자라온 집안 분위기와 환경도 다르다. 부드럽게 다듬어진 돌이 아니라 모나고 거칠고 투박한 돌이 만난 것과 같다. 그러니 서로 부딪치면 긁히고 상처를 주는 건 당연하다.

나는 조용하고 내성적인 성격으로 4남매 중 막내로 자랐다. 집사람은 2대 독자인 아버지 밑에서 4남매 중 둘째였다. 연애결혼을 한 것도 아니고 소개를 받아 묘한 인연으로 만나 6개월여 만에 결혼을 했으니 서로를 잘 안다고도 할 수 없다.

집사람을 처음 소개 받았을 당시 기억을 더듬어본다. 여름철이었는데 우리 집에서 집들이 겸 고등학교 친구들과 모임을 하고 난 다음 날이었다. 친구들과 함께 늦게까지 놀고 다음 날 오전, 느지막이 일어나 보니 장대비가 내리고 있었다. 약속은 잡혀 있었지만 비까지 내리고 있어 더욱 나가기가 귀찮았다. 친구들의 권유로 마지못해 나간 게 인연이 되었다. 그것도 바로 얼마 전에 만나보았던 아가씨의 어머니가 소개시켜준 사람이 집사람이다. 얼마 전 소개받아 만나보았던 아가씨가, 내가 마음에 들지 않는다고 해서 그 아가씨의 어머니가 집사람을 소개해준 것이다.

약속 장소에 도착할 무렵 쏟아지던 장대비는 그치고 햇빛이 비치기 시작했다. 레스토랑에 들어서서 잠시 기다리다 화장실을 가는데 검은색 정장을 차려입은 아가씨와 스쳐 지나갔다. 화장실을 다녀

와서 다시 기다리는데 사람이 오지 않아 카운터로 가서 물어보았더니 안내를 해주었다. 알고 보니 조금 전 화장실을 가다 마주친 바로 그 아가씨였다.

환하게 웃는 모습이 첫눈에 명랑하고 활달해 보였다. 내가 얌전하고 내성적인 성격이라 차라리 반대의 성격이면 좋겠다는 생각을 평소에 하고 있던 참이었다. 성격이 비슷한 사람끼리 만나면 좋은 점도 있겠지만 조금은 답답한 면도 있겠다는 생각에 밝은 성격의 소유자를 만났으면 했다. 겉보기에는 일단 마음에 들었다. 구체적인 내용은 기억나지 않지만 많은 대화를 나누었고 첫 만남에서 자리를 옮겨 저녁식사까지 함께 했다. 이렇게 이어진 인연으로 결혼까지 하게 되었다.

그날도 사소한 말다툼으로 시작했다가 집사람이 집을 나가버리게 되었다. 화가 나기도 했지만 밤이 깊은 시각에 집을 나가버리니 내심 걱정도 되었다. 바로 뒤따라가서 들어가자고 설득했지만 상황은 전혀 수습될 기미가 아니었다. 할 수 없이 혼자 집으로 들어와버렸다. 그다음은 정확히 기억나지 않는다. 지금 생각해보면 결혼한 지 얼마 되지 않은 시점으로 가장 큰 다툼이지 않았나 싶다. 그 당시에는 내가 아집도 있었고 상대를 받아들이려는 생각이 전혀 없었던 모양이다.

결혼 초기에 부부가 다툼이 잦은 것은 서로 다른 부분이 많기 때문이다. 사소한 다툼은 서로를 더욱 잘 알아가게 되는 과정이다. 이러한 과정을 통해 상대방을 이해하고 모난 돌이 깎여 매끄럽게 되듯 서로 맞춰가게 된다.

하지만 머리로는 이해하면서 번번이 부딪치는 일이 많았다. 젊은 나이에 경험도 부족했고 자신을 들여다보며 성찰하는 시간도 많지 않았기 때문이다. 말로는 상대방을 배려하고 상대방의 입장에서 생각하겠다고 했지만, 막상 눈앞의 현실로 다가오면 감정이 앞서고 몸은 말을 듣지 않았다.

다툼이 일어날 때마다 문제의 원인을 내 안에서 찾으려 하지 않고 상대방을 탓하려고만 했다. 내 잘못을 인정하려 하지 않았다. 설사 집사람이 잘못했더라도 쉽게 용서해줄 만큼 마음이 넉넉하지 못했다.

나이가 든 요즘 가만히 생각해본다. 만약 결혼 초기에 내가 지금 현재의 마음 상태였다면 어떻게 행동했을까. 지금은 나에게 일어나는 모든 시련과 고통을 있는 그대로 받아들일 수 있다. 나에게 일어나는 모든 일은 그 나름의 이유가 있다고 생각하기 때문이다. 단순히 나를 힘들게 하고 나에게 상처를 주기 위해 일어나는 건 아니라고 생각한다. 오히려 부족함이 많은 내게 깨달음을 주어 모자란 부분을 채우는 공부를 하라고 신이 내려주신 선물이 아닐까 싶다. 내게 닥친 시련을 잘 극복하면 그만큼 내면은 성장하고 발전한다. 시련이 닥쳤을 때 이를 부정적으로 받아들이고 저항하면 내면을 살찌우고 성장할 기회를 잃는다.

나는 어머니와 초등학교 6학년 때 작별을 고하셨다. 우여곡절 끝에 지금의 나를 길러주신 새어머니와의 인연은 중학교 3학년 때 시작되었다. 돌이켜보면 고마운 마음도 많지만, 아쉬움도 적지 않다. 새어머니의 반대로 결혼하는 과정도 많이 힘들었다. 결혼 후 집사람과의 다툼이 잦은 것도 어찌 보면 고부간의 갈등 때문이었지 싶다. 그리 넓지 않은 집안에서 자라온 집사람은 우리 집이 상대적으로 많이 힘들었을 게다. 명절 때마다 사촌들까지 모이면 손님들로 북적거렸으니까.

새어머니는 친자식도 아닌 나를 늘 끔찍이 생각했다. 때문에 며느리에게 아들을 빼앗긴 기분이 드셨을 수도 있다. 사소한 일에도 간섭 아닌 간섭을 하셨으니 집사람은 집사람대로 어려움이 많았다. 더구나 남편인 내가 중간에서 처신을 잘했더라면 집사람도 힘이 덜 들었을 텐데, 내 입장에서는 누구 편을 들어야 할지 종잡을 수 없었다. 객관적으로 생각해보면 내가 집사람의 입장을 이해하고 집사람 편을 들어주는 게 옳았다. 새어머니 입장을 생각해보면 내가 또 마냥 집사람 편만 들 수도 없었다. 핑계일 수도 있겠지만 나를 낳아주신 분이라면 내가 집사람 편을 들어주기가 오히려 쉽지 않았을까. 이래저래 집사람이나 나나 마음고생이 많았던 건 사실이다.

이미 지나간 일이어서 지금은 마음 편하게 돌아볼 수 있지만 당시엔 집사람도, 나도, 새어머니도 얼마나 힘이 들었을지 마음이 아려온다. 당시에는 왜 하필 내게 이런 어려움이 닥치느냐고 원망하기도 했다. 내가 남들에게 피해를 준 적도 없고, 살면서 특별히 나쁜

짓도 하지 않았는데, 왜 나만 갖고 그러는지 모르겠다고 생각했다. 남들은 별일 없이 순탄한 삶을 살아가고 있는 것처럼 보였다. 다른 사람과 비교할수록 억울하고 답답해지면서 나만 초라해진다고 느꼈다.

그동안 많은 세월이 흘렀다. 사사건건 간섭만 한다고 생각했던 새어머니께서 세상을 등진 지도 17년이 지났다. 나도 어느덧 지천명을 넘었다. 나이만 먹는다고 마음이 넓어지고 깨달음을 얻는 건 아니다. 내가 왜 젊었을 땐 몰랐을까 후회되기도 한다. 과거를 돌아보며 그 당시에 깨닫지 못했음을 후회하는 건 내가 그만큼 성장하고 발전했다는 의미로 받아들여야 할까. 아직까지 아무런 깨달음을 얻지 못했다면 후회는커녕 제 잘난 맛에 살고 있을지 모를 일이다.

과거를 돌아보며 지금 현재의 자신을 반성하는 건 성장과 발전을 위한 밑거름이다. 허나 과거에 부족했던 점을 끊임없이 후회하고 자책하는 건 전혀 도움이 되지 않는다. 누구나 살아가는 과정에서 때로는 실수할 수도 있다. 늘 완벽한 사람은 이 세상에 아무도 없다. 우리는 성인군자가 아니다. 평범한 보통 사람에 불과하다. 너무 잘하려고 하지 말자.

살다 보면 내게 어떤 일이 일어날지 아무도 모른다. 우주 만물이 서로 맞물려 돌아가는 과정에서 어쩔 수 없이 내게 일어나는 일도 많이 있다. 그런 일까지 내가 다 책임질 수는 없는 노릇이다. 내가 할 수 있는 일에만 최선을 다하면 된다. 이기적이고 자기중심적으로 살아가란 말이 아니다. 내가 어찌할 수 없는 상황은 언제든지 발생할 수 있다. 내가 아무리 신경 써도 해결할 수 없는 문제는 그대로 받아들이라는 말이다.

물론 내가 노력하고, 내가 실천하기만 하면 할 수 있는 일 또한 있다. 그런 일에는 오직 내가 직접 나서서 처리해야 한다는 마음을 가져야 한다. 그런 일에는 나의 모든 노력과 정성을 다 쏟아 부으라는 말이다. 선택과 집중을 잘해야 하며 쓸데없는 일에 에너지를 소모하지 말라는 것이다.

젊었을 땐 깨닫지 못했던 삶의 이치를 살아오는 과정에서 하나씩 깨우치고 있다. 사람은 늘 편안하고, 즐겁고, 행복해지고 싶어 한다. 늘 편안하고 즐겁고 행복하기만 한 삶은 이 세상 어디에도 없다. 시련과 고통이 없으면 행복도 없다. 매일 나에게 힘들고 고통스러운 일이 생기면 먼저 감사하라. 나를 힘들게 하고 고통스럽게 만드는 그 일이 바로 나를 성장하게 하는 원동력이다.

살아오면서 자신이 가장 힘들었던 때를 떠올려보라. 그 힘들었던 시기를 슬기롭게 잘 극복한 덕에 오늘의 내가 있다는 사실을 명심하라. 신은 우리에게 감당할 수 있는 만큼의 시련을 주신다고 한다. 우리는 분명히 자신에게 닥치는 시련과 고통을 이겨낼 수 있는 힘을 지니고 있다. 스스로 이겨낼 수 없다고 결론을 내리기 때문에 좌절하고 포기하게 되는 것이다.

자기 자신을 믿어라. 내면의 힘을 믿어라. 어느 날 갑자기 내 앞에 시련과 고통이 나타나거든 맨발로 뛰어나가라. 땅바닥에 엎드려 큰절을 올려라. 초대하지도 않았는데 친히 납시었으니 이 얼마나 감사한 일인가. 시련과 고통을 받아들여 행복한 삶의 길로 들어가고 싶지 않은가.

삶의 무게에 지쳐

휴일 아침이다. 날씨는 비교적 맑고 화창하다. 하늘에 떠 있는 옅은 구름이 아름답다. 거실 창가에 화초들도 한껏 자태를 뽐내고 있다. 아침 글쓰기를 마친 나는 가볍고 상쾌한 마음으로 간단한 운동을 시작했다.

안방 문이 열리는 소리가 들리더니 집사람이 거실로 나왔다. 내가 밝게 아침인사를 건넸다. 집사람은 평범한 말투로 인사를 받아주었다. 나는 계속하던 아침체조를 이어갔다. 주방으로 들어선 집사람의 목소리가 심상치 않다. 주방 싱크대에 널려 있는 설거지거리를 발견했나 보다. 어젯밤 분명히 깨끗하게 정리해두었는데 녀석들이 밤늦게 또 라면을 끓여먹고는 그대로 던져둔 것이다.

거실에서 아침체조를 하고 있는 내 마음이 서서히 불편해져갔다. 체조를 계속할지 고민이 됐다. 가만히 내 할 일만 계속하고 있으려니 집사람이 무슨 말을 할지 염려되었다. 이 글의 소주제가 '삶의 무게에 지쳐'이다. 주방에 펼쳐진 상황을 보고 한숨을 쉬는 집사람을 보며 글을 써야겠다는 생각이 떠올랐다. 나는 체조를 중단하고 한 꼭지의 글을 쓰기 시작했다. 쓸거리가 계속 떠오른다. 갑자기 집사람이 아침을 먹으러 오란다. 어떻게 해야 할까. 지금 글쓰기를 중단하면 생각의 줄기를 놓쳐버릴지도 모른다. 계속 글을 쓰고 있자니 두세 번 부를 것이 뻔하다. 가지 않으면 그다음 상황은 말하지 않아도 짐작이 간다.

밥상머리에 앉았다. 아무 말 없이 밥을 먹는다. 집사람의 표정을 보아하니 불편한 심기가 역력하다. 이런 상황에서 나는 어떻게 처신해야 하는가. 예전 같으면 나도 이미 기분이 나빠져 입을 굳게 닫아버렸을 것이다. 오늘은 마음속으로 계속 고민 중이다. '무슨 말로 집사람의 마음을 풀어줘야 하나' 그 생각뿐이다. 화를 내지 않고 집사람의 심리를 파악하기 위해 노력하고 있는 걸 보니 그래도 예전보다는 내 마음이 많이 자란 모양이다. 솔직히 말하면 나는 지금 집사람이 어떤 반응을 보일지 약간 걱정이 앞서긴 하지만 예전처럼 감정의 물결이 요동치지는 않는다.

아침식사를 하는 내내 무슨 말을 먼저 해야 하나 고민하다 보니 어느새 수저를 놓을 시간이 되었다. 내가 첫 마디를 꺼냈다.

"이제 배는 안 아파?"

"안 아픈 것 같아."

대답하는 집사람의 표정이 그리 밝지는 않다. 하지만 집사람도 요즘은 나름대로 자제하고 감정을 다스리려 노력하는 모습이 보인다. 금방이라도 화가 폭발할 것처럼 보이다가도 미소를 지어보려 애쓰는 게 얼굴에 드러난다. 그런 모습을 보고 있자니 미안하기도 하고 고맙기도 하다.

식사를 끝내고 나자 집사람이 드디어 말을 이어간다.

"에휴…… 일요일인데도 내가 움직이지 않으면 집 안에 아무것도 달라지지 않네. 내가 안 해주면 굶어버리고 내가 치우지 않으면 모든 게 그 자리에 있고……."

집사람의 푸념이 계속 이어졌지만 나는 아무 말도 하지 않았다.

"왜 아무 말도 안 하는데?"

"난 아무 말도 안 할래. 내가 무슨 말을 하면 당신이 더 기분 나빠할 테니까."

"그래도 한 번 말해봐라."

"괜히 말했다가 무슨 소리 들으려고……."

집사람도 더 이상 말을 하지 않고 설거지를 시작했다. 나는 다시 컴퓨터 앞에 앉아 쓰던 글을 계속 이어갔다.

고구마줄기를 당기듯 아침식사를 하기 전에 붙들었던 생각 줄기가 그대로 딸려오길 기대하며 글을 쓴다. 다행히도 별다른 어려움

없이 내 손가락은 자판 위를 부지런히 옮겨 다닌다. 하얀 여백은 까만 글자들로 채워진다.

1라운드가 별일 없이 지나가나 싶었다. 바로 그때 집사람의 격앙된 목소리가 들려왔다.

"내가 니 가방을 뭐 하러 뒤지겠노, 이 가시나야. 니가 스타킹 안 내다놓으니까 내가 니 가방 본 거 아이가. 니가 먼저 꺼내놓으면 그럴 일이 뭐가 있노, 가시나야. 다른 집도 이런지 몰라. 자식은 뭐 하러 낳아가지고…… 아이구! 정말 짜증 나 죽겠다, 진짜!"

집사람이 아직도 꿈나라에 있는 딸아이의 방에 들어갔다 나온 모양이다.

"지 할 일은 하나도 안 하는데, 나는 뭐 하러 내 도리를 다해줘야 되노. 무슨 이 같은 개 같은 경우가 다 있노."

집사람의 화는 아직도 풀리지 않았는지 옷에 붙어 있는 먼지를 테이프로 제거하면서 계속 중얼거렸다. 계속되는 불평을 들으며 집사람 입장을 가만히 생각해본다. 오늘은 휴일이다. 집사람도 하루쯤은 푹 쉬고 싶은 게 분명하다. 월요일부터 집안일과 아이들 뒷바라지에 우편물 배달까지 많이 힘들었던 게 사실이다. 늘 피곤하고 힘들다고 하면서도 혼자 감당하려 아등바등 살아온 사람이다. 아무도 도와주는 사람이 없다고 생각한다. 모든 일을 혼자 다 해야 한다고 생각한다. 삶의 무게를 이겨내기 힘든 상황이다.

집사람 입장에서 가만히 생각해보니 집사람 말이 틀린 게 아님을 나도 인정한다. 가끔 도와주는 경우도 있지만, 나도 직장생활이 바쁘고 아침저녁으로 고등학생인 아이들의 등하교를 책임지는 일도 힘들다. 나이가 들어 개인적으로 하고 싶은 일이 많아 이리저리 뛰어다니느라 더욱 바쁘기도 하다. 나이가 더 들기 전에 나의 성장과 발전을 위해 하나라도 더 배우고 경험하고 싶다.

자기계발을 위해 강의를 듣고, 책을 읽으며, 마음공부를 많이 하게 되었다. 내 마음속에서 여러 감정이 일어나고 있을 때 그 감정을 가만히 지켜볼 수 있다. 내 감정 상태를 지켜보게 되니 함부로 화내거나 짜증 내는 일이 많이 줄어들었다. 오늘 아침에도 예전 같으면 집사람의 말이나 행동을 보고 내가 먼저 불같이 화를 내고 큰 소동이 벌어졌을 것이다.

오늘 아침, 집사람이 나에게 한 마디라도 말을 해보라고 했을 때 나는 이렇게 말하고 싶었다. "화내고 짜증 내는 건 자기가 선택한 거야. 기분이 나쁜 것도 내가 선택한 결과야. 당신 입장과 마음은 충분히 이해하지만, 화내고 짜증 내는 행동은 좀 더 생각해봐야할 것 같아."

매일 아침저녁으로 나는 뇌체조를 하고 운동을 한다. 쉬는 날이면 가까운 산으로 산책을 다녀오곤 한다. 집사람에게 몸과 마음의 건강을 위해 같이 하자고 여러 차례 권했지만 피곤하기도 하고 따로 시간이 없다고 말한다. 해야 할 일도 많으니 시간이 없다고 생각할 수 있다. 피곤하니까 운동으로 체력도 기르고, 건강을 되찾자는 이야기다.

직장에서도 동료들의 삶을 지켜보면 대부분 바쁜 일상에 지쳐 있다. 거의 매일 정신없이 지내는 일상을 반복한다. 하지만 새로운 돌파구를 찾으려 하지 않는다. 몸이 피곤하니까 일단은 가만히 앉아 쉬고 싶다는 생각뿐이다. 내가 직접 경험해본 것 중에 몸과 마음의 건강에 도움이 되는 프로그램이 있다고 해도 받아들이려 하지 않는다. 지금 당장 피곤하니 쉬고 싶다는 말이다.

먼저 마음의 문을 열어야 새로운 방법이 눈에 보이기 시작한다. 눈에 보여야 관심을 갖고 시작을 해보게 된다. 직접 내 몸을 움직이고 실천해야 변화가 일어날 수 있다. 머리로만 생각하고 이해하는 데서 끝내버리면 실질적인 몸과 마음의 변화는 절대로 일어나지 않는다. 피곤하니 쉬어야 한다는 생각의 틀을 깨지 않으면 늘 제자리 걸음을 하게 될 뿐이다.

정말 피곤하고 시간이 없어 하지 못한다면 나의 경우를 생각해 보자. 나는 요즘 새벽 4시나 5시에 일어난다. 잠자리에 드는 시간 은 많이 피곤하면 11시 30분, 그 외에는 12시를 넘기는 경우가 많다. 수면시간을 대폭 줄였다. 낮 시간에 피곤함을 느끼는 경우가 종종 있지만 그때마다 스트레칭이나 뇌체조를 하면서 잠을 깨우고 신체 에너지를 바꿔준다. 나는 어릴 때부터 병치레도 많았고 약골이란 소리를 들으며 자랐다. 꾸준한 운동과 글쓰기로 몸과 마음의 근육을 많이 키운 덕에 일상생활에 별다른 불편함이 없다.

나도 몇 해 전까지만 해도 삶의 무게에 힘들어 한 적이 많았다.

아니 거의 매일 스트레스로 장이 좋지 않아 아침마다 화장실을 두세 번씩 들락거리기 일쑤였다. 눈의 피로가 심해 눈을 뜨고 있기 힘들 때도 많았다. 늘 뭔가에 쫓기는 마음이 들어 불안하고 긴장된 상태가 계속되었다. 지금 생각해보니 결국은 이 모든 증상이 마음의 문제였다.

오늘날과 같이 바쁜 일상을 살아가는 사람들은 스트레스가 많다. 아무 일도 하지 않고 가만히 앉아 있어도 온갖 소음과 여러 가지 소식들이 마음을 불안하게 하고 스트레스를 받게 한다. 일상생활 환경 자체가 몸과 마음을 편안하고 안정된 상태로 유지할 수 없게 만들고 있다.

그렇다면 이러한 외적인 환경에 둘러싸여 있는 우리는 무엇을 어떻게 해야 한단 말인가. 가장 먼저 이 시대를 살아가고 있는 나 자신의 몸과 마음의 상태를 점검해야 한다. 지금 현재 내 몸과 마음이 어떤 상태에 있는지 정확한 진단을 내려야 한다. 올바른 진단을 내렸다면 해결책을 찾으면 된다. 해결의 실마리는 외부에 있지 않다. 모두 내 안에 있다. 내 안을 살펴야 한다.

사람들 대부분은 가정과 직장에서 감당하기 힘든 삶의 무게에 짓눌려 지친 하루하루를 보내고 있다. 내가 짊어지고 있는 삶의 무게를 가만히 들여다보았는가. 그 삶의 무게가 반드시 내가 짊어지고 가야 할 무게인가. 무엇 때문에 감당하지 못할 그 무게를 짊어지고 있는가. 누가 그렇게 하라고 시켰는가. 아무도 시킨 사람이 없다. 우리 스스로가 힘겹게 짊어진 채 가고 있을 뿐이다. 그렇다면 내려놓으면 되지 않는가. 얼마나 간단한 일인가. 내가 스스로 선택하면 바로 해결될 문제가 아닌가.

누구에게나 삶의 무게는 느껴지게 마련이다. 그러한 삶의 무게가 내가 짊어지지 않아도 되는 것이라면 과감하게 내려놓아라. 판단력이 흐려져 쓸데없는 에너지를 소모하지 말라. 만약 내가 반드시 감당해야 할 무게라면 능동적으로 받아들여라. 아무도 대신해줄 사람은 없다. 남에게 내 삶의 무게를 떠넘겨서도 안 된다.

우리는 저마다 내 삶의 무게를 감당할 힘을 지니고 태어났다. 시도해보지도 않고 두려움에 떨 필요는 없다. 누구나 있는 그대로의 모습으로 당당하게 자신의 삶을 살아가기만 하면 된다. 삶의 무게에 지친 그대여, 깨어나라. 자신감을 가지고 살아가라. 그게 바로 진정한 내 삶이다.

나는 또 일어선다

봄철을 맞아 결혼식이 자주 있어 쉬는 날에도 한동안 산을 찾지 못했다. 일요일 오전, 모처럼 시간이 있어 가까운 산으로 산책을 나갔다. 봄소식을 전하던 꽃 잔치는 어느새 끝나고 신록이 싱그러움을 더해가고 있었다. 새로 돋아난 잎새에 햇살이 비쳐 연둣빛 물결이 찰방대는 산속 오솔길은 평온했다. 맑은 공기와 4월의 향기를 만끽하며 여러 운동기구가 있는 곳에 다다랐다. 운동기구 중 '거꾸리'가 보였다. 발목을 걸고 누워서 다리는 하늘을 향하게 하고 머리는 땅을 향하게 하는 기구다. 거꾸로 누워서 바라보는 세상은 전혀 새로운 느낌이다. 바라보는 방향을 180도 돌렸을 뿐인데 말이다.

보는 관점을 달리하니 일상이 완전히 달라 보였다. 문득 '배려'라는 단어가 떠올랐다. 사전을 검색해보니 '도와주거나 보살펴주려고 마음을 씀'이라고 정의되어 있다.

배려란 무엇일까. 일상 속에서 우리가 많이 사용하고 있지만 배려에 대해 좀 더 깊이 생각해보고 싶다. 나는 지금까지 배려하는 삶을 살아왔는가. 누구보다도 다른 사람을 배려하려 노력해왔고 또한 배려하는 삶을 살아왔다고 굳게 믿고 싶다. 그런데 오늘 '거꾸리'에 누워 생각해보니 나는 배려와는 거리가 먼 삶을 살아왔다는 생각이 든다.

진정한 배려는 무엇인가. 단순히 다른 사람을 '도와주거나 보살펴주려고 마음을 쓰는' 것은 진정한 배려가 아니다. 배려하는 사람의 입장에서 가장 중요한 것은 다른 사람을 배려할 때 내 마음이 불편하거나 손해 본다는 생각이 추호도 있어서는 안 된다는 점이다. 대가를 바라지 않고 내 마음이 편안하고 행복해야 한다. 그렇지 않으면 그것은 진정한 배려가 아니라 개인적인 욕심이자 이기심에서 나오는 자기기만 행위다.

진정한 배려에 대해 생각해보면서 나와 비슷한 삶을 살고 있는 사람들이 많을 거라 생각한다. 사람들 대부분은 나처럼 자신의 욕구를 참고 손해를 감수하면서 남들을 배려한다고 생각할 가능성이 많다. 한편으로 보면 진정한 배려란 철저히 자신이 하고 싶은 대로 하는 게 아닐까 생각한다. 단 다른 사람들의 목숨을 위협한다거나 다치게 하는 등의 행동은 해서는 안 된다. 그 외에 남을 배려한다는 생각으로 살아가는 사람들은 내 삶의 주인으로 살아가지 못하기 때문에 상처받을 수 있다. 그런 사람들은 내가 그들을 배려해주지 않았기 때문이라기보다는 스스로 내 삶의 주인이 되지 못했기 때문에 상처를 받는 것이다. 나를 비롯한 이런 부류의 사람들은 스스로 자기 삶의 당당한 주인으로 살아간다면 아무런 문제가 되지 않는다. 이와 같은 의미에서 진정한 배려란 내 삶의 주인으로 당당하게 살면서 편안하고 행복한 마음으로 다른 사람을 도와주거나 보살펴주려고 마음을 쓰는 행동이라 할 수 있다.

진정한 배려에 대해 또 한 가지 생각해볼 문제는 내 입장에서는 배려해주려고 한 행동이 상대방에게는 오히려 불편을 초래하거나 불쾌감을 주는 경우다.

5, 6년 전 학교에서 내가 실수했던 일이다. 수행평가시험이 있는 날이었다. 나는 1학년을 담당하고 있었는데, 2교시에 예정된 수행평가시험을 위해 인쇄실에 보관해둔 시험지를 가져와야 했다. 마침 옆에 같은 교과 2학년 담당선생님이 보이기에 그 선생님을 도와주려는 마음에서 1학년과 2학년 시험지를 모두 가지고 나왔다. 친절을 베풀겠다는 마음으로 시험지를 건넸는데 그 선생님의 표정이 심상치 않았다. 그제야 나도 그 이유를 알게 되었다. 오늘은 1학년만 시험을 치르고, 2학년은 내일 시험이 예정되어 있었던 것이다. 내일 시험인데 오늘 내가 미리 시험지를 들고 왔으니 얼마나 난감했겠는가. 도와주려는 마음에서 한 나의 행동이 상대방에게 오히려 불편을 주게 된 순간, 나도 어찌할 바를 몰랐던 기억이 난다.

초등학교 교과서에 나오는 이와 비슷한 이야기가 있다. 어느 제과점에서 있었던 일이다. 그 제과점에는 매일 허름한 옷차림의 한 남자가 식빵을 사러 왔다. 늘 식빵만 사 가는 걸 보고 제과점 주인이 하루는 식빵에 버터를 발라 그 남자에게 건네주었다. 주인은 그 남자를 배려해주려는 마음에서 빵에 버터를 발라주었던 것이다. 그런데 사실 그 남자는 화가였다. 그가 매일 식빵을 사간 것은 먹기 위해서가 아니라 그림을 그릴 때 지우개로 사용하기 위한 것이었다. 버터를 바른 식빵은 지우개로 사용할 수가 없다. 제과점 주인의 배려심이 오히려 화가에게는 피해를 주는 결과를 초래하게 된 것이다. 배려해주려는 선한 마음에서 한 행동이지만 결과적으로는 상대방에게 피해를 주고 말았다. 이러한 경우 누구의 잘못이란 말인가. 남을 배려해주는 것도 결코 쉬운 일이 아님을 알 수 있다.

이러한 사례에서 볼 때 진정한 배려를 위해서는 먼저 상대방을 제대로 알아야 한다. 상대방과 열린 마음으로 소통해야 한다. 일반적인 생각이나 보편적인 사실을 바탕으로 해서도 안 된다. 상대방의 어느 한 면만을 보고 섣불리 판단해도 안 된다. 결국 진정한 배려를 위해서는 상대방을 세심하게 살피고 상대방의 말을 경청하는 태도를 지녀야 한다.

오십 평생을 살아오면서 늘 다른 사람을 먼저 배려하는 아량이 넓은 사람이라고 생각해왔다. 오늘 다시 자신을 가만히 돌아보니 내 삶은 진정한 배려와는 거리가 먼 위선적인 삶이었다. 말로는 배려한다고 하면서 내 마음 깊은 곳에서는 사사로운 이익과 욕심이 가득했다. 남들에게 인정받고 싶은 욕구와 자기중심적인 생각에서 나온 위선이었다. 사실은 상대방에 대한 배려는 안중에도 없었던 것이다.

지금까지 내 의식수준은 상당히 높을 것이라 자부해왔다. 오늘 나는 세상을 바라보는 관점을 바꿔봄으로써 내 의식수준의 현주소를 적나라하게 알게 되었다. 그동안 다른 사람의 시선을 의식하고 인정받기 위해 얼마나 노력했는지 또한 얼마나 많은 고민과 갈등을 하면서 살아왔는지. 자신의 삶이 아닌 타인의 삶을 사느라 힘들었을 나를 위로하고 격려해주고 싶다.

개인적인 욕심과 남들로부터 인정받고 싶어 하는 욕구로 가득 찬 내 의식은 더 이상 내려설 자리가 없다. 이미 바닥을 쳤다. 더 이상 내려설 자리가 없으니 현재의 의식 상태를 그대로 받아들이고 인정하자. 남을 의식해서 아니라고 우기고 숨긴다면 내면의 갈등은 커지고 마음은 더욱 불안하게 될 뿐이다. 한 번 거짓말을 하게 되면 자기합리화를 위해 거짓말은 꼬리를 물고 이어지게 된다.

이제 내가 할 수 있는 일은 나를 있는 그대로 인정하는 길뿐이다. 그것이 최선의 방법이다. 받아들일 건 받아들이고 인정할 건 인정하자는 생각을 한 것만으로도 변화를 위한 소중한 첫걸음을 시작한 것이다. 시작이 반이라는 말처럼 인정하고 나면 마음은 그 어느 때보다 편안해진다. 마음이 편안해지면 정신이 맑아지고 이성이 깨어난다. 의식수준을 높일 수 있는 발판이 마련된 것이다.

의식수준을 높인다는 것은 달리 말하면 마음을 비우고 내려놓는다는 의미다. 마음을 비우고 내려놓기는 쉬운 일이 아니다. 잠깐 연습을 한다고 도달할 수 있는 목표가 아니다. 작은 단위로 쪼개어 하나씩 차근차근 습관화해나가야 한다. 최소 습관 길들이기가 필요하다. 매일 반복하는 것이 중요하다. 하루라도 건너뛰게 되면 다시 원래대로 되돌아가기 때문에 작지만 매일 반복하는 힘이 필요하다.

의식수준을 높인다는 것은 매순간 깨달음을 얻는다는 말이다. 소박한 일상에서 마주하는 사소한 대상이나 사건을 관찰하고 다양한 시각으로 바라보는 연습을 통해 깨달음을 얻을 수 있다. 지금은 4월이다. 얼마 전까지만 해도 느티나무 가로수들이 까만 맨살을 드러낸 채 침묵하며 서 있었다. 하루가 다르게 파르스름한 기운이 감돌더니 어느새 연둣빛 잎새가 너도나도 고개를 내밀어 기지개를 켜고 있다. 미동도 없이 그저 침묵하고 있는 줄 알았는데 지난겨울부터 봄날의 환희를 조용히 준비하고 있었다는 말이다.

느티나무 가로수 가지에서 돋아나는 여린 잎새가 자라는 과정을 보면서 보이지 않는 곳에서도 끊임없이 준비가 이루어지고 있다는 사실을 깨달을 수 있다. 우리의 감각이 미처 알아보지 못하는 사이에도 자연은 작지만 꾸준한 준비를 함으로써 큰 변화를 이룰 수 있다는 걸 분명하게 보여준다. 눈에 보이지 않아도, 귀에 들리지 않아도 언제 어디서나 변화는 끊임없이 일어나고 있음을 알아야 한다. 이처럼 우리의 의식수준도 평소 꾸준히 노력하면 의식하지 못하는 가운데 조금씩 높아질 수 있다.

일상 속에서 매 순간 깨달음을 얻기 위해서는 집착을 내려놓아야 한다. 끊임없이 끓어오르는 세속적인 욕망을 잠재워야 한다. 돈을 많이 벌고 싶은가. 무엇을 위해 돈을 벌려고 하는가. 돈에 대한 집착을 먼저 내려놓아야 한다. 돈을 벌기 위해 돈에만 온 마음을 쏟는다고 돈이 되는 것은 아니다. 돈에 집중하는 마음을 사람이나 일 자체로 돌려야 한다.

글쓰기를 통해 돈을 많이 벌고 싶은가. 일반적으로 사람들은 빨리 책을 써서 베스트셀러가 되면 많은 돈을 벌 수 있을 거라 생각한다. 단기간에 인기를 끌 수 있는 요령을 배우고 익히는 데 열중한다. 단기과외를 통해 비법을 전수받고 책을 써서 베스트셀러가 되었다고 치자. 그렇다 한들 글쓰기와 책 쓰기의 기본을 차근차근 익혀나가지 않았기 때문에 꾸준한 글쓰기와 책 쓰기를 이어가기 힘들다.

그렇다면 어떻게 하는 것이 정도(正道)인가. 먼저 글을 쓰는 목적이 돈을 버는 것이라면 곤란하다. 글을 쓰는 목적이 자신의 치유와 다른 사람들의 삶에 선한 영향을 주는 것이어야 한다. 그다음 꾸준한 글쓰기를 해야 한다. 자신이 하고 싶은 이야기를 진솔하게 들려주고 독자가 공감할 수 있는 글쓰기를 해야 한다. 독자가 공감할 수 있는 글은 자신의 경험에서 우러나오는 솔직한 이야기라야 한다. 일상에서 쉽게 접할 수 있는 평범한 경험을 바탕으로 자신의 느낌과 생각을 풀어내는 글을 쓰면 된다. 뭔가 특별한 이야기를 지어내려고 머리를 쥐어짜낼 필요는 없다. 운동선수들이 실제 경기에서 어깨 힘을 빼야 제대로 실력을 발휘할 수 있듯이 잘 쓰려는 마음을 비우고 있는 그대로 쓰면 된다.

내 삶에 최선을 다하더라도 내리막길로 접어들어 바닥을 치는 경우가 있다. 더 이상 내려갈 곳도 없는 나락으로 떨어질 때일수록 마음을 비우고 내려놓을 수 있어야 한다. 더 이상 내려갈 곳이 없으니 이제 올라갈 일만 남았다고 생각하는 긍정의 태도를 지녀야 한다. 지난날의 환희와 영광을 곱씹으며 후회한들 아무 소용없다. 지금 현재 자신의 상황을 있는 그대로 받아들이고 인정하라. 마음을 비우고 모든 걸 완전히 내려놓아라.

우리는 다시 일어서야 한다. 모든 역경을 딛고 다시 일어서야 한다. 다시 일어설 수 있는 디딤돌은 과거의 영광을 되돌리고자 하는 욕망과 집착이 아니다. 불확실한 미래에 대한 불안도 아니다. 바로 지금 이 자리에 서 있는 나를 있는 그대로 받아들이는 것이 소중한 디딤돌이 된다. 현재 내가 처한 상황을 제대로 인식하고 깨닫는 것이 디딤돌이다. 그 디딤돌을 딛고 내가 다시 일어서기 위해 마음을 완전히 비우고 모든 걸 내려놓아야 한다.

받아들이는 자세

요즘 우리나라의 기후는 과거와는 눈에 띄게 달라졌다. 나는 학창시절 교과서에서 우리나라는 사계절이 뚜렷하다고 배웠다. 4월 중순, 예전 같으면 완연한 봄날이어야 하는 오늘. 하지만 며칠 전부터 한낮의 기온은 여름을 방불케 한다. 사계절이 뚜렷한 온대성기후에서 봄이 거의 없는 아열대기후로 접어든 느낌이다.

사계절이 뚜렷하던 시절에도 계절이 바뀔 때마다 기온의 변화가 생기면 우리 몸은 변화된 기온에 적응하는 기간이 필요했다. 개인적으로는 겨울에서 봄으로 바뀌는 시기에 몸이 적응하느라 힘겨워하는 걸 느낄 수 있다. 물론 개인차가 있겠지만 비슷하지 않을까. 이처럼 우리 몸은 계절의 변화에 따라 그때그때의 상황을 받아들이고 적응해야 한다.

몸이 변화에 적응하듯 우리의 마음도 마찬가지다. 변화를 어떻게 받아들일지 결정을 내려야 한다. 변화에 맞서 대응할지 아니면 변화에 순순히 적응해나갈지 선택하게 된다. 이 경우 받아들이는 자세가 중요하다.

우리는 일반적으로 어떤 상황이나 변화를 받아들이는 데 두 가지 태도를 가지고 있다. 긍정적인 태도와 부정적인 태도가 바로 그것이다. 긍정을 선택할지 부정을 선택할지는 자신에게 달려 있다. 자라온 환경이나 타고난 성격에 따라 어느 정도 영향을 받기는 하겠지만 결국 선택은 자신의 몫이다.

어찌 보면 우리의 삶은 선택의 연속이다. 태어나는 것은 자신의 선택이 아니지만 일단 태어난 후에는 모든 선택은 자신이 한다. 의사결정 능력이 부족한 어린아이는 예외겠지만. 이러한 우리 삶의 특성상 선택의 기로에서 어떤 선택을 하느냐에 따라 삶의 방향과 결과가 완전히 달라진다. 그렇다면 우리는 어떤 선택을 할 것인가. 지난날을 되돌아보자. 한마디로 말하자면 나는 부정적인 성향이 강했다. 긍정보다는 부정적인 생각으로 선택을 많이 했다. 현재 몸담고 있는 학교에서 근무하기 시작했을 무렵의 일이다. 새로 오신 젊은 선생님들과 함께 저녁식사도 하고 모임도 할 기회가 많았다. 모임을 추진하는 선생님이 내게 시간이 있느냐고 물으면 나의 대답은 거의 매번 "아니오"였다. 사실 특별한 사정이 있는 것도 아니지만 나의 대답은 "아니오"였다. 더 중요한 건 대답은 "아니오"라고 했지만 실제로는 모임에 참석했다는 사실이다. 왜 늘 부정적으로만 대답을 한 것일까.

살아가는 과정에서 우리는 수많은 문제에 직면하게 된다. 각각의 상황에서 우리는 직면하는 문제를 순순히 받아들일 것인지 아니면 저항할 것인지 결정한다. 자신이 처한 상황에 따라 긍정적으로 받아들여야 할지 맞서서 이겨내야 할지 스스로 선택해야 한다. 어찌할 수 없는 문제는 순순히 받아들여야 한다. 긍정적으로 받아들여야 할 문제를 붙잡고 저항하면 에너지만 소모할 뿐 아무것도 얻을 게 없다. 반대로 수동적으로 받아들일 게 아니라 정면으로 저항해야 할 문제는 당당하게 맞서 싸워야 한다. 판단력이 흐려져 받아들여야 할 문제와 저항해야 할 문제를 분간하지 못하면 우리의 삶은 큰 손실이나 타격을 입게 된다.

분별력과 판단력을 길러야 한다. 정신과 영혼이 맑아야 한다. 세속의 욕심과 집착에 눈이 멀면 안 된다. 화려한 겉멋에 속으면 안 된다. 어렵고 힘들어 보인다고 무조건 받아들여야 할 문제인 것은 아니다. 평범하고 쉬워 보인다고 섣불리 저항하거나 맞서서도 안 된다. 문제의 본질을 꿰뚫어보는 통찰력이 있어야 한다.

예리한 통찰력으로 문제의 핵심을 찾아내는 능력을 갖추고 있으면 기회를 포착할 수 있다. 기회는 늘 가면을 쓰고 나타난다. 본래의 모습을 쉽게 드러내 보여주는 일이 없다. 준비된 자만이 기회를 잡을 가능성이 높은 이유는 바로 이 때문이다. 쉽게 기회를 얻게 되면 진지함이 없게 되고 무슨 일이든 노력 없이도 성과를 낼 수 있다고 여긴다. 정성과 노력 없이 쉽게 이룰 수 있는 일은 이 세상 어디에도 없다. 결과에는 반드시 원인이 있고, 훌륭한 결과물에는 땀과 열정 그리고 엄청난 노력이 깃들어 있다. 이는 우주의 법칙이요, 세상이 돌아가는 이치다.

점심을 먹고 난 뒤 집사람은 뒤 베란다에서 빨래를 했다. 검은색 빨래를 모아 세탁기를 돌린 모양이었다. 무슨 문제가 있는지 짜증이 묻어나는 말투로 중얼거리는 소리가 들렸다. 세탁기를 돌리기 전에 옷가지의 주머니 속을 확인했는데 어디엔가 휴지가 들어 있는 걸 미처 찾아내지 못했나 보다. 검은색 빨래에 흰 휴지가 온통 뒤덮여 희뿌옇게 되었다. 알고 보니 딸아이의 조끼 안주머니에 휴지가 들어 있었단다. 상황은 이미 벌어졌다. 화를 내거나 짜증을 낸다고 문제가 해결될 수 있는 상황이 아니다.

집사람의 입장에서 보면 화가 나고 짜증이 날 수 있다. 하지만 이 상황에서 어떻게 해야 하는가. 이미 엎지른 물이다. 돌이킬 수 없는 상황이 분명하다. 내가 어찌할 수 없는 상황이다. 긍정적으로 받아들여야 한다. 현재의 상황을 있는 그대로 받아들이면 된다. 문제의 원인을 찾아내고 어디서부터 무엇이 잘못되었는지 파악해서 해결하면 된다.

책을 읽거나 TV를 보며 간접적으로 상황을 접해보면 받아들이는 게 가능해 보인다. 하지만 막상 본인이 직접 그러한 상황을 마주하게 되면 말처럼 쉽게 받아들이기가 어렵다. 그렇기 때문에 받아들이는 연습이 필요하다. 반복되는 연습을 통해 머리로만 이해할 게 아니라 온몸의 근육과 세포에 깊이 새겨넣어야 한다. 그렇지 않으면 실제로 받아들이는 것은 영원히 실천하지 못할 수도 있다.

살다 보면 부부 사이에 다툼이 없을 수 없다. 가끔씩 사소한 문제로 말다툼을 하다 보면 점차 언성이 높아지고 내뱉는 말의 수위도 높아진다. 이때 어느 한쪽이 누구라도 먼저 인정하고 받아들이면 문제는 간단하게 해결된다. 하지만 알량한 자존심 때문에 실제 상황에서는 쉽게 물러설 수가 없다. 먼저 인정하고 받아들였다가 다음에 또 비슷한 상황이 벌어지면 또 양보하고 주도권을 빼앗기게 될 거라 생각하기 때문이다. 긍정적으로 받아들이는 것도 연습이 필요하다고 말하는 이유가 바로 여기에 있다.

사람이 살아가는 세상에는 늘 문제가 벌어진다. 저마다 생각이나 관점도 다르다. 잘사는 사람도 있고, 못사는 사람도 있다. 많이 배운 사람도 있고, 적게 배운 사람도 있다. 지구에 존재하는 나라, 종교 그리고 인종은 모두 다르다. 여러 가지가 복잡하게 얽혀 있어 이해관계도 다르다. 지구촌 곳곳에서 다양한 문제가 일어날 수밖에 없다.

중요한 건 일어난 문제 자체가 아니다. 이미 일어난 문제를 우리가 어떤 관점에서 바라보고 어떻게 받아들이느냐가 더 중요하다. 해결책을 논하기 전에 무엇보다 먼저 가장 신중하게 접근해야 할 사안이다. 사람들은 흔히 이 중요한 사실을 깨닫지 못한 채 문제 자체에만 매달려 허송세월하는 경우가 있다.

습관적으로 저항하고 부딪치기를 좋아하는 사람이 있다. 대체로 적극적이고 도전적인 성향을 지닌 사람들인 경우가 많다. 적극적인 성향이라고 모두 다 그런 건 아니지만 그중에서도 부정적인 태도를 가진 사람이 가장 가능성이 높다. 맞서 싸우기 좋아하는 이들은 부정적인 에너지가 강해 양보와 타협을 잘하지 못한다. 상황에 따라 뒤로 물러서서 기회를 관망할 줄도 알아야 하지만 앞으로 밀고 나아가기 때문에 문제 해결은 점점 더 멀어진다.

타고난 기질에 따라 약간의 차이는 있겠지만 아이가 어른보다는 받아들이는 자세가 유연하다. 나이가 들수록 지금까지 살면서 쌓아온 경험으로 자신만의 사고의 틀을 단단하게 만들어간다. 나이 든 사람들이 모두가 단단한 틀을 갖고 있는 건 아니지만 오랜 세월이 빚어낸 사고의 틀은 깨기 어렵다. 나이가 들면서 더 다양한 경험을 축적해감에 따라 많은 깨달음을 얻게 된다. 반면 나이가 들어도 사고의 틀이 단단하게 굳어버린 사람들은 깨달음도 많이 얻지 못한다.

'받아들임'은 무엇을 의미하는가. 받아들인다는 것은 수동적인 삶을 살아간다는 말인가. 수동적으로 살아간다는 말은 내 삶의 주인으로 살아가지 못하고 타인의 말이나 행동에 영향을 받거나 끌려가는 삶을 말한다. 받아들인다는 말은 수동적인 삶이 아니라 능동적이고 적극적인 삶이다. 두 걸음 전진을 위해 한 걸음 후퇴하는 유연한 삶이다. 바로 내가 내 삶의 당당한 주인으로 살아가는 삶을 말한다.

자신만의 철학이 있고 용기가 있는 사람은 맞서 싸워야 할 상황에서는 당당하게 저항을 하고, 물러나야 할 상황에서는 긍정적으로 받아들이는 태도를 취한다. 상황에 따라 가장 적절한 태도를 취하며 유연하게 대처할 줄 안다.

살면서 문제에 직면하기가 두려운가. 일어난 문제 자체를 두려워할 필요는 없다. 문제에 대한 두려움은 의식을 흐리게 하고 판단력과 분별력을 떨어뜨리는 요인이다. 어찌할 수 없는 문제 자체에 신경 쓰지 말고 맑은 의식을 회복하여 판단력과 분별력을 잃지 않는 게 중요하다.

권위나 위협 때문에 받아들이거나 모든 걸 내려놓는 것은 능동적인 삶이 아니다. 남을 의식하거나 눈치를 보지 않고 능동적인 삶을 살고 싶은가. 내 삶의 당당한 주인으로 살아가기를 진정 원하는가. 그렇다면 받아들일 건 받아들이고 인정할 건 인정하라.

담쟁이, 추억하다

4월! 사방천지 어디를 둘러봐도 녹색물결이 출렁인다. 싱그러움이 넘쳐난다. 모든 생명이 역동하는 가슴 벅찬 4월이다. 내 몸도 생동하는 계절의 리듬을 타고 바이오리듬이 상승하고 있는 느낌이다. 지난겨울 독감으로 기력이 많이 떨어졌던 기억이 새삼스럽다. 눈에 보이지는 않지만 천지만물의 기운이 상승하고 있음이 틀림없다.

산책길을 나서다 보면 보건소 옆 담벼락에 담쟁이를 만난다. 담쟁이는 벽을 타고 오른다. 여럿이 함께 손을 맞잡고 오른다. 손으로 붙잡을 것도, 발 딛고 설 것도 없는 평평한 벽면을 기어오르는 걸 보면 신기하다. 미끄러져 내리지도 않고 벽면을 다 덮을 때까지 오르고 또 오르는 담쟁이는 포기할 줄 모른다. 꺾일 줄 모르는 의지가 있다. 무모하다 싶을 만큼 푸른 의지는 쉬지 않고 뻗어나간다. 4월이면 푸른 에너지를 더욱 강렬하게 뿜어낸다.

녀석들은 도대체 뭘 붙잡고 저렇게 꿋꿋하게 올라가는지 궁금증을 참을 수 없다. 가까이 다가가 자세히 들여다본다. 이파리에 가려져 잘 보이지는 않지만 벽을 짚고 올라서기 위한 빨판(부착뿌리)이 줄기에 달려 있다. 우주만물을 창조하신 창조주의 섬세함이 엿보인다. 어떤 존재든 이 세상에서 스스로 적응하며 살아갈 수 있도록 저마다 조건을 갖추어놓으셨다. 사람은 사람대로, 나무는 나무대로, 식물은 식물대로 자신에게 꼭 필요한 장치를 해두셨다. 그래서 이 세상에 살고 있는 모든 생명체는 그 자체로 온전하게 살아갈 수 있다.

오늘 하루 온종일 봄비치고는 제법 많은 비가 내린다. 아침나절에는 장맛비처럼 내리기도 했다. 이런 날 담쟁이는 어떤 마음일까. 따가운 봄 햇살에 얼굴도 타고 목이 말라 견디기 힘들었는데, 단비 덕에 몸도 식히고 목도 축을 수 있어 행복했을까? 아니면 하루 종일 강하게 쏟아져내리는 빗살 때문에 연둣빛 여린 촉들이 목구멍으로 쏟아져 들어오는 빗물을 감당하기 힘들어 울먹였을까. 기왕이면 전자였으면 좋겠다.

사람인 나와 덩굴식물인 담쟁이는 태생이 다르고 분류상 과(科)가 다르다. 내가 지금까지 살아온 방식과 관점에서 보면 담쟁이의 입장을 이해하기란 쉽지 않다. 역지사지(易地思之)라는 말처럼 내가 담쟁이의 입장이 되어보는 것조차도 사실상 어렵다. 이런 내가 담쟁이를 보고 이러쿵저러쿵 말할 수 있을까.

솔직하게 말해야겠다. 나는 담쟁이의 입장은 알 수 없다. 아무리 담쟁이의 입장에서 써보려 애써도 내 생각과 주관이 강하게 개입될 수밖에 없다. 그저 나의 관점에서 담쟁이를 좀 더 자세히 이야기해 보기로 한다.

먼저 어느 가을 학교 앞 도시숲길 옹벽에서 만났던 담쟁이를 보고 떠올린 시조 시 한 편을 꺼내본다.

고요한
도시숲길
옹벽을 부여잡고

귀한 삶
이어가는
결연한 붉은 영혼

보아라!
꿈의 씨앗은
그대 안에 있나니

_ 담쟁이1

늦가을 한낮 따갑게 내리쬐는 햇살을 발그레 품고 있는 담쟁이 이파리가 도시숲길 옹벽을 타고 힘겹게 생의 마지막 고개를 넘고 있었다. 한참을 지켜보고 섰다가 휴대폰 메모장을 열었다. 마지막 온 힘을 다하는 것처럼 보이는 담쟁이의 내면을 알고 싶었다. 저 담쟁이의 내면에 자리하고 있는 영혼은 어떤 영혼일까. 마지막까지 자신의 삶에 최선을 다하고 있는 담쟁이의 붉은 영혼이 깊은 생각에 잠긴 내게 말했다.

"보아라! 꿈의 씨앗은 그대 안에 있나니."

나는 엉뚱한 곳에서 나의 꿈을 찾고 있었다. 멋지고 화려한 꿈만을 쫓아 먼 길을 돌아오고 있었다. 생의 마지막 정열을 불태우는 담쟁이가 나의 허영과 욕심을 내려놓으라고 말하는 것 같았다. 내 안에 모든 것이 다 들어 있는데 겉멋에 눈이 멀어 내 안을 살피지 못하였구나. 그래, 맞아! 꿈의 씨앗은 내 안에 있어. 허영과 욕심을 버리고 마음을 비워 꿈의 씨앗이 자랄 수 있는 텃밭을 가꾸자. 내 마음의 텃밭에서 자라날 꿈의 씨앗에게 사랑의 물을 부어주고 관심의 햇살을 비춰주자.

다음으로 저녁시간 산책길에서 돌아오다 아파트 앞 골목길 담벼락에서 만난 담쟁이를 소재로 쓴 시조 시 한 편을 더 살펴본다.

길 없는
벽 더듬어

녹색길 내었노라

그 길에
아이들 꿈
발그레 번졌노라

한생을
마감한 그대
점자로 환생했네.

_ 담쟁이2

가로등이 켜져 있었지만 어둑한 골목길 담벼락에서 만난 담쟁이
는 지난날의 추억들은 모두 가슴에 묻었는지 흔적만 겨우 남아 있
었다. 잎도, 줄기도 삭아 떨어지고 남은 건 점점이 뿌려진 빨판(부착
뿌리)이 남긴 자국뿐이었다.

푸른 4월 담쟁이가 보여준 초록빛 의지를 초장에서 떠올려보았
으며, 중장에서는 가을날 피워 올린 붉은 열정과 꿈을 그려보았고,
마지막 종장에서는 생을 마감한 후에도 이승에서 못다 이룬 꿈을
이루고자 노력하는 담쟁이의 결연한 의지를 담아보았다.

담쟁이는 일상에서 쉽게 볼 수 있는 우리의 가까운 이웃이다. 홀

로서기보다 강한 의지를 불태우며 함께 손을 맞잡고 세상을 바꾸어 나가는 일에 앞장서는 선도자에 비유되기도 한다. 봄과 여름철의 담쟁이는 푸른 민중의 인내와 단결된 힘을 보여주고, 가을의 담쟁이는 꿈을 가진 아이들의 붉은 열정을 나타내기도 한다.

지난 3월 창원을 다녀왔다. 자동차를 타고 고속도로를 달리고 있었는데 경부고속도로 하행선 양산분기점 부근이었던 곳으로 기억이 난다. 오른쪽으로 소음방지 벽이 길게 세워진 고속도로를 달렸다. 바로 그 벽면에 담쟁이들이 온통 빽빽하게 기어 올라와 있었다.

이른 봄이라 아직까지 여린 촉들이 고개를 내밀고 있는 흔적은 보이지 않았다. 뒤엉킨 줄기들이 지난해 담쟁이의 역동적인 삶의 모습을 고스란히 보여주었다. 봄날의 여린 새순이 보여준 보드라운 촉감도, 여름날 푸르게 뿜어냈던 에너지도, 가을날 저녁 무렵 석양빛처럼 붉게 타오르던 열정도 모두 내려놓은 채 담쟁이는 뻣뻣하게 굳은 팔로 서로를 부둥켜안은 채 빠르게 지나가는 자동차의 물결을 그저 무심히 바라보고 있을 뿐이었다.

새롭게 채우기 위해서는 먼저 비워야 한다. 채우고자 하는 욕심을 모두 내려놓아야 한다. 비우고 내려놓는 게 먼저인 건 세상의 이치다. 지금 저 담쟁이들은 다가오는 봄날 새로운 에너지와 열정으로 자신을 가득 채우기 위해 모든 걸 비우고 내려놓았다. 내가 가지고 있던 것에 대한 집착을 버리지 못하면 절대로 할 수 없는 일이다.

그대의 마음을 새로운 에너지로 가득 채우고 싶은가. 먼저 집착을 버리고 마음속에 남아 있는 세속의 찌꺼기를 말끔히 비워라. 비우고 내려놓기 어렵다면 지난날의 추억과 열정과 에너지를 모두 내려놓고 묵언수행을 하고 있는 담쟁이에게 배우기 바란다.

자작나무의 겨울노래

하얀 표피를 보면 그리움이 묻어난다. 얇은 표피가 추위에 떨고 있는 것만 같다. 하늘을 향해 곧게 뻗은 몸통을 보면 거짓 없어 보인다. 자작나무에 관한 정확한 지식은 없지만 나의 주관적인 느낌이다.

우리나라에서 자작나무숲 하면 강원도 인제에 있는 원대리를 추천한다. 사진작가들이 출사를 자주 나가는 곳이라고 들었다. 직접 가서 자작나무를 만나보고 싶은 마음은 간절하지만 아직 한 번도 가보지 못했다.

어릴 적 나는 시골에서 자랐다. 우리 집은 마을에서 한참 떨어진 외딴 과수원집이었다. 마을에서 우리 집으로 가려면 들판을 지나야 했다. 과수원 바로 옆에는 그리 넓지 않은 강이 흘렀고, 강 건너엔

나지막한 산이 이어져 있었다.

　과수원 옆 강둑 언저리에 백양나무가 모여 서 있던 기억이 난다. 내가 지금 백양나무를 떠올린 건 자작나무와 비슷하다는 생각 때문이다. 백양나무 원줄기 색상이 그나마 자작나무와 비슷한 것 같다. 백양나무가 조금 더 어두운 느낌이지만 내 기억 속에서는 그래도 자작나무와 가장 가깝다.

　백양나무의 이파리도 마찬가지다. 직접 둘을 가져다 나란히 놓고 비교해보면 분명 다르다는 걸 알 수 있다. 학기 초 새로운 아이들을 만나 여러 반에 수업을 들어가 보면 닮았다고 생각되는 녀석들이 종종 있다. 막상 두 녀석을 불러 나란히 세워놓고 보면 전혀 닮지 않은 것처럼.

　사람마다 이미지를 인식하는 틀이 있는 모양이다. 백양나무와 자작나무가 닮았다고 생각한다든지 이목구비가 닮지 않은 아이를 닮은 걸로 받아들이는 걸 보면.

　다시 자작나무 이야기로 돌아가보자. 몇 살쯤이었는지는 기억이 잘 나지 않지만, 우리 집 바로 뒤편에 몇 그루의 나무가 있었다. 백양나무는 아니고 나무줄기는 흰 빛깔을 띠고, 이파리는 앞면이 짙은 녹청색에 가깝고, 뒷면은 두터운 흰색 느낌이 났다. 내 기억 속의 이 나무가 자작나무가 아니었을까 하는 생각도 해본다.

　무엇 때문에 나는 자작나무를 내 기억 속에 이렇게 간직하고 있는 걸까. 내가 자작나무에 대한 그리움을 담아두고 있는 이유는 도대체 뭘까. 특별한 계기가 되었을 법한 기억도 선뜻 떠오르는 게 없다. 오히려 지금 내가 더 궁금하다.

내가 자작나무를 그리워하는 게 아니라 자작나무가 나를 그리워하는 것인지도 모른다. 이 새벽에 일어나서 무슨 뚱딴지같은 상상을 하고 있는지 모르겠다. 자작나무가 어떻게 나를 그리워한다는 말인가. 말도 안 되는 소리다.

옆에 놓아두었던 휴대폰에서 갑자기 울리는 알람소리에 정신이 번쩍 들었다. 어쨌든 자작나무는 어떤 연유에서인지 모르지만 나에게 그리움을 알게 해준 소중한 나무다. 그리움을 간직하고 살아간다는 건 아름다운 일이다. 그리움은 아무나 품을 수 없는 감정이다. 애틋한 마음이 있어야 생긴다. 사랑하는 마음이 있어야 살며시 고개를 든다. 마음을 열지 않으면 그리움은 들어올 여지가 없다.

요즘 세상에 그리움을 간직하고 있다는 건 행복이다. 고향에 대한 그리움을 마음속에 곱게 품고 살아가는 사람들이 많다. 도시화의 물결로 고향을 등지고 떠나온 사람들이 많다. 고향을 떠나온 사람들이 모두 고향을 그리워하는 건 아니지 않을까. 고향에 대한 좋은 추억이 없다면 그리움은 깨어나지 않는다.

자작나무의 이름은 어디서 유래하였을까. 어릴 적 시골에서는 나무를 땔감으로 이용했다. 추운 지방에서는 자작나무를 땔감으로 이용했다고 들었다. 이 자작나무를 아궁이에 집어넣고 군불을 지필 때

소리가 나는데 그 소리가 바로 "자작자작"하는 소리였다고 한다. 나도 어릴 적 쇠죽을 끓이거나 군불을 땔 때 아까시나무를 태우면 따닥따닥, 자작자작 소리를 들었던 기억이 난다. 나뭇가지가 아궁이 속에서 따닥따닥, 자작자작 타들어가는 소리도 내게는 아련한 그리움으로 남아 있다.

한여름 뙤약볕이 내리쬐는 날에 강에서 물장구도 치며 놀았던 기억이 있다. 한참을 물속에서 놀다 물가로 나와 고개를 들어보면 백양나무 이파리들이 햇빛을 향해 반짝반짝 손을 흔들어대던 기억이 그립다. 내가 자작나무를 그리워하게 된 계기가 바로 햇살 머금은 백양나무 이파리의 부신 손짓 때문일 수도 있다.

물에서 나오면 백양나무 그늘에 앉아 공기놀이를 하던 기억도 떠오른다. 그러고 보니 백양나무에 대한 기억이 생각보다 많다. 앉아 놀기도 하고 편히 쉴 수 있는 공간을 마련해준 백양나무가 내 기억 속에 오래 자리 잡을 수밖에 없다는 생각도 해본다.

편히 앉아 쉴 수 있는 공간을 떠올리자 엄마 품이 그리워진다. 어린아이도 아닌 내가 갑자기 이런 생각을 하는 이유는 무엇일까. 엄마 품을 그리워하는 건 반드시 어린아이여야만 한다는 법이 있는가. 그리움이 묻어나면 묻어나는 대로 간직하고 떠올려 보면 된다.

이제야 자작나무에 대한 그리움의 뿌리를 알았다. 마치 내가 지금 무슨 심리학 관련 연구를 하고 있다는 착각이 든다. 내 마음속 깊이 웅크리고 앉아 있던 엄마에 대한 그리움을 자작나무에 대한 그리움으로 치환한 것인가. 어린 시절 백양나무가 내게 그늘과 쉼터를 만들어주었던 선한 마음이 자작나무에 대한 그리움으로 남게 된 건 아닐까.

다시 또 자작나무에 대한 그리움으로 돌아가본다. 내가 느끼는 그리움은 겨울 자작나무다. 왜냐하면 내 기억 속에서는 여름 백양나무가 자작나무 이미지로 자꾸만 떠오르지만, 나에게 그리움을 가져다주는 건 한겨울 먼 산자락에서 하얀 맨살을 드러낸 채 차창 밖을 스쳐 지나가는 자작나무다.

장거리 운전을 할 때마다 차창 밖으로 언뜻언뜻 스치는 주변 산자락을 살피는 버릇이 있다. 자동차가 달리는 속도 때문에 제대로 알아볼 수는 없지만 그때마다 하얀 나무줄기만 보이면 자작나무가 가장 먼저 머릿속을 스치고 지나간다. 자작나무에 대한 그리움이 나의 무의식 속에 깊이 뿌리박혀 있는 모양이다.

겨울 자작나무는 자신이 가지고 있던 모든 걸 버렸다. 봄날에 내밀었던 여린 새순이 만들어준 부드러운 촉감의 옷도 버리고, 한여름 따가운 햇볕을 막아주던 녹색 상의도 벗어던지고, 바람에 나부끼던 늦가을 노란 스웨터도 내려놓은 채 얇은 내의만 입고 서 있다.

추운 겨울을 이겨내려면 두꺼운 외투를 걸치고 있어야 할 텐데 얇은 내피만 남겨둔 채 찬바람에 맞서는 이유는 무엇일까. 자신의 강건함을 뽐내려는 걸까. 때가 되면 버려야 할 건 버리고 내려놓아야 할 건 내려놓아야 한다는 자연의 이치를 몸소 보여주고 있는 건 아닐까.

엄마 품에 대한 그리움이 백양나무 그늘에서 겨울 자작나무에 대한 그리움으로 내 기억 속에 남았다가 자작나무가 나에게 전해주는 메시지를 생각하기에 이르렀다. 겨울 자작나무가 내게 던지는 메시지는 욕심을 버리고 모든 걸 내려놓아 마음을 완전히 비우라는 가르침이다.

누군가에게 메시지를 전달하는 가장 강력한 방법은 무엇인가. 밤낮으로 여러 이론을 연구하고 정리하여 모은 핵심 내용을 파워포인트로 보여주며 목이 아프도록 설명하면 될까. 한 번만으로는 전달하기도, 기억하기도 어려우므로 같은 내용을 반복해서 제공하면 되는 걸까. 장황한 설명이나 말은 필요하지 않다. 겨울 자작나무를 보지 못했는가. '백문이불여일견(白聞而不如一見)'이라 하지 않았던가. 한겨울 매서운 바람에 정면으로 맞서며 온몸으로 메시지를 전해주는 자작나무를 보라.

취미로 사진작업을 하는 블로그 이웃님이 있다. 몇 해 전 겨울 자작나무에 대한 그리움이 블로그 이웃님이 올려준 사진으로 나를 이끌어주었다. 높은 곳에서 내려다보며 담은 겨울 자작나무 사진을 보고 떠오른 느낌들을 메모해둔 시조 시 한편으로 이 글을 마무리해본다.

움켜쥔 부귀영화 미련 없이 다 버리고
무욕의 마음으로 높은 하늘 경배하는
그대의
거룩한 마음
인간세상 비추네

내가 가진 어느 것도 내 것이 아니란 걸
봄여름 가을겨울 온몸으로 가르치며
참 행복
깨닫는 길을
섭리 따라 보여주네

_겨울 자작나무

콩나물시루

콩나물은 요즘도 식탁에서 자주 볼 수 있는 음식재료다. 특히 제사를 모실 때는 빠지지 않고 올라오는 나물 중 한 가지이기도 하다. 우리 집에선 쇠고기국이나 동태탕을 끓일 때에도 빠짐없이 들어가 국물 맛을 시원하게 하는 역할을 한다. 가장 간단하게는 콩나물만 넣고 깔끔한 국으로 먹거나 무침으로 밥상에 오르기도 한다. 반찬이 없을 땐 콩나물밥에 양념장만 만들어 넣고 비비기만 해도 한 끼 식사로 그만이다.

이렇듯 서민들과 친근한 콩나물을 어떻게 기르는지 아는가. 요즘 아이들은 대형마트나 식자재마트에 가서 돈만 주면 얻을 수 있는 식재료라고만 알고 있을 것이다. 콩나물뿐만 아니라 과일을 비롯한 모든 먹을거리를 돈만 있으면 언제든지 사 먹을 수 있는 공산품으로 여긴다.

기성세대들에게 콩나물은 다른 의미로 다가온다. 단순한 식재료가 아니다. 서민들의 가난한 삶이 고스란히 담긴 추억이다. 재래시장에서는 콩나물을 팔아 생계를 꾸려나가는 사람들도 있었다. 한 움큼씩 뽑아서 비닐봉지에 담아 팔기도 했는데, 따스한 정까지 듬뿍 담아주시는 콩나물가게의 주인아주머니도 있었다.

내가 어렸을 적엔 웬만한 가정에서는 대부분 콩나물을 직접 길러 먹었다. 보통은 안방이나 사랑방 윗목에 콩나물시루가 놓여 있었다. 형편이 넉넉한 집에서는 제법 커다란 옹기를 시루로 사용하였고, 넉넉하지 못한 집에서는 플라스틱 양동이를 구멍을 뚫어 사용했다.

내 기억으로는 어머니나 할머니께서 물에 불린 콩을 통에 담아 아랫목에 며칠 동안 덮어두면 콩에서 싹이 트기 시작했다. 싹이 나면 콩나물시루에 올려두고 밤낮으로 꾸준히 물을 부어주기만 하면 하루가 다르게 자랐다. 작은 싹이 나온 콩들이 처음에는 콩나물시루의 절반 정도를 차지하고 있다가 싹이 점점 자라면서 불룩하니 고개를 내밀었다.

어린 나이에 콩나물이 쑥쑥 자라는 게 마냥 신기했다. 도대체 저 녀석들은 물만 먹고도 어떻게 저렇게 잘 자랄 수 있을까 늘 궁금했다. 지금도 확실한 답은 알지 못한다. 그저 물속에 들어 있는 영양분을 먹고 자랄 거란 추측만 하고 있을 뿐이다.

콩나물시루에서 콩나물이 자라는 걸 보며 생각에 잠겨본다. 가랑비에 옷 젖는다는 속담이 떠오른다. 적절한 비유가 될지는 모르겠지만 조금씩 스며들다 보면 어느새 옷이 흠뻑 젖게 된다는 뜻으로 아무리 사소한 것이라도 거듭되면 무시하지 못할 정도로 크게 됨을 비유적으로 이르는 말이다. 이처럼 자주 물을 부어주는 것만으로도 콩나물은 하루가 다르게 무럭무럭 자란다.

콩나물시루를 보며 또 한 가지 떠오르는 것은 물을 자주 부어주기는 하지만 콩나물시루는 그 물을 가두어두지 않고 흘러내리게 한다. 집착하지 않고 내려놓을 줄 안다는 말이다. 물을 붙잡아두려 집착하지 않고 흘려보내도 콩나물은 자란다. 우리 인간과는 달리 욕심부리지 않고 비우고 내려놓으니 계속 성장하는 것이다.

물을 흘려보내는 콩나물시루는 비우고 내려놓는 삶의 이치를 이미 알고 있지만 오늘도 나는 붙잡아두려고 집착하는 마음뿐이다. 글이 잘 써지는 날은 마음이 편안하고 홀가분하지만, 글이 잘 써지지 않는 날은 마음이 불안하고 답답해진다. 아직도 완전히 비우고 내려놓기가 쉽지 않은 모양이다. 언제쯤이면 완전히 비울 수 있을까. 완전히 비울 수 있는 날이 오기는 할까. 먼저 비워야만 채울 수 있다고 하지 않았던가. 마음의 찌꺼기와 불순물을 제거해야 그 자리에 맑고 순수한 그 무엇이 차오를 게 아닌가. 콩나물시루는 물에 집착하지 않고 흘러내리게 함으로써 맑고 순수한 콩나물로 가득 차오르게 된다.

삶은 선택의 연속이자 깨달음의 연속이다. 매순간 끊임없이 선택하고 이에 따라 삶의 방향과 질이 완전히 달라질 수 있다. 어떤 선택을 하느냐는 전적으로 자신에게 달려 있다. 태어나서부터 하루하루를 어떻게 살아가느냐에 따라 삶의 두께가 달라진다. 당신은 얄팍한 마분지 같은 삶을 원하는가 아니면 두텁고 푹신한 매트리스와 같은 삶을 바라는가. 늘 깨어 있는 삶을 살아가면서 풍부한 경험을 쌓아 풍성한 삶의 터전을 만들어가야 한다.

삶의 터전을 풍성하게 만들기 위해 일상의 작은 소재에서도 깨달음을 얻을 수 있어야 한다. 깨달음은 쉽게 얻을 수 있는 것이 아니다. 누구나 쉽게 깨달음을 얻는다면 우리는 너나없이 높은 의식수준을 갖추게 될 것이며, 모두가 화합하는 아름답고 행복한 세상을 만들기가 훨씬 쉬워질 것이다.

깨달음은 개인적인 깨달음이 먼저요, 그다음이 집단 깨달음이다. 사회나 조직을 구성하고 있는 구성원 한 사람 한 사람이 의식을 높여 깨달음을 얻는 이가 많아진다면 집단 깨달음은 오히려 쉽게 얻을 수 있다.

당신은 깨달음을 얻은 적이 있는가. 그렇다면 무슨 깨달음을 얻었는가. 어떤 소재에서 무슨 깨달음을 건져 올릴 수 있었는가. 깨달음은 주로 언제 일어나는가. 깨달음은 단기간에 쉽게 오지 않는다. 오랜 시간 집중하고 몰입하다 보면 불현듯 떠오르는 반가운 손님이다. 하지만 그리 오래 머물지 않는 손님이라 아쉬움이 남을 때도 있다.

깨달음이라는 반가운 손님을 오래 모시고 싶다면 반드시 메모를 해야 한다. 메모는 내용을 모두 기록해두는 게 아니다. 그때마다 가장 핵심적인 단어나 어구만이라도 간단하게 적어두면 된다. 간단히 적어두었던 메모가 위력을 발휘하면 공감이 가는 책 한 권을 쓰고도 남는 풍성한 이야기로 발전할 수 있다. 깨달음을 얻기 위해 노력해야 할 일도 많지만, 한순간 내 손 안에 들어온 깨달음을 놓치지 않도록 하는 데 온 마음을 집중해야 한다.

깨달음은 또한 한 번 일어나면 고구마줄기를 캐듯(줄줄이 비엔나 소시지처럼) 연이어 내 손 안에 들어올 때도 있다. 이런 날엔 온 세상을 다 가진 기분이다. 세상 부러울 게 없다. 정신이 맑아지고 행복감이 샘솟는다. 가만히 있으면 입가에 실실 미소가 피어오른다. 일상에서 늘 비우고 내려놓아 평정심을 유지할 수 있었으면 좋겠다.

노란 콩나물대가리를 보았는가. 물만 먹고 자라서 맑고 순수한 영혼을 품고 있는 노란 콩나물대가리는 어떤 마음을 갖고 있을까. 나보다 순수하겠지. 나보다 맑고 순수한 영혼을 간직한 채 아름다운 꿈을 꾸고 있겠지. 올망졸망 모여 머리만 위로 내민 채 세상구경하려는 녀석들은 불평불만도 없다. 시루 안에 빽빽하게 모여 살지만 힘들지도 않은 모양이다. 무더운 여름철에 그렇게 다닥다닥 붙어서 있다가는 온몸에 땀띠가 나고 염증이 생겨 진물이 날 텐데 녀석들은 용케도 잘 견딘다. 몸통도 날씬하고 매끈하여 아무런 피부병도 없는 맑고 순수한 녀석들이다.

마음을 비운다는 건 과연 무엇일까. 어떻게 해야만 마음을 완전히 비울 수 있다는 말인가. 콩나물시루는 어떻게 물을 가두지 않고 흘려보낸단 말인가. 그렇게 흘려보내지만 콩나물은 언제나 자라고 있지 않은가. 이것은 무슨 원리인가. 도대체 어떤 원리가 적용된 것인가. 집착하지 않는 삶이 바람직한 삶이라는 걸 보여주기 위한 것인가. 비우는 삶이 아름다운 삶이란 걸 몸소 실천하는 것인가. 매일 비우고 내려놓기를 실천하는 콩나물은 얼마나 순수하고 깨끗한 영혼을 지닌 존재인가.

내 마음은 하루에도 열두 번 맑았다 흐려지길 반복한다. 마음을 붙잡으려 애를 쓰면 쓸수록 더욱 걷잡을 수 없는 소용돌이 속으로 휘말려 들어간다. 속수무책이다. 마음을 쓰면 쓸수록 더욱 심해진다. 답답한 마음에 대책 없이 내버려두고 있으면 오히려 잠잠해진다. 이건 또 무슨 조화란 말인가. 흙탕물을 가만히 들여다보면 어떻게 해야 맑아지는지 두 눈으로 똑똑히 볼 수 있다. 흙탕물은 내 마음이 동요된 상태를 보여주는 것이다. 내 마음이 심하게 흔들리고 있는 상태를 그대로 보여준다. 아무것도 할 필요가 없다. 흙탕물은 그냥 가만히 지켜보고 있으면 된다. 일정한 시간이 지나고 나면 흙을 포함한 찌꺼기들은 모두 가라앉고 물은 서서히 맑은 기운을 되찾는다. 내가 힘써 해야 할 일은 아무것도 없다. 오로지 가만히 앉아 지켜보고만 있으면 된다.

무엇을 그렇게 잘하려고 애를 쓰는가. 힘을 빼고 가만히 기다려라. 기다릴 줄 아는 자만이 마음의 평정을 얻을 수 있다. 서두름 없이 때를 기다려줄 줄 아는 자만이 성공할 수 있다. 무엇이 그렇게 급하고 조바심이 나는가. 서두르지 말고 묵묵히 너의 길을 가라. 때가 되면 저절로 길이 열리고 모든 것이 완성되는 날이 온다. 서두르지 마라. 절대로 서두르지 마라. 너만의 속도를 따라 늘 하던 대로 걸어 가라. 다른 사람들이 뛰어간다고 덩달아 뛰지 마라. 그들은 지금 뛰 어가야 할 시점이기 때문에 뛰어가고 있는 것일 뿐이다. 너는 지금은 천천히 걸어가야 하는 때다. 너는 지금 반드시 걸어가야만 네가 원하 는 바를 이룰 수 있다. 사람마다 때가 있다. 그들은 그들의 때가 있고 너는 너만의 때가 있다. 그 때를 잘 맞추는 것이 중요하다. 현명한 사 람은 그러한 때를 기다릴 줄 안다. 무턱대고 빨리 달리기만 한다고 일이 잘되는 건 절대 아니다. 명심하고 또 명심해야 할 일이다.

마음을 비우고 떠오르는 대로 자판을 두드리니 순식간에 여기까 지 이르게 되었다. 마음을 비운다는 걸 체험하고 있는 중이다. 머리 로는 이해하지만 온몸으로 직접 체득하기 위해서는 시간이 필요하 다. 지금 내가 글을 쓰고 있는 이 시간이 마음을 비우는 연습을 하고 있는 시간이다. 마음을 비우는 연습은 온몸으로 해야 한다.

콩나물시루의 콩나물들도 온몸으로 물을 받아들였다가 온몸으 로 흘려보내고 있지 않았던가. 머리로만 생각하는 습관을 들이면 몸 은 자꾸만 굳어진다. 몸이 먼저 알아서 움직일 때까지 연습해야 한 다. 생각하지 않고 바로 써야 한다. 생각하지 않고 그냥 쓰니까 비우 는 연습이 저절로 된다. 비우는 연습이 저절로 되면 나의 몸은 구석 구석 비워지게 된다. 콩나물이 온몸으로 물을 흘려보내는 것과 마찬가지로 나의 생각이 비워지고 온몸이 완전히 비워지게 된다.

　비우고 내려놓는 연습을 하자. 머리로 생각하지 말고 온몸으로 비우는 연습을 하자. 콩나물시루의 콩나물을 보고 배우자. 억지로 비워야 한다고 마음속으로 외치지 말고 온몸으로 비우는 연습을 하자. 진정으로 비우고 내려놓고 싶은가. 윗목에 콩나물시루를 놓아두고 매일 물을 줘라. 콩나물이 쑥쑥 자라나는 모습을 보면서 저절로 비우고 내려놓는 연습이 된다. 비우고 내려놓는 연습에는 이론은 필요 없다. 오직 실천과 비우는 행위만 있을 뿐이다. 콩나물시루의 콩나물이 흘려보내는 물처럼…….

시(詩) 밭을 거닐며

인성(人性)의

4장

열매를 거두다

시란 무엇인가

오전 4시 21분, 컴퓨터 화면 아래쪽 상태줄 바 오른쪽 구석에 표시된 현재 시각. 이른 새벽 혼자 일어나 깜깜한 거실에서 컴퓨터 앞에 앉아 있는 이유가 무엇인가. 누가 날더러 이렇게 일찍 일어나라고 시켰는가. 일어나지 않으면 목숨이 위태롭다는 협박을 받았는가. 엄청나게 많은 돈을 주겠다고 날 유혹하였는가.

아니다. 결단코 아니다. 내가 스스로 선택한 일이다. 그렇다면 나는 왜 이런 선택을 했는가. 잠이 부족하고 피곤하지 않은가. 혹시 잠을 적게 자면 건강에 해롭다는 말을 들어본 적은 없는가. 매일 아침마다 공복에 약을 먹고 있지 않은가.

나도 내가 이렇게 될 줄은 상상도 못했다. 도저히 믿기지 않는다. 불과 한 달 반 전만 해도 내가 지금 이 시각에 일어나 컴퓨터 자판을 두드리고 있으리라고는 꿈에도 생각하지 못했다.

이게 지금 내 삶이다. 다른 누구의 삶도 아닌 바로 내 삶이다. 과거도 필요 없고, 미래도 걱정하지 않는다. 다만 지금 이 시각 내 손가락이 움직이는 대로 자판을 두드리고 있는 이 순간이 바로 내 삶이다. 더도 말고 덜도 말고, 딱 이만큼이 바로 내 삶이다.

어떻게 살 것인가. 어떻게 살아야만 하는가. 많은 사람들이 '어떻게'라고 질문을 한다. 스스로에게 또는 다른 사람에게 늘 '어떻게'라고 묻는다. 이렇게 물으면 나는 또 '어떻게' 대답을 해야 할지 고민한다. 고민할 필요 없이 그냥 대답하면 된다. 지금 이 자리에서 내가 살아가고 있는 대로 살아가면 된다. 달리 무엇이 더 필요하단 말인가. 잘살려고 애쓰지 마라. 그냥 살아라. 난 과연 잘살기 위해 이른 새벽에 일어나 글을 쓰고 있는가. 나도 과거엔 무얼 하든 '잘'하려고 무진장 애를 썼다. 지금은 아니다. 지금 내가 이러고 있는 건 결코 잘하기 위함이 아니다. 그냥 하는 거다. 왜 그냥 하는가. 이게 바로 내 삶이니까 그냥 이렇게 살아가는 거다.

사람들은 늘 이야기한다. 어떻게 살아야 잘사는 건지. 어떻게 살아야 행복하게 사는 건지. 나도 예전엔 다른 사람들과 같은 생각을 많이 했다. 지금은 글쓰기를 하며 조금씩 깨달아가고 있다. 어떻게 살아야 잘사는 건지 또는 어떻게 살아야 행복하게 사는 건지 생각하지 않으려 한다. 대신 '어떻게'가 아니라 '왜'로 바뀌었다. 세 글자에서 한 글자로 바뀌었을 뿐이다. '어떻게'에서 '왜'로 질문을 바꾸는 데 오랜 시간이 걸렸다. 내가 왜 살아가는지 아는 게 가장 중요하다는 사실을 깨달았다. '어떻게'라고 물으면 힘이 들어가게 되어 있다. 글을 잘 쓰려면 '어떻게' 해야 할지 고민한다. 고민 끝에 잘 쓰기 위한 요령을 먼저 찾는다. 단시간에 잘해보고 싶다는 생각이 앞서기 때문에 더욱 어렵다. 정작 글은 쓰지 않고 계속 고민만 깊어지다 스스로 포기하게 된다.

난 왜 글을 써야 하는가. 내가 글을 쓰는 이유가 무엇인지 내가 살아가는 이유는 무엇인지 물으면 좀 더 진지하게 자신을 돌아보게 된다. 요령만 찾아 익히려는 게 아니라 오랜 시간을 두고 좀 더 깊이 생각해보게 된다. '왜'라는 질문에 대한 긍정의 답을 찾기만 하면 된다. 그다음엔 아무것도 할 필요가 없다. 스스로 알아서 하게 된다. 누가 시키지 않아도 한다. 내적인 동기 부여가 강하게 작용하기 때문이다. 우리가 살아가면서 뭔가 하고자 할 때 내적인 동기 부여만큼 강력한 무기는 없다. 외적인 동기가 전혀 필요 없는 건 아니지만 가장 결정적 요인은 내적인 동기 부여라는 사실을 명심해야 한다.

'시란 무엇인가'라는 주제를 정해놓고 지금까지 나는 왜 이렇게 장황하게 쓰고 있단 말인가. 본론으로 들어가기도 전에 서론이 너무 길지 않은가. 서론이 길면 독자들이 싫어할 텐데 왜 이렇게 딴소리만 잔뜩 늘어놓고 있는가. 사실 여기까지 쓰면서 나도 그 이유를 잘 모르겠다. 이게 지금 이 순간 나의 솔직한 대답이다. 좀 더 솔직하게 말하자면 시가 무엇인지 나도 잘 모른다. 나도 잘 모르기 때문에 이렇게 둘러대고 있는 게 아닐까 혼자 생각해본다.

서두에서 나는 바로 지금 내가 하고 있는 일이 내 삶이라고 말했다. 시란 무엇인가에 대한 해답도 마찬가지다. 다시 말해서 시는 바로 내 삶이다. 이건 또 무슨 소리냐고 생각할 수도 있다. 당연히 그리 생각할 수도 있다. 지금 시를 쓰는 것도 아니고 생각나는 대로 자판을 두드리고 있는데 무슨 말이냐고.

대체로 시는 어렵다고들 말한다. 사실 나도 그렇게 생각하며 지금까지 살아왔다. 어려운 시도 많이 있다. 오죽하면 '난해시'라는 말까지 나왔을까. 도서관에서 시집을 빌려 읽기 시작한 지 6년이 되어간다. 어떤 시집이 좋은지 몰라 문학 코너에 가서 책꽂이에 꽂혀 있는 시집들을 그냥 죽 훑어본다. 그러다 별다른 이유 없이 끌리는 시집이 있으면 빌려 온다. 제목이 끌리는 경우도 있고 그냥 느낌으로 고르기도 한다.

집에 와서도 여러 권 중 어느 시집을 먼저 읽을까 고민하지 않고 그 순간 손이 가장 먼저 가는 책을 골라 읽어보기 시작한다. 순서대로 읽어나갈 때도 있고 아무 곳이나 펼쳐지는 페이지를 읽기도 한다. 중요한 건 선택한 시를 읽어보고 내용이 너무 어려운 느낌이 들면 건너뛴다. 별 감동이 오지 않는 시는 가볍게 한 번만 읽고 지나간다.

이런 식으로 시집을 훑어 읽다 보면 한 권의 시집에서 몇 편은 마음에 와닿는 시가 있다. 마음에 드는 시를 만나면 여러 번 반복해 읽어보기도 하고 휴대폰 메모장에 따로 메모하거나 노트에 필사해

보기도 한다.

모든 시가 다 어려운 것은 아니다. 편안하게 읽을 수 있고 쉽게 이해하고 공감할 수 있는 시도 많다. 읽어봐도 무슨 말인지 이해가 안 되거나 그다지 공감이 가지 않는 시는 건너뛰면 된다. 사람마다 생각이 다르고 살아온 경험이 다르기 때문에 똑같은 시를 읽어도 받아들이는 것은 서로 다를 수 있다. 좋은 시, 나쁜 시를 굳이 구분하며 투덜거릴 필요는 없다. 내 마음에 들면 나에게 좋은 시다. 내가 격하게 공감할 수 있는 시는 내게 좋은 시다. 내가 아무리 격하게 공감하더라도 다른 누군가에게는 전혀 감동을 주지 못하는 시도 있다. 그 반대의 경우도 마찬가지다. 우리는 모두 서로 다르니까 서로 다름을 인정해주면 아무 문제가 없다.

우연한 기회에 시에 관심을 갖게 되었고 시집을 계속 읽다 보니 나도 시를 써보고 싶다는 생각이 들었다. 정확히 언제인지는 기억나지 않지만, 인터넷을 검색하다 박성우 시인의 〈삼학년〉이란 시를 우연히 만나게 되었다. 처음 그 시를 읽었을 때 '아 이런 내용도 시가 될 수 있구나'라는 생각이 가장 먼저 들었다. 어려운 시어는 하나도 없었다. 내가 겪었던 어린 시절이 그대로 투영되어 있었다. 나와 비슷한 시대를 살았던 시인의 성장배경이 공감을 불러일으켰다. 여섯 행의 짧은 시였지만 나의 어린 시절에 대한 추억과 향수에 젖어들기에 충분했다. 이것이 내가 시를 읽기 시작한 이유다.

이렇게 1년 정도 시집을 읽었다. 그러던 어느 봄날 나도 모르게 시를 써보고 싶다는 생각이 내 안에서 꿈틀거렸다. 전혀 내가 의도한 것이 아니었다. 지금까지 읽었던 시집과 살아오면서 겪었던 경험 그리고 그 순간 바라보고 있는 어떤 대상이 하나의 심상(心象)으로 어우러져 시를 써야겠다는 마음이 저절로 우러나온 게 아닐까. 앞서 이 책에서 소개한 〈동백꽃〉이 바로 그렇게 해서 쓰게 된 시다.

시는 유명한 시인이나 평론가들의 전유물이 아니다. 전유물이 되어서는 더더욱 안 된다. 시는 일반 사람들에게 더 가까이 다가와야 한다. 시는 누구나 쓸 수 있는 장르다. 다만 사람들이 시 쓰기를 어렵게 생각하고 있을 뿐이다. 내 경험으로는 써야겠다는 마음만 있으면 누구라도 시 쓰기를 시작할 수 있다고 본다. 거창하고 특별한 걸 쓰는 게 아니기 때문이다. 서두에서 말했듯이 시는 곧 내 삶이기 때문이다. 내 블로그 이름이 '일상의 떠오르는 느낌들'이다. 블로그 소개글에는 이렇게 되어 있다. '일상생활과 자연에서 마주치는 모든 것들에게 관심을 갖고 그때마다 떠오르는 느낌들을 글로 표현해보고 싶은... 그래서 자연을 닮은 삶을 살고 싶은 人~~!!!'

내 삶과 동떨어진 대단한 이야기를 시의 소재로 선택할 필요는 없다. 보통 사람들에게 쉽게 다가갈 수 있는 소재는 바로 내가 살아가고 있는 현실 속에 있다. 멀리서 소재를 찾으려 애쓸 필요가 없다. 오늘 아침 출근길에 만난 풀꽃도 좋고, 아침에 자고 일어나 거실에서 처음 눈을 마주친 장미허브도 괜찮다. 일상생활 속에서 내가 마주치는 모든 대상과 존재가 시의 소재가 될 수 있다는 사실을 알면 바로 시를 쓸 수 있다. 단 그 모든 대상과 존재를 나와 동등한 존재로 바라봐야 한다. 일상에서 마주치는 대상들을 늘 새로운 시각과 관점에서 바라보려는 노력을 게을리해서는 안 된다. 평범한 대상에게 나만의 특별한 의미를 부여한다면 소박한 삶을 살아가는 우리 이웃들에게 쉽게 다가갈 수 있는 시가 될 수 있지 않을까.

또 한 가지 덧붙여 말하고 싶은 것이 있다. 시든 글이든 잘 쓰려하기보다 경험한 사실을 바탕으로 진솔하게 쓰는 게 중요하다. 내가 쓴 시나 글이 단 한 사람의 독자에게라도 공감을 주고 삶에 힘과 용기를 줄 수 있으면 좋겠다.

지금까지 나름대로 시집을 읽고 시랍시고 끼적이며 생각해본 시의 정의는 이렇다. 시는 시인 자신의 과거 경험에서 나오는 주파수와 현재 삶의 순간에서 나오는 주파수가 일치할 때 시인의 마음속에 영그는, 영혼의 아름답고 소중한 열매다.

시 밭 가꾸기

봄이라고 똑같은 봄이 아니다. 봄은 한 겹이 아니라 색상도 다채로운 여러 겹으로 이루어져 있다. 시작하는 봄과 끝나는 봄은 다르다. 꽃 잔치로 분주하던 3월부터 신록이 짙어가는 4월에 이르기까지 봄은 여러 겹의 옷으로 갈아입는다. 마치 다양한 옷으로 갈아입고 무대 위에서 우아하게 걸음을 내딛는 모델 같다.

아침마다 교정을 둘러보면 변화의 물결이 파노라마를 이룬다. 가장 먼저 동백꽃이 붉은 열정을 토해내자 꽃샘추위의 눈치만 보고 있던 벚꽃이 한바탕 웃음꽃을 피운다. 몇 차례 내린 봄비에 벚꽃이 고갤 떨군 자리엔 벚나무 연초록 이파리가 꽃보다 아름다운 싱그러움을 더해준다. 이에 뒤질세라 왕벚꽃이 어느새 풍성한 미소를 짓는다. 와글거리는 꽃 잔치에 벌들이 군무를 추고 직박구리도 덩달아

어깨춤을 추며 날아다니는 모습이 마냥 신난 개구쟁이 같다.

　봄을 생각하면 가장 먼저 무엇이 떠오르는가. 시골에서 자란 나는 농부들의 밭갈이가 떠오른다. 아지랑이 피어오르는 따사로운 봄날 농부들은 소를 몰아 밭갈이를 시작한다. 한 해 농사를 위해 밭을 일구는 작업을 먼저 시작한다.
　시 밭 가꾸기는 언제 해야 하는가. 시 밭을 어떻게 가꾸어가야 하는가. 밭을 일구는 것부터 생각해보아야 하는가. 밭을 어떻게 일구는지 어느 계절에 밭을 일구어야 하는지 알고 있는가. 만물이 소생하는 봄이다. 봄은 언 땅이 풀리고 땅속의 온갖 생명이 기지개를 켜고 나오는 계절이다. 바로 그 봄에 밭을 갈고 땅을 일구어야 한다. 가을날 풍성한 곡식을 수확하기 위해 봄부터 부지런히 땅을 일구고 준비를 철저히 해야 한다. 미리미리 준비하고 거름을 내야 비옥한 땅을 만들 수 있다. 비옥한 땅은 가만히 내버려두면 절대로 얻을 수 없다.

　우리는 개인의 의지로 이 세상에 태어나지 않았다. 내가 원해서 태어난 건 아니지만 태어난 이후의 삶은 누구의 삶인가. 다른 누구도 대신해줄 수 없는 바로 내 삶이다. 내 삶의 밭은 누가 일구어야 하는가. 바로 내가 일구어야 한다. 어떤 마음가짐으로 밭을 일구어나갈 것인가. 우리는 이 세상에 태어나는 순간 내 삶의 소중한 밭을 갖게 된다. 내게 어떤 밭이 주어질지는 아무도 모른다. 그것을 우리는 운명으로 받아들여야 한다. 누구든 내 인생의 밭을 받았으니 일구고 가꾸는 건 바로 내 문제다. 어떻게 일구고 가꾸어갈 것인가. 그것은 내가 결정할 문제다. 다른 사람에게 내 밭을 갈아달라고 부탁하고 싶은가. 나는 그저 편안하게 앉아 쉬다가 가을에 풍성한 곡식을 얻고 싶은가.

내 삶의 밭은 내가 가꾸어야 한다. 내게 주어진 소중한 밭이다. 내가 스스로 비옥한 땅으로 만들어가야만 한다. 곡식이 잘 자라는 비옥한 땅으로 만들기 위해 내가 해야 할 일은 무엇인가. 개간하지 않은 척박한 땅이라면 먼저 잡목을 베어내고 돌자갈을 골라내야 한다. 화학비료가 아닌 풀과 똥을 섞어 만든 두엄을 내고 깊이 갈아엎어야 한다. 그래야만 기름진 땅으로 변한다. 아무런 노력도 없이 기름진 땅을 기대할 순 없다.

이른 봄부터 부지런히 땀을 흘려야 한다. 지름길만 찾지 말고 정도(正道)를 걸어야 한다. 때맞춰 해야 할 일을 해줘야 한다. 밭을 일구고 농사를 짓는 일은 시기를 놓치면 안 된다. 밭을 갈아야 할 때 밭을 갈아줘야 하고, 씨를 뿌려야 할 때 씨를 뿌려줘야 하고, 물을 줘야 할 때 물을 줘야 한다. 어느 하나라도 건너뛰거나 늦으면 안 된다. 1년 농사를 위해 미리 연간 계획을 세우고 준비해두어야 한다.

어디에다 내 삶의 밭을 일구고 가꾸어나갈 것인가. 내가 선택하면 된다. 내 삶의 주인은 바로 나이기 때문이다. 처음부터 기름진 땅을 얻어 쉽게 밭을 일구어낼 수도 있다. 이런 경우 우리는 흔히 운이 좋다고 말한다. 운이 좋아서, 부모님을 잘 만나서, 속된 말로 금수저를 물고 태어나서 바로 비옥한 땅을 얻은 사람들을 우리는 부러워한다. 힘들이지 않고 편안하게 놀면서 살아가는 것이 좋아 보일 수도 있다. 하지만 처음부터 좋은 땅을 얻는 경우는 그리 많지 않다.

그렇다고 처음부터 비옥한 땅을 얻은 사람들을 마냥 부러워할 일도 아니다. 삶이라는 소중한 밭은 내가 스스로 선택해서 일구어나가는 재미가 있어야 한다. 처음부터 비옥한 땅만을 찾을 것이 아니라 척박한 땅이라도 내게 주어지면 감사할 줄 알아야 한다. 비록 척박한 땅이지만 나의 소중한 밭이 되면 마음가짐을 달리해야 한다. 다른 누구의 밭도 아닌 바로 나의 밭이기 때문이다. 지금부터는 내가 바로 그 밭의 주인이기 때문이다.

밭 주인과 소작인은 일을 대하는 마음가짐이 다르다. 밭 주인은 일을 전체적인 관점으로 바라본다. 좀 더 장기적인 안목을 가지고 일을 해나간다. 조금 늦더라도 임시방편으로 일을 처리하지 않는다. 중간 점검도 게을리하지 않는다.

이와는 반대로 소작인은 내 것이 아니기 때문에 주어진 일만 하는 경향이 있다. 주인이 시키는 일 외에는 하지 않으려고 한다. 서둘러 일을 끝내고 쉬고 싶어 하거나 눈치를 본다.

인생의 봄은 바로 청소년기다. 우리는 청소년기에 거름을 내고 밭을 갈아야 한다. 다른 사람의 밭은 비옥하고 흙도 부드러워 보이는데 내 밭에는 자갈도 많고 잡목도 많다며 불평해서는 안 된다. 그럴수록 더 부지런히 자갈을 골라내고 잡목도 베어내야 한다. 누가

시키면 하고, 시키지 않으면 밭을 일구지 않고 내버려둬서는 안 된다. 내가 주인이기 때문에 내가 일구어야 한다.

인생의 봄인 청소년기에 내 삶의 밭을 일구기 시작할 때 우리는 어떻게 해야 하는가. 내 삶의 밭을 무엇으로 채워나갈 것인가. 어떤 곡식으로 밭을 가득 채워나가고 싶은가. 무엇을 심고 기르든지 잘 자라주기를 바라는 마음이 간절할 것이다. 어떻게 해야 잘 자랄까. 밭의 환경도 중요하지만 무엇보다 주인인 내가 얼마나 잘 보살펴주느냐에 따라 결과는 분명히 달라진다. 내가 어떻게 하느냐가 가장 중요하다.

시는 곧 삶이다. 내 삶의 밭은 곧 시 밭이다. 내 삶의 밭을 가꾸는 것은 곧 시 밭을 가꾸는 일이다. 시 밭을 가꾸기 위해 내가 해야 할 일은 무엇인가. 내 삶의 밭에 곡식이 풍성하게 잘 자라게 하듯 나의 시 밭에 소중한 시의 싹이 돋아나게 해야 한다.

시는 어떻게 나오는가. 시가 나오려면 먼저 시 밭을 잘 가꾸어야 한다. 시 밭을 어떻게 가꾸어야 하는가. 이른 봄부터 부지런히 밭을 갈고 거름을 내어 잘 돌봐준 밭에서 가을에 알차게 영근 곡식을 수확할 수 있듯이 인생의 봄인 청소년기부터 시 밭인 내 마음 밭을 잘 가꾸어야 한다.

내 마음 밭을 잘 가꾸기 위해 무엇을 해야 하는가. 먼저 몸을 다스려야 한다. 몸의 근육을 키우고 건강하게 만들기 위해서는 규칙적인 운동을 하고 내 몸에 맞는 음식을 적절히 먹어야 한다. 내 마음 밭을 맑고 건전하게 가꾸기 위해 책을 읽고 생각을 키워야 한다. 농부가 때맞춰 밭을 일구고 씨를 뿌리고 물을 주듯 시기를 놓치지 않고 꾸준히 책을 읽고 깊이 생각하는 연습을 해야 한다.

시 밭을 풍성하게 가꾸기 위해 일상생활에서 대상을 바라보는 관점을 달리해야 한다. 늘 만나는 책이나 노트도 어제와는 다른 시각으로 바라보는 연습을 해야 한다. 모든 존재는 똑같을 수 없다. 어제 다르고, 오늘 다르다. 겉으로 보기엔 똑같아 보일지 모르지만 분명히 다르다. 시 밭을 가꾸고자 하는 사람은 다른 의미를 부여할 수 있어야 한다. 아침저녁으로 산책하며 주변을 둘러보는 것도 좋다. 이때도 마찬가지로 낯설게 보기를 할 필요가 있다. 지난 주말 산책길에서 만났던, 담벼락 아래 피어 있던 노란 민들레가 오늘은 꽃잎이 사라지고 작은 우주 모양의 홀씨로 바뀐 걸 알아차려야 한다. 그만큼 관심 있게 대상이나 존재를 바라볼 줄 알아야 한다.

이 세상에 존재하는 모든 대상을 바라보며 자기 자신을 찾아야 한다. 아침 산책길에 만난 보랏빛 제비꽃을 마주 보며 자신의 모습을 떠올려 볼 수 있어야 한다. 아침 교정을 둘러보다 운동장 옆 옹벽 틈새에서 당당하게 꽃을 피우는 괭이밥을 바라보며 내 삶을 돌아볼 수 있어야 한다. 생물이든 무생물이든 모든 대상을 그들의 입장에서 바라보는 연습을 해야 한다.

시간이 날 때마다 산이나 들로 나가보라. 자연에는 수많은 생명이 함께 어우러져 자신만의 삶을 살아간다. 욕심 없이 그저 자신만의 삶을 묵묵히 살아가고 있다. 때가 되면 싹을 틔우고 자라나 꽃을 피운다. 벌, 나비가 찾아오면 내쫓지도 않고 날아가면 붙잡지도 않는다. 언제든 왔다가 다시 떠날 걸 알기 때문이다. 집착하지도 않고, 애써 잘 보이려 하지도 않는다. 지금 현재 있는 그대로의 내 모습을 인정하고 받아들이는 삶을 살아가고 있다.

자연은 우리 모두의 스승이다. 내가 깨닫지 못하면 스승으로 모실 수가 없다. 왜냐하면 자연은 늘 우리에게 가르침을 주고 있지만 그 가르침을 받아들이지 못하면 아무런 소용이 없기 때문이다. 어떤 마음가짐으로 자연을 바라보느냐가 중요하다. 마음가짐에 따라 자연은 나의 훌륭한 스승이 될 수 있다. 마음 밭을 가꾸어 시 밭으로 만들어주는 가장 훌륭한 스승은 바로 자연이다. 자연이 가장 아름다운 시 밭이다. 우리는 자연을 닮은 삶을 살아감으로써 아름다운 시 밭을 가꾸어야 한다. 아름다운 시 밭을 가꾸면 우리의 삶도 아름다워진다.

시 밭을 거닐다

새벽 4시 정각에 휴대폰 알람을 맞춰 놓았지만 3시 53분에 눈을 떴다. 누가 나를 깨워준 걸까. 새벽 5시에 일어나다 요즘은 한 시간 가량 기상시간을 앞당겼다. 나의 뇌가 알아서 적응해가고 있다는 말인가. 뇌의 능력이 이렇게 대단하다는 말인가. 뇌의 주인인 내가 하고 싶은 일이 있어 마음속에 깊이 새겨두기만 하면 무의식중에 그 일을 할 수 있도록 스스로 만들어가고 있다는 말인가. 나의 이러한 생각이 사실이라면 우리의 뇌는 정말 말로 표현할 수 없을 만큼 뛰어난 기관이다.

오늘 아침은 평소와는 달리 바로 글쓰기를 하지 못하고 자꾸만 머뭇거리고 있다. 글을 쓰지 못하고 있는 이유는 무엇일까. 여러 가지 이유가 있겠지만 지금 생각해보면 이번 주제에 대해 무엇을 써야 할지 분명한 목표가 없기 때문이 아닐까. 아니면 잘 써야겠다는 마음이 앞서서 그럴 수도 있다. 무엇을 써야 잘 쓸 수 있을까 고민하고 있을 수도 있다.

무엇이 두려워 남들에게 잘 보이고 싶은가. 지금 당장 솔직하게 털어놓아라. 무엇이 너를 가로막고 있는가. 진지하게 다시 한 번 생각해보라. 이 답을 찾지 못하면 앞으로 네가 쓰는 글은 생명력이 없다. 진지하게 생각하고 또 생각하라. 생명력이 없는 글을 정말 쓰고 싶은가.

어떤 글이 생명력을 지닌 글인가. 어떤 글을 써야 내 글이 스스로 움직이며 다른 사람들에게 다가갈 수 있겠는가. 어떤 글을 써야 다른 사람들의 마음을 어루만져주고 그들의 상처와 아픔을 보듬어줄 수 있겠는가. 잘 생각해보라. '잘'은 필요 없다. 그냥 생각해보라. 그냥 생각해보면 답이 보이는가. 잘 생각해보면 그 '잘'이란 글자 때문에 또다시 '척'하게 된다. '잘'과 '척'을 머릿속에서 완전히 지워버려라. 반드시 깨끗하게 지워버려라. 무슨 일이 있어도 이 두 글자를 지워버려라.

아직도 깜깜한 새벽이다. 고요하다. 내 손가락이 자판 위를 이리저리 움직이고 있는 소리뿐이다. 제법 빠르게 뛰어다니기도 하고, 잠시 멈춰 고민하기도 한다. 천천히 걸어 다니기도 하고, 어떤 글쇠 위에 한동안 머무르기도 한다. 어딘가에 조용히 머물고 싶은 마음이 있는가. 어디에 머물고 싶은가. 가만히 머물고 싶은 곳이 어디인지 생각해보라. 머물고 싶은 곳을 찾으면 마음이 편안해질 것 같다. 지금 네가 머물고 있는 이곳은 마음에 들지 않는가. 이유가 무엇인가. 가족과 동료가 곁에 있고 온갖 물질문명이 발달한 살기 좋은 곳에서 네가 왜 머물고 싶어 하지 않는가. 무엇이 문제인가. 함께 머물고 싶은 사람이 있는가. 어디로 가서 어떤 삶을 살아가고 싶다는 말인가. 지금 현재의 삶이 마음에 들지 않는다는 말인가.

지금 너의 삶은 큰 변화를 겪고 있는 중이다. 너는 지금 그 어느 때보다도 열심히 살아가고 있다. 아무리 생각해도 지금처럼 열심히 살아온 적이 없다고 맹세한다. 너는 지금 너의 삶을 살아가고 있다. 그런데 왜 머물지 않고 다른 곳에 머물고 싶어 하는가. 그 이유가 무엇인가. 분명한 이유가 있는가. 분명한 이유가 있다면 지금 이곳을 떠나 네가 가고 싶어 하는 그곳으로 당장 떠나라. 정말 원한다면 지체 없이 출발해야 한다. 머뭇거릴 필요가 없다. 글을 쓰기 힘든 이유가 지금 이곳을 떠나고 싶기 때문인가. 가족과 친구, 동료가 함께 살아가고 있는 이 공간이 마음에 들지 않아서 다른 유토피아를 찾아 떠나겠다는 말인가.

상상 속의 유토피아를 찾아 떠나겠다는 생각이라면 떠나지 마라. 절대 떠나지 마라. 지금 이 순간 네가 앉아 있는 이곳이 가장 멋진 곳이다. 지금 자신의 마음을 조용히 들여다보라. 무엇이 보이는가. 어떤 아이가 네 안에 앉아 있는가. 가만히 눈을 감고 앉아 있는가. 일어서서 이리저리 거닐고 있는가. 네 마음이 흔들리고 있는가. 마음이 어느 한 곳에 쏠려 있는가. 떠나고자 하는 마음이 아직도 있는가. 지금 바로 이 자리에 그대로 앉아 글을 쓰고 싶은가.

글을 쓰고 싶다는 마음이 조금이라도 있다면 바로 쓰기 시작하라. 네 마음 밭에 가만히 들어가보라. 마음 밭에 울타리가 있는가. 있다면 어떤 울타리인지 자세히 살펴보라. 탱자나무가 빽빽하게 심어져 있는 울타리인가. 키가 낮은 탱자나무 울타리인가 아니면 키가 훤칠한 탱자나무 울타리인가. 지금 탱자나무라고 그랬는가. 갑자기 탱자나무를 떠올리는 이유는 무엇인가.

지금 내 눈앞에 탱자나무가 있던 고향이 떠오른다. 친구들과 초등학교를 다니던 시절 우리는 함께 어울려 걸어 다니곤 했다. 우리 집은 과수원이었다. 수업을 마치고 집으로 돌아오는 길에 과수원을 지나가야만 했다. 양쪽에 과수원이 있고 그 사이 탱자나무 울타리가 있는 좁은 오솔길이 있었다. 그 오솔길을 따라 집으로 돌아오곤 했다. 탱자나무 울타리는 우리의 키보다 훨씬 높았다. 친구들은 사과가 먹고 싶었는지 자주 서리를 하곤 했다. 우리 집이 과수원인데 친구들은 자꾸만 서리를 하자고 하니 나는 마음이 내키지 않았다.

탱자나무 울타리는 나에게 무슨 의미인가. 왜 지금 내가 탱자나무 울타리를 갑자기 떠올리고 있는가. 써늘한 기운이 돌기 시작하는 늦가을이면 노란 탱자가 주렁주렁 달려 있던 풍경이 눈에 선하다. 노란 탱자나무를 보면 마음속에서 그리움이 솟아오른다. 누구를 향한 그리움이란 말인가. 사람이 그리운가. 풍경이 그리운가. 무엇이 그립다는 말인가. 자기 자신에게 솔직해져라. 스스로를 속이려 하지 마라. 다른 사람을 속이는 것도 나쁘지만 자신을 속이는 것은 더욱 나쁘다. 자신을 속이는 것은 결국 남을 속이는 것이기 때문이다.

진실한 삶을 살아가고 싶은가. 지금 이곳을 떠나 다른 어딘가에서 진실한 삶을 살아가고 싶은가. 진실한 삶을 살아가고 싶다면 바로 지금 네가 살고 있는 여기에서 진실하게 살면 되지 않는가. 굳이 이곳을 떠나 어디로 가겠다는 말인가. 지금 바로 여기에서 진실한 삶을 살지 못하는 사람이 다른 곳으로 간다고 그 삶이 진실해질 수가 있다는 말인가. 이곳에서 안 되는 것은 다른 곳에서도 안 될 가능성이 많다. 물론 환경적인 요인 때문에 일이 순조롭게 진행되지 못하는 경우도 있지만, 환경이 가장 큰 걸림돌은 아니다. 무엇을 하든 환경은 우리가 극복하고 이겨낼 수 있는 대상이다. 남을 탓하거나 환경을 탓하지 마라. 지금 여기서 하지 못하는 일은 내일 저기에 가서도 이루기가 쉽지 않다. 그렇다면 무엇이 문제인가. 네 마음이 문제다. 달리 아무런 문제도 없다. 답은 바로 네 안에 있다. 자꾸만 바깥을 기웃거리지 마라. 시간만 낭비할 뿐이다.

괜한 생각으로 시간만 낭비하지 말고 네 안을 가만히 들여다보라. 무엇이 꿈틀대고 있는가. 무엇이 너를 이끌어가고 있는가. 네 마음 밭을 천천히 둘러보라. 네 마음 밭에는 무엇이 자라고 있는가. 네 마음 밭을 둘러싸고 있는 울타리는 어떤 울타리인가. 울타리가 있다면 그 울타리는 반드시 있어야 할 이유가 있는가. 네 마음 밭에 있는 것들이 소중한가. 소중한 것을 지키기 위해 울타리를 만들어놓았는

가. 소중한 것은 혼자 간직해야만 하는가. 소중한 것일수록 함께 나누어야 하지 않는가. 함께 나누고 싶다면 지금 당장 그 울타리를 없애라. 지금 바로 허물어버려라. 삶이 자유롭고 행복해지고 싶다면 네 마음 밭의 울타리를 지금 당장 제거하라.

봄이 되면 네 마음 밭에 새로운 싹이 고개를 내밀고 파릇파릇 돋아난 새싹들이 자라나는 모습을 지켜보라. 그 새싹들이 자라나 초록이 짙어지고 어느 날 꽃망울이 눈을 뜨기 시작하면 어디선가 벌과 나비가 덩실덩실 어깨춤을 추며 어우렁더우렁 달려올 것이다. 울타리를 모두 걷어내고 네 마음 밭을 모두에게 열어두어라. 네 마음 밭에는 누구든지 올 수 있다. 이 세상에 살아 있는 존재는 모두 와서 한바탕 신나게 놀 수 있다. 남의 눈치를 전혀 볼 필요 없이 함께 어울려 즐길 수 있는 공간이다.

울타리가 없는 네 마음 밭은 시시때때로 풍경이 달라진다. 고요한 새벽의 모습일 때도 있고, 햇살이 눈부신 아침나절엔 해맑은 웃음소리가 나기도 한다. 온갖 새들이 날아와 와글와글 아침식사도 하고 간다. 더불어 행복한 시간을 보내는 우리 모두의 소중한 삶의 터전이다.

네 마음 밭을 거닐어보고 싶지 않은가. 많은 이웃들이 와서 놀기도 하고 가만히 앉아 쉬기도 하는 네 마음 밭을 구석구석 둘러보라. 이웃이 남기고 간 따뜻한 정이 배어 있는가. 이웃의 따뜻한 정을 느낄 수가 있는가. 그 느낌을 마음속에 그대로 간직하라.

네 마음 밭에 시가 자라고 있는가. 네 마음 밭에 시가 봄나물처럼 상긋하게 자라고 있는가. 싱그러운 봄나물처럼 자라고 있는 시의 향기를 맡아보았는가. 어떤 향기가 나는가. 굳이 코를 갖다 대고 킁킁거릴 필요는 없다. 우리의 삶을 아름답게 가꾸어줄 시라면 가만히 눈 감고 서 있어도 향기가 번져 나오게 되어 있다. 무슨 향기인지 확인하려 하지 않아도 된다. 네 마음 밭에 시가 자라고 있는가. 네 마음 밭이 시 밭이었는가. 시 밭은 다른 어떤 마음 밭보다 맑고 순수해야 한다. 맑고 순수한 시 밭은 아이들이 마음껏 뛰어놀 수 있는 놀이동산이다. 아이들의 순수한 마음이 자라는 꿈동산이다. 아이들의 웃음소리가 끊이지 않는 순수한 삶의 터전이다.

네 마음 밭이 곧 시 밭이다. 지금 바로 이 자리가 네 삶의 터전인 시 밭이다. 그대는 지금까지 자꾸만 어디로 가려 하고 있었는가. 어디에도 네 마음 밭은 없다. 바로 지금 여기 네가 서 있는 이곳이 네 마음 밭이요, 삶의 터전이다. 해맑은 아이들이 깔깔깔 웃으며 뛰어노는 시 밭이다. 아이들의 놀이동산이자 꿈동산인 시 밭을 거닐며 순수한 우리의 본성을 회복하자.

시 읽기의 즐거움

학기 초에 비해 집을 나서는 시간이 점점 늦어져 출근길이 바빠지고 있다. 올해부터는 고3인 딸아이와 고1이 된 아들 녀석을 출근길에 태워주고 있다. 지나는 길에 먼저 아들 녀석을 내려주고 바삐 학교로 향하는 도중 신호등에 걸렸다. 바로 그때 왼쪽으로 고개를 돌려 차창 밖을 내다보다 시선이 하늘에 머물렀다. 제법 먼 거리이지만 까마귀 네 마리가 하늘을 날고 있었다. 단순히 까마귀 네 마리가 날고 있었다면 내 눈길을 끌지는 못했을 텐데. 신호대기 중이라 그리 오랜 시간은 아니었다. 두 마리가 날갯짓하며 원을 그리기도 하고, 세 마리가 함께 비행을 하면 한 마리는 조금 거리를 두고 따라가기를 반복했다. 여유가 있게 같은 곳을 맴도는 걸 보면 구애를 하는 몸짓이거나 어미가 새끼들에게 비행연습을 시키고 있는 것은 아니었을까.

아마도 시집을 읽기 시작하면서부터일 게다. 일상에서 마주치는 작은 일에도 관심을 갖고 유심히 살펴보는 습관이 생겼다. 늘 같은 자리에 있어 거의 매일 마주하는 대상일지라도 다르게 보려 노력한다. 흔히 말하는 '낯설게 보기'를 하고 있다.

'낯설게 보기'를 연습하면 매일 만나는 똑같은 대상도 다른 의미로 다가온다. 매일 보면 으레 그러려니 생각하기 쉽다. 깊은 관심을 갖지도 않고 당연하게 여기곤 한다. 이런 마음자세로는 새로운 의미를 찾아낼 수 없다. 늘 그게 그거다. 식상하고 무기력하고 무의미한 삶이 이어진다.

인간은 행복을 추구한다. 삶의 궁극적인 목적이 바로 행복이라 할 수 있다. 그렇다면 어떻게 해야 행복할 수 있는가. 어떤 일을 할 때 가장 행복감을 느끼는가. 내가 좋아하고 진정 원하는 일을 할 때 행복감을 느낀다. 내가 정말 원하는 일이 무엇인지 알아내는 게 먼저다. 내가 원하는 일은 어떻게 알아내는가. 나를 가만히 들여다보며 내면의 소리를 들어야 한다. 내가 진정 원하는 일이 무엇인지 진지하게 물어봐야 한다. 한 번 만에 답이 나오기는 어렵다. 온 마음을 집중하여 물어보고 또 물어보아야 한다.

누구나 하고 싶은 일은 있겠지만 평소 바쁜 일상에 쫓기며 살아가다 보니 내가 무엇을 좋아하고 무엇을 원하는지 알지 못하는 경우가 많다. 좀 더 정확하게 말하면 생각해볼 시간도 없고 또한 생각해보려고도 하지 않는다. 당장 편한 걸 추구하고 현실에 안주하는 삶을 살아가기 때문이다.

내 삶도 별반 다르지 않았다. 나름대로 열심히 살아보겠다고 아등바등해왔지만 내 삶의 중심에는 언제나 내가 없었다. 스스로 중심을 잡지 못하고 살아왔으니 늘 불안하고 흔들렸다. 잘하려고만 했지 실제로 잘할 수가 없었다. 완벽을 추구하다 보니 스트레스만 쌓이고 내면은 공허해지기만 했다. 마음이 불안하고 자신에 대한 믿음이 없으니 남에게 잘 보여야겠다는 생각만 앞설 뿐이었다. 근본적인 문제는 해결되지 않고 악순환만 계속되었다.

어디서부터 어떻게 문제의 실마리를 풀어나가야 하는가. 많은 스트레스로 늘 마음이 불안하니 논리적이고 이성적인 판단을 내리기 어려웠다. 마음이 어지러우면 허둥대기만 할 뿐 차분하게 문제의 핵심을 바라볼 수 없다. 흙탕물 속에서 잃어버린 진주를 찾으려 계속 허우적대고 있으면 진주를 찾기는 더욱 어려워지는 것과 같다.

평정심을 찾고 한동안 기다릴 줄 알아야 한다. 조바심을 내려놓고 아무 생각 없이 그저 그 자리에서 기다려야 한다. 인내심이 부족하여 이 정도면 괜찮겠지라고 생각하고 섣불리 움직이면 안 된다. 우리의 마음속에서 화나 짜증이 올라올 때 말없이 그것을 바라보고 있으면, 그러한 감정들이 자연스레 스쳐 지나가는 것처럼 가만히 지켜보기만 하면 흙탕물이 바닥으로 가라앉아 맑은 물속이 환하게 드러나게 된다.

우리의 마음도 마찬가지다. 온갖 잡생각이 가득 들어차 이리저리

떠돌아다니면 마음을 종잡을 수 없다. 평정심을 되찾으려 의식적으로 노력하면 할수록 스트레스 지수만 높아지고 평정심을 찾기는 더욱 힘들어진다. 흙탕물이 가라앉기를 기다려야 하듯 생각을 멈추고 그 자리에 가만히 머물러 있어야 한다. 조급한 생각에 마음을 진정시키려 애쓸수록 평정심과는 점점 더 거리가 멀어진다. 조용히 자신을 들여다보는 연습을 꾸준히 하여 본래의 내 모습을 바라볼 수 있어야 한다.

요즘처럼 바쁘게 돌아가는 사회에서 자신을 들여다보고 본래의 내 모습을 바라볼 수 있으려면 많은 노력이 필요하다. 혼자만의 시간을 갖고 자신과 대화하는 시간을 가져보는 건 어떨까. 복잡한 사회구조 속에서 혼자 있게 되면 불안해하거나 자신이 소외받고 있다고 생각하는 경우가 많다. 소위 자신만 '왕따' 당하고 있다고 느끼며 열등의식에 사로잡힐 수도 있다.

'군중 속의 고독'이란 말도 있듯이 여러 사람들 속에 있어도 외로움을 느낄 수 있다. 혼자 있으면 혼자라서 외롭고, 함께 있어도 어울리지 못한 채 외톨이라 느끼기도 한다. 이는 결국 환경의 문제가 아니라 본인의 내적인 문제다. 본인의 내적인 문제는 스스로 해결해야 한다.

혼자 있어도 전혀 외롭지 않고 내면의 자아와 진지한 대화를 나눌 수 있도록 의식수준을 높여야 한다. 타인의 시선에 의해 자신의 행동이 좌지우지되는 삶은 능동적인 삶이 아니다. 능동적인 삶을 살아야 나를 찾고 제대로 바라볼 수 있다.

　대상을 다양한 관점에서 바라보며 깊이 있게 사유하는 힘을 기르는 데 도움을 줄 수 있는 방법이 바로 시 읽기다. 시는 대상을 낯설게 보며 상징과 비유를 통해 전하고자 하는 메시지를 고도로 압축하여 표현한 문학의 한 분야다.

　학창시절 우리는 시를 어떻게 읽었는가. 시를 읽지 않았다. 오히려 시를 분석하며 '공부'했다. 국어시간에 시 단원이 나오면 어떤 식으로 공부했는지 생각해보자.

　먼저 시를 쓴 시인에 대한 소개를 받아 적는다. 소재와 제재 그리고 주제가 무엇인지 요약한다. 밑줄을 긋고 별표를 하여 중요도를 나타내기도 한다. 배경 설명과 시어가 함축하고 있는 의미를 풀어서 적어준다. 시를 감상하는 것이 아니라 시험에 나오는 문제를 푸는 요령을 가르쳐주는 것이 시 공부였다. 이와 같이 시를 '감상'하는 게 아니라 시를 '공부'했기 때문에 시 읽기가 재미없었다. 시 읽기는 어렵고 지루한 숙제와도 같았다.

　우리는 숙제를 위한 공부를 해서는 안 된다. 시 읽기도 마찬가지다. 숙제를 위한 시 읽기는 의무적이고 수동적이기 때문에 시가 품고 있는 의미를 제대로 감상할 수 없다. 시는 천천히 씹어 먹어야 하는 음식물과 같다. 조금씩 씹으면서 입안에 감도는 맛을 천천히 음미해보아야 한다. 그래야만 진정한 시 읽기를 할 수 있다.

시 읽기를 하면 가장 먼저 독서를 하게 된다. 시는 길이와 내용이 짧아 일단 읽기에 부담이 없다. 읽어도 이해가 되지 않는 난해시는 그냥 뛰어넘으면 된다. 먼저 훑어 읽기를 한다. 어렵거나 별다른 감동을 주지 못하는 시는 건너뛴다. 시집 한 권에 실려 있는 시를 반드시 다 읽어야 하는 건 아니다.

시를 계속 읽다 보면 시에 등장하는 내용도 다양한 학문 분야와 관련이 있다. 관련된 내용이 있으면 그 분야의 책을 빌려 보게 된다. 더 많은 시를 읽을수록 관련 분야도 다양해지게 되어 독서의 폭이 자연스레 넓어진다. 점차 독서 분야의 폭이 넓어지면서 기본지식이 늘어나고 관련 내용들이 서로 융합하여 머릿속에 지혜로 남는다.

시 읽기는 생각의 폭을 깊고 넓게 만들어준다. 시인들은 일상에서 마주하는 평범한 대상을 소재로 새로운 의미를 부여하는 능력이 있다. 시인들이 행간에 감춰둔 메시지를 찾아내기 위해 우리는 다양한 시각으로 시를 바라보아야 한다. 다양한 관점으로 시를 살펴보는 과정에서 우리의 사고력은 더욱 깊고 넓어진다.

시 읽기는 우리에게 정서적으로 큰 위안을 줄 수 있다. 일상에 지치고 힘든 독자는 시를 통해 힘과 용기를 얻는다. 한 줄의 시를 읽고 깊이 공감하면 자신의 마음속에 담겨 있던 상처와 아픔이 치유되는 기쁨을 맛보게 된다.

울긋불긋 꽃향기가 훈훈한 봄소식을 전해오거나 알록달록한 단풍이 가을을 몰고 올 때 특히 사람들은 시 읽기에 빠져들기 쉽다. 시각과 후각을 자극하는 봄의 꽃 잔치가 우리의 마음을 부풀게 하기 때문이다. 찬 서리와 함께 가을이 발그레 물들어갈 때도 우리의 마음은 들뜨기 시작한다. 이렇듯 마음이 말랑말랑해지는 계절에 본격적으로 시를 읽어보자. 시 읽기는 우리의 마음을 따뜻하고 풍요롭게 만들어주는 힘이 있다. 시 읽기는 또한 우리의 마음을 넉넉하고 부드럽게 만들어준다. 시 읽기를 통해 우리의 몸과 마음이 한 단계 발전한다.

시 읽기를 힘들어 하는 사람들이 많다. 시가 어렵다고 생각하기 때문이다. 물론 어려운 시가 없는 건 아니다. 어려운 시는 읽지 말고 넘어가면 그만이다. 모든 시를 다 읽을 필요도 없다. 내가 이해하지 못하는 시는 읽어도 아무런 도움이 되지 않는다.

우리는 누구나 시를 읽을 수 있다. 자신에게 맞는 시가 따로 있을 수도 있다. 모든 시를 끝까지 다 읽어야겠다는 의무감을 버려라. 나에게 공감을 주는 시만 읽어도 충분하다. 시 읽기는 결코 어려운 게 아니다. 내 생각을 대변해주고 내 입장을 솔직하게 반영해주는 시를 만나면 시 읽기가 즐거워진다. 우리는 모두 시 읽기의 즐거움을 느낄 수 있어야 한다. 시 읽기의 즐거움을 누릴 수 있게 되면 우리의 마음은 입안에서 살살 녹는 아이스크림처럼 녹아내린다. 녹아내린 마음은 다시 시 읽기의 즐거움으로 이어지게 만든다. 시 읽기의 즐거움이 우리의 마음을 달달하게 만들고 달달한 마음은 다시 시 읽기의 즐거움으로 선순환이 계속된다.

내 마음을 사로잡는 단 한 편의 시를 만나보라. 그 한 편의 시가 당신을 시 읽기의 즐거움으로 인도할 것이다. 박성우 시인의 〈삼학년〉이라는 시가 내게 그랬듯이, 누구에게나 자신을 감동시켜줄 한 편의 시는 반드시 있다. 시 읽기의 즐거움으로 당신을 이끌어줄 시 한 편을 오늘 만나보고 싶지 않은가.

시 낭송의 힘

소리는 울림이다. 울림은 공명이다. 이른 아침 새소리를 들어본 적이 있는가. 아무도 없는 산속 오솔길을 걸을 때 울려 퍼지는 박새 소리를 들어보았는가. 얼마나 깨끗한 소리였는지 귀가 맑아지는 건 당연한 일이요, 눈이 맑아지고 마음까지 환해진다.

소리는 우리의 영혼을 맑게 해준다. 소리를 따라 길을 걷다 보면 내 마음이 보이기도 한다. 고요한 산길을 따라 가다 보면 내 인생길 이 보인다. 아무도 손잡아 끌어주지 않아도 스스로 찾아간다. 놀라 운 힘이다. 이 놀라운 힘이 어디에서 나온단 말인가. 소리의 힘은 대 단하다. 어떻게 소리가 이렇게 큰 위력을 발휘할 수 있단 말인가.

자연의 소리는 우리에게 더욱 큰 힘을 준다. 바람에 흔들리는 나 뭇잎과 마른 풀잎이 사각대는 소리는 때로 우리의 마음을 깨워주기도 한다. 부슬부슬 내리는 봄비 소리는 우리의 마음을 차분하게 만들어준다. 눈부신 햇살에 너도나도 눈 비비며 일어나 기지개를 켜는 나무와 풀꽃의 아침인사는 우리의 마음을 따뜻하게 한다.

우리의 삶은 소리를 따라 이어진다. 자연의 소리와 인공의 소리에 따라 우리의 삶은 만들어진다. 자연의 소리가 가장 자연스럽고 아름다운 소리다. 그렇다고 자연의 소리만 추구하고 인공의 소리를 외면하며 살 수는 없다. 우리의 삶 자체가 조화로운 삶이어야 하기 때문이다. 우리의 삶은 오직 한 가지만으로 이루어진 건 아니기 때문이다. 둘 이상이 서로 만나 상생하는 원리가 담긴 게 우리의 삶이다.

나는 우리나라 고유의 가락을 좋아한다. 어릴 적부터 라디오에서 흘러나오는 국악을 듣고 있으면 마음이 편안했다. 처음에는 끌린다기보다 싫지 않다는 느낌이었다고 할까. 가만히 듣고 있으면 가슴 속에서부터 무언가 차오르는 기분이 들곤 했다. 무엇이 나를 그렇게 만들었는지는 알 수 없다.

정월대보름이면 풍물놀이패가 풍악을 울리며 집집마다 들러 액운을 몰아내는 행사가 있었다. 멀리서 꽹과리와 장구 징소리가 울려 퍼지면 나도 모르게 가슴이 뛰고 어깨춤이 절로 났다.

내 마음속에 우리 민족 고유의 흥이 깃들어 있다는 생각이 든다. 우리나라만의 고유한 가락과 음이 만나서 내는 소리에 바로 반응하게 하는 무슨 힘이 숨어 있는 느낌이다.

울림이 크든 작든 내 마음은 항상 고유의 소리에 공명하곤 한다. 요즘도 나는 우리 고유의 가락을 즐겨 듣는다. 자동차를 운전할 때도 국악음악 연주를 틀어놓는다. 알 수 없는 끌림이 어디에서 비롯된 것인지 궁금하기도 하다. 누구나 특정한 음악이나 소리에 대한 반응이 있을 것이다. 개인적인 특성이다.

사람들은 누구나 울림에 반응하게 되어 있다. 울림은 사람의 마음을 움직이게 하는 힘이 있다. 악기 연주소리도 울림이 있고, 노랫소리에도 울림이 있다. 이 세상 모든 소리는 울림이 있다. 우리의 마음 상태에 따라 울림의 정도는 달라진다. 기분이 좋을 때와 우울할 때의 울림도 차이가 있다. 반대로 울림에 따라 기분이 좋아질 수도, 나빠질 수도 있다.

이른 아침 상쾌한 바람이 코끝을 스치는 고요한 숲길을 걸으며 들려오는 박새 소리는 나의 마음을 차분하게 해준다. 산자락 너머 들려오는 묵직한 비둘기 소리는 내 발걸음을 묵직하게 만든다. 어떤 날은 학교 뒷산에서 온갖 새들의 소리가 한데 어우러져 자연의 교향악을 들려주기도 한다. 가만히 눈을 감고 들어보면 이보다 더 아름다운 교향악도 없지 않을까 하는 착각에 빠지기도 한다.

소리 중에는 사람의 목소리도 있다. 사람의 목소리는 그 어떤 소리보다 다양하다. 사람마다 성대가 다르기 때문에 나오는 소리는 수없이 많다. 같은 사람이라도 그 사람의 기분이나 마음 상태에 따라 목소리는 달라지기도 한다. 맑은 소리가 있는가 하면 탁한 소리도 있고, 가벼운 소리가 있는가 하면 묵직한 소리도 있다. 사람의 마음을 기쁘게 하는 소리가 있는가 하면 우울하게 하는 소리도 있다. 이 모든 소리는 자연의 소리와 더불어 우리의 몸과 마음에 많은 영향을 준다.

사람의 목소리로 이용할 수 있는 것들은 여러 가지가 있다. 옛날 글자가 만들어지기 전에 우리 인간은 말로 이야기를 전해주었다. 구전동화가 있고, 구전가락이 있다. 모두 말로 전해 내려오는 것들이다. 물론 글자가 없어 입을 통해 이어져오는 소중한 자산이지만, 단순히 글로 쓰는 것과는 다르다. 목소리의 음색에 따라 노래나 이야기가 우리에게 전해주는 느낌이 달라지기 때문이다. 똑같은 내용의 글이라도 누가 어떤 목소리로 들려주느냐에 따라 분위기는 사뭇 다르다. 이처럼 소리는 우리의 마음에 다르게 작용할 수 있다.

초등학교시절 국어시간에 큰 소리로 국어책을 읽었던 기억이 난다. 요즘도 학교에서 수업 중에 책 읽기를 하는 경우가 있는데, 어릴 때 혼자 일어서서 책을 읽거나 다함께 책을 읽던 소리가 아직도 귀에 맴돈다. 초등학교 5학년 때였는지 정확히 기억은 나지 않지만, 한 사람씩 일어나 책을 이어 읽은 적이 있었다. 혼자 일어서서 책을 읽기가 부담스러운 느낌도 있었다. 약간은 떨리는 목소리로 책을 읽어 나가기 시작했다. 몇 문장을 읽다가 목소리는 점점 더 떨리는 가운데 울먹이기까지 한 적이 있다. 책을 읽다가 울먹이게 된 이유는 무엇일까. 자신의 책 읽는 소리에 어떤 울림이 있었기에 울음을 터트리기까지 한 것일까. 단순히 다른 사람들 앞에서 책을 읽는다는 것이 부담스러웠기 때문일까.

일상생활에서 우리는 많은 소리를 접한다. 듣고 있으면 마음을 편안하게 해주는 소리에서부터 너무 크거나 날카롭게 들려와 귀에 거슬리고 마음을 흔들어놓는 소리까지 다양하다. 한마디로 요즘 사회는 소리의 천국이라 할 수 있다.

이렇게 많은 소리는 우리의 몸과 마음에 상당한 영향을 준다. 어떤 소리에 노출되어 살아가느냐에 따라 사람의 성격이 달라질 수도 있다. 도시에서 발생하는 소음은 공해다. 지나친 소음에 노출되면 스트레스 지수가 높아진다고 한다. 자동차 소리나 공사장에서 들려오는 쇳소리 등 인공의 소리를 많이 들으면 스트레스가 많아진다.

반면 자연의 소리는 우리의 몸과 마음에 이롭다고 한다. 도시에서 소음 공해에 시달리던 사람이 새소리나 물소리 같은 자연의 소리를 들으면 마음이 차분해지고 평정심을 갖게 되어 스트레스 지수가 현저히 낮아진다고 한다. 우리 인간은 자연의 이치에 맞게 살아가도록 조건화되어 있는 모양이다. 사람들이 자신들의 편리와 이익을 위해 만들어낸 문명의 이기 때문에 스스로를 혹사시키고 있다. 스스로 파멸의 길을 만들어가는 데 열중하고 있다. 원래의 상태를 회복하기 위해 자연의 소리로 돌아가야 한다.

소리에는 에너지가 들어 있다. 강한 에너지를 담고 있기도 하고, 약한 에너지를 보내기도 한다. 이러한 에너지에 따라 서로 영향을 주고받는다. 다른 사람이 들려주는 소리에 따라 우리는 영향을 받기도 하지만, 자기 자신이 들려주는 소리에 따라서도 많은 영향을 받을 수 있다. 마음속으로 생각하는 것만으로도 자신에게 영향을 주기도 하지만, 자신의 성대를 울려서 내는 목소리는 더 큰 영향을 미칠 수도 있다.

우리의 말과 행동에도 에너지가 들어 있다. 우리가 어떤 말을 하고 어떻게 행동하느냐에 따라 느끼는 감정은 모두 다르다. 단순히 상대방이 한 말을 우리가 알아들을 수 있고 상대방의 행동을 눈으로 볼 수 있기 때문에 우리의 감정이 달라지는 건 아니다. 양파와 밥을 대상으로 긍정의 말과 부정의 말을 들려주는 실험에서 서로 다른 결과가 나온 걸 보면 에너지가 영향을 끼친다는 사실을 알 수 있다. 에너지가 가져오는 결과는 엄청나다는 사실에 놀라지 않을 수 없다.

평소 우리가 하는 말과 행동이 얼마나 큰 영향을 줄 수 있는지 깊이 반성해야 한다. 어떻게 말하고 행동해야 자신에게뿐만 아니라 우리 모두에게 도움이 되는지는 쉽게 답이 나온다. 결국은 실천의 문제다. 일상 속에서 고운 말과 바른 행동을 습관화하는 것이 무엇보다 중요하다.

고운 말과 바른 행동을 습관화하는 데 도움이 되는 방법이 없을까. 말과 행동에도 에너지가 들어 있고, 소리에도 에너지가 있다. 음악을 듣거나 목소리를 이용하여 우리의 몸과 마음을 훈련시킬 수 있다. 명곡을 감상하거나 명시를 소리 내어 읽는 게 그 예라고 볼 수 있다.

과거에는 학교에서 시를 암송하게 했던 기억이 있다. 정서 함양에 도움이 되는 아름다운 시를 골라 외우고 소리 내어 읽도록 했다. 단순히 눈으로만 읽는 것보다 반복하여 소리 내어 읽고 외우는 과정에서 긍정의 에너지가 우리 몸에 전달되었다고 볼 수 있다. 좋은 시에는 긍정적인 시어와 우리의 삶에 힘과 용기를 주는 내용이 들어 있다. 이러한 시어들을 소리 내어 읽을 때 전달되는 맑은 기운은 우리의 몸과 마음을 살리는 에너지다.

　시 낭송은 먼저 자신에게 긍정의 에너지를 전해주어 심신을 편안하고 안정되게 해주는 명약이다. 낭송하는 자신을 먼저 긍정 에너지로 가득 채워주고 넘치는 에너지를 다른 사람들에게도 전해줄 수 있다. 모두가 함께 행복한 사회를 만들어가는 데 시 낭송이 주는 긍정의 힘은 크다. 자라나는 우리 아이들이 함께 모여 아름다운 시를 낭송할 때 긍정의 에너지가 사방으로 번져 나와 우리 사회를 맑고 밝은 기운으로 가득 채우게 될 것이다.

　학교폭력과 집단따돌림 문제 등으로 학교생활에 적응하지 못하는 아이들이 늘어나고 있다. 이러한 현실에서 시 낭송의 힘을 활용하여 아이들과 우리 모두에게 긍정의 에너지를 확산시키자.

시가 말을 걸다

4월 중순! 해마다 이맘때면 집사람과 함께 아이들의 외가에 가곤했다. 연로한 장인어른과 장모께서 농사일 하는 모습이 늘 힘겨워 보인다. 주말인 오늘은 모판에 볍씨를 뿌리고 흙을 덮는 작업을 하는 날이다. 일손을 보태는 의미도 있지만 가족들의 얼굴도 보고 정담을 나눌 좋은 기회이기도 하다.

장인, 장모, 작은처남 내외와 우리 부부 이렇게 여섯 명이 함께 작업을 시작했다. 볍씨를 파종하는 작업은 철저하게 분업이 이루어졌다. 장인어른은 파종기계를 돌리고 장모는 볍씨를, 처남댁은 흙준비를, 작은처남과 집사람은 모판을 받아서 정리하는 일을, 그리고나는 모판을 파종기에 올리는 작업을 담당했다. 파종기계가 까르르르 소리를 내며 돌아가고 준비된 모판을 올리면 먼저 모판 위에 볍씨가 졸졸 흩뿌려진다. 이어서 모판 위에 모여앉아 재잘대던 볍씨들의 수다를 흙더미가 순식간에 잠재운다.

파종기가 별 탈 없이 돌아가면 정담이 오가기 시작한다. 장인, 장모께서는 옛날에 자식들을 키웠던 이야기며 우리 아이들이 어릴 적에 피웠던 재롱 등을 떠올리곤 한다. 집사람도 어렸을 적 추억을 떠올리며 즐거웠던 한때를 돌아본다. 농사일이 힘들기는 하지만 함께 얘기꽃을 피우며 작업을 하다 보면 고된 일도 잠시 잊을 수 있다.

작업을 끝내고 고갤 들어보니 하늘엔 흰 구름 몇 점만 떠다니고 햇살은 따사롭다. 집 바로 앞쪽에서 내려다보고 있는 앞산자락은 온통 연초록과 진초록이 바람결에 서로의 마음을 주고받으며 햇살을 즐기고 있다. 마당 앞 텃밭에 줄 지어 서 있는 옥수수와 들깨 새순은 고등학교 시절 교련 검열을 받는 학생들처럼 반듯하다. 텃밭 가에는 감나무 가지마다 초록빛 아기 잎들이 설레는 속마음을 빠끔히 내비치고, 그 아래 유채꽃은 노란 그리움을 흔들어 보이며 손짓한다.

작업하느라 촉촉이 땀에 젖은 나는 눈앞에 펼쳐진 봄날 풍경에 흠뻑 빠져들었다. 그때 앙증맞은 참새 울음소리가 또랑또랑 울려 퍼진다. 어디선가 딱새 한 마리가 진한 황토빛 가슴팍 풀어헤치고 폴폴 날아와 나지막한 창고 슬레이트 지붕 꼭대기에 앉아 고개를 갸웃대며 연신 꼬리를 까딱거린다. 무엇이 궁금해서 그러는지 나도 궁금증이 가득한 눈으로 녀석을 바라보다 문득 생각해본다.

나는 무엇이 궁금할까. 내가 알고 싶은 건 뭘까. 지금까지 살면서 정말 알고 싶고 궁금했던 게 뭐가 있었을까. 지금은 지붕 꼭대기에 앉아 있는 저 딱새가 고개를 갸웃대며 꼬리를 흔들고 있는 이유가 궁금하다. 도대체 이유가 뭘까. 저 녀석도 자신의 삶에 대해 고민할까. 나처럼 지나간 과거를 후회하거나 다가올 미래에 대한 두려움이 있을까. 불안한 마음에 잠시도 가만있지 못하고 있는 건 아닐까. 말이라도 통하면 진지하게 물어볼 수 있을 텐데.

저 녀석은 아무래도 사람으로 치면 철학자나 시인이 아닐까 생각해본다. 앉아서 고갤 갸웃거리는 동작이나 꼬리를 까딱거리는 모습이 뭔가에 완전히 몰입한 것 같다. 철학자라면 어떤 철학자의 사상을 닮았을까. 철학적이고 심오한 시를 쓰는 시인은 아닐까. 아마도 지금 시상을 떠올리고 있을지도 몰라. 저 녀석이 떠올리고 있는 시의 소재는 바로 나일 수도 있어. 그게 사실이라면 저 녀석은 나를 어떻게 묘사하고 있을까. 저 녀석도 날 보고 철학자 아니면 시인인가 하면서 골똘히 생각하고 있을지도 몰라.

한참을 떠나지 않고 계속 앉아 있는 걸 보면 지금 내 생각이 맞을지도 몰라. 저 녀석이 시를 한 편 완성하면 꼭 보여달라고 말하고 싶다. 어떤 관점으로 나를 바라보고 있었는지 나를 긍정적으로 묘사했는지 아니면 부정적으로 묘사해놓았는지 궁금하다.

사람과 동식물은 서로 말이 통하지 않는다. 말이 통한다면 만나서 시에 대해 이야기를 나누어보고 싶다. 시는 대상과 끊임없는 마음의 대화를 통해 그 특징을 파악하게 해준다. 시는 또한 나의 입장과 대상의 입장을 바꿔봄으로써 다른 시각이나 관점으로 바라볼 수 있게 한다. 다른 관점에서 바라보면 서로에 대해 모르고 있던 부분들을 새롭게 알 수 있는 기회를 가질 수 있게 된다.

일상 속에서 마주치는 대상이 당신에게 말을 걸어오고 있다는 느낌을 받은 적이 있는가. 내가 먼저 말을 거는 게 아니라 내가 바라보고 있던 그 대상이 먼저 진지하게 말을 걸어오는 경우 말이다. 자주 마주치는 대상이라도 평소 관심을 갖지 않으면 쉽게 느낄 수 없는 일이다. 사람과 사람 사이에서도 별다른 관심이 없는 사람이 말을 걸어올 리 없지 않은가. 하물며 사람이 아닌 다른 동식물이나 무생물이 말을 걸어온다는 건 상상도 못할 일이라고 주장하고 싶은가. 무슨 터무니없는 생각을 하느냐고 화를 내거나 짜증을 내고 싶은가. 정신 나간 사람이라고 소리치며 비난하고 싶은가.

틀린 말은 절대 아니다. 그렇다고 동식물이나 무생물이 말을 걸어온다는 생각을 해보는 게 아무런 가치도 없고 쓸데없는 환상이란 말인가. 우리가 동식물이나 무생물과 대화할 수 없어서 그렇지 그들이 인간보다 더 깊은 사유와 상상을 하고 있을지 아무도 모를 일 아닌가. 인간보다 훨씬 더 깊이 사색하고 더 심오한 생각을 하는 철학자일 수도 있고, 많은 깨달음을 주는 의미 있는 시를 쓰는 시인일 수도 있다.

혼자 산길을 걷거나 바닷가를 거닐 때 무슨 생각을 하는가. 산속 오솔길에서 만나는 나무나 풀꽃과 에너지를 주고받고 있다는 느낌이 든 적이 없는가. 끊임없이 밀려오는 파도를 바라보면 그 파도가 나에게 어떤 메시지를 전해주려고 한다는 걸 느껴본 적이 없는가. 산책길에서 마주치는 모든 대상과 마음속으로 끊임없는 대화를 주고받으면 배울 점이 많다. 서로 말은 통해도 전혀 소통이 되지 않는 사람보다 훨씬 더 마음을 활짝 열고 서로의 느낌을 나눌 수 있다.

아직까지 한 번도 자연과 마음을 나누어본 경험이 없다면 당신은 다른 사람들과의 관계에서도 소통하는 능력이 부족한 사람이다. 자연은 맑고 순수한 존재다. 자연처럼 맑고 순수한 존재와 마음을 열고 진솔한 대화를 나누지 못한다면 그 누구와도 진정한 소통을 하기 어렵다.

가장 먼저 자신의 내면과의 소통이 중요하다. 내가 나를 들여다보며 솔직해지지 않으면 마음을 열고 다른 사람이나 자연에게 다가갈 수 없다. 나를 들여다보고 나를 아는 게 가장 먼저 해야 할 일이다. 나의 내면이 말하는 소리에 귀를 기울여라. 나의 내면이 말하는 소리를 외면하면 내 안에서 소통이 일어날 수 없다. 내 안에서 소통이 일어나지 않는다면 나의 마음은 굳게 닫히게 된다. 당연히 다른 사람들에게 마음을 열고 다가가거나 소통을 할 수 없게 된다.

내가 먼저 다가가 말을 거는 대상이 사람인지, 동식물인지, 무생물인지는 결코 중요하지 않다. 내가 먼저 마음을 열고 그들에게 어떻게 다가가느냐 하는 게 중요하다. 어떤 대상이든 내가 먼저 마음을 열고 다가가기 위해서는 내 안에서의 소통이 먼저라는 사실을 명심해야 한다. 이는 바로 함께 살아가고 있는 이 세상 모든 존재와 적절한 관계를 맺을 수 있느냐 없느냐를 결정하는 가장 중요한 요소다.

아직 자신의 내면과 진정한 소통을 해본 적이 없는가. 자신의 내면과 진정한 소통을 위해서는 자신의 마음을 있는 그대로 바라볼 수 있어야 한다. 자신의 마음을 있는 그대로 바라볼 수 있으려면 내 마음을 가리고 있는 허상을 치워야 한다. 내가 움켜쥐고 있는 허상을 미련 없이 보내줘야 한다. 이기심과 자기중심적인 생각에서 비롯되는 탐욕을 버려야 한다. 모든 걸 움켜쥐고 싶어 하는 마음인 집착을 내려놓아야 한다. 탐욕과 집착을 버리고 나면 나의 영혼이 맑아져 내 마음을 있는 그대로 선명하게 바라볼 수 있다.

봄날 풍경에 빠져들었던 마음을 추슬러 눈앞에 펼쳐진 모습을 다시 바라본다. 자연은 역시 아름답다. 자연 그대로, 있는 그대로 존재하는 모습이 가장 진솔하고 아름답다. 자연은 애써 꾸미지 않아도 특별하고 고귀한 존재다. 지금 내 눈앞에 펼쳐진 저 모습이 대자연의 순수한 본래 모습이다. 순수한 대자연과 소통하는 삶을 살아가면 우리의 마음도 걸림이 없는 순수한 관계를 맺으며 살아갈 수 있다.

겉모습만 꾸며서 상대방을 현혹하고 자신의 본 모습을 감추려는 행위는 반드시 드러나게 되어 있다. 머지않아 실체가 드러나게 될 걸 알면서도 외모에 신경을 쓰고 남들에게 보여주기 위한 삶을 살고자 한다면 순수한 대자연과 소통할 수 없다. 외모를 꾸미는 데 필요한 모든 에너지를 다른 분야로 돌린다면 당신은 누구에게나 신뢰

받는 순수한 삶을 살아갈 수 있게 될 것이다.

이 세상에 존재하는 모든 대상과 소통하고 교류하고 싶은 생각이 아직도 없는가. 나의 욕심과 집착을 버리고 나의 영혼을 맑게 하면 언제든지 모든 대상과 소통하고 교류할 수 있게 된다. 사람, 동식물, 무생물을 포함한 어떤 대상과도 마음을 열고 소통할 수 있게 된다.

시 읽기도 영혼을 맑게 하고 서로 소통할 수 있게 해주는 의미 있는 방법이다. 내가 이해하기 쉽고 공감할 수 있는 시라면 어떤 시라도 좋다. 시를 읽다 보면 때로는 시가 말을 걸어올 때가 있다. 내가 먼저 마음을 열고 진심으로 다가가면 시도 온 마음을 활짝 열고 나를 받아들일 준비를 한다. 시를 읽으면서 시와 대화를 한다는 건 서로 에너지 교류가 일어나고 있다는 말이다. 주고받는 에너지의 주파수가 일치하면 서로의 마음이 완전히 열리게 된다. 마음이 열리면 서로 공감할 수 있다. 시는 곧 나의 경험이며 나의 삶이 된다.

쉬는 날 편안한 마음으로 시를 읽어보라. 시가 내게 말을 걸어오면 기쁜 마음으로 받아주라. 시가 내게 말을 걸어온다는 건 내가 먼저 마음을 열고 기다리고 있었다는 증거다. 가는 말이 고와야 오는 말도 곱다는 속담이 있지 않은가. 내가 먼저 마음의 빗장을 열고 긍정과 사랑의 에너지를 보내면 사람이 아닌 다른 대상이라 할지라도 내게 말을 걸어오기 시작한다.

사람과 사람 사이의 관계이든, 동식물과의 관계이든, 무생물과의 관계이든 모두 마찬가지다. 내가 먼저 진심으로 다가갈 준비가 되어

있다면 나의 긍정 에너지가 먼저 발산되기 때문에 어떤 대상이라
할지라도 나에게 말을 걸어올 게 분명하다. 시가 내게 말을 걸어오
는 경우가 바로 그 증거다.

　시와 진정한 소통을 해보기 바라며, 마지막으로 몇 해 전 볍씨 파
종을 하던 봄날의 풍경을 그려본 시 한 편을 읽어본다.

　　　봄 햇살 따사로운 시골집
　　　초록텃밭 너머 감나무 가지마다
　　　참새 울음소리 또랑또랑 날아올랐다

　　　움트는 새순 요리조리 쪼아대며
　　　때맞춰 새참 먹는갑다

　　　이랑마다 쳐다보던 감자 순 한 뼘은 더 자랐겠다

　　　_봄날

시 쓰는 마음

알람 소리에 겨우 눈을 떴다. 시계는 새벽 4시 1분을 가리키고 있다. 요 며칠간은 알람이 울리기도 전에 눈을 뜨곤 했는데 오늘은 알람 소리를 듣고도 겨우 눈을 떴다. 어제 볍씨를 파종하는 작업을 해서 좀 피곤했나 보다.

거실로 나와 컴퓨터 전원을 눌러놓고 공복에 먹는 약을 먼저 먹었다. 다시 컴퓨터 앞으로 와 보니 컴퓨터 화면이 환하게 인사를 한다. 마음으로 반갑게 맞아주며 자리를 잡고 앉아 바탕화면에서 기다리고 있는 인터넷 익스플로러를 더블클릭 하니 이번엔 홈으로 설정된 포털사이트 창이 나를 반긴다. 아이디와 비번을 입력하고 메일박스를 클릭한다. 이른 시간이라서인지 받은 메일함에는 메일이 한 통 뿐이다. 아침편지함을 보니 숫자 '2'가 표시되어 있다.

내가 받아보는 아침편지는 세 종류다. '고도원의 아침편지', '사랑밭새벽편지' 그리고 '따뜻한 하루', 이렇게 세 메일이 매일 나에게 배달된다. 이 중에서 받아보기 시작한 지 가장 오래된 것은 고도원의 아침편지다. 이 편지는 친구가 처음 소개해주었는데 15년도 더되었다. 많은 분들이 아침편지를 받아보고 있겠지만 잠깐 소개를 하자면 고도원 님께서 평소 읽은 책 중에 기억에 남는 부분을 발췌하여 먼저 적고 그 글 아래에 자신의 느낌이나 생각을 적어 보내주는 편지다.

오늘은 일요일이라 고도원의 아침편지는 없고, 이른 시간에 배달된 사랑밭새벽편지가 보인다. '내가 살아야 되는 이유'라는 제목으로 동영상이 첨부되어 있다. 무슨 사연일까 궁금하여 동영상을 열어보고는 나도 모르게 엄마를 생각하며 눈물을 흘렸다.

아직 엄마의 손길이 절실히 필요한 나이로 보이는 어린 남매를 남기고 위암으로 세상을 떠나고만 안타까운 엄마에 관한 사연이었다. 죽음의 의미를 알지 못하는 남매가 엄마의 빈소 앞에서 천진난만한 표정으로 영정사진을 바라보는 모습을 보니 엄마가 돌아가셨던 초등학교 6학년 그날의 영상이 순간 머릿속을 스쳐 지나가며 가슴이 짠해진다.

오늘 아침 일어났을 때 집사람이 아침쌀을 씻어놓지 않았다고 말했던 기억이 났다. 자리에서 일어나 주방으로 가서 불을 켜고 보니 싱크대와 그 주변이 어질러져 있었다. 아들 녀석이 늦은 밤에 또

라면을 끓여 먹은 모양이다. 일단 뒤 베란다로 나가서 압력밥솥에 쌀을 담아 와서 씻었다.

빨리 아침 글쓰기를 해야 한다는 생각에 마음이 바빠 다시 컴퓨터로 가려다 잠시 발걸음을 멈추었다. 어제 노동을 하고 와서 집사람이 허리도 아프다며 많이 피곤해하던 기억이 떠올랐다. 아침에 일어나서 싱크대에 설거지거리가 쌓여 있는 걸 보면 집사람이 기운이 빠질 것 같아 서둘러 설거지를 했다.

설거지를 하고 나니 손이 미끌미끌한 느낌이 든다. 어제 저녁 돼지고기구이가 나왔는데 그릇에 기름기가 묻어 있었나 보다. 손을 씻기 위해 거실 화장실에 들어가려고 전등 스위치를 눌렀는데 불이 켜지지 않아 깜깜했다. 몇 차례 켰다 끄기를 반복했지만 여전히 불이 들어오지 않았다.

조금 전 사랑밭새벽편지 동영상에서 보았던 사연이 떠오르며 화장실 전등불이 들어오지 않는 건 사람이 살아가다 병에 걸린 것과 같은 이치라는 생각이 들었다. 사고를 당하거나 질병에 걸리는 일은 전등불이 나가는 것처럼 갑자기 생기는 경우가 많다. 뜻밖의 상황에 아쉬운 대로 환풍기 스위치를 켰다. 환풍기가 돌아가기 시작하면서 초록불빛 한 줄기가 화장실을 희미하게 비춰주었다.

평소 별생각 없이 환한 전등불을 보다가 여린 불빛을 보니 어둡기는 했지만, 이처럼 희미한 한 줄기 빛이라도 절박한 상황에 있는 사람들에겐 힘이 될 수 있는 소중한 존재란 생각을 하며 감사한 마음으로 손을 씻었다.

매일 새벽, 아침 글쓰기를 시작한 지 한 달 반 정도가 되었다. 오늘 아침 글쓰기의 소주제가 '시 쓰는 마음'이다. 사실 오늘의 소주제로 어떤 내용을 써야 할지 막막했다. 사실 오늘뿐만 아니라 매일 아침 글쓰기에서 첫 문장을 무엇으로 시작해야 할지 늘 힘들었다. 일단은 오늘 아침 내가 직접 겪은 상황으로 시작하여 실마리를 풀어나가는 게 좋겠다는 생각으로 시작했더니 지금까지 글을 이어오고 있다.

　새벽편지 동영상이 전해준 여운이 아직도 내 마음속에 남아 있는지 여전히 가슴이 약간 먹먹하다. 미래의 성공과 행복을 위해 오늘 하루를 바쁘게 살아가고 있는 우리의 모습을 생각해본다. 가족 간에 서로 안부를 묻거나 좀 더 깊은 관심을 표현할 시간도 없이 똑같은 일상을 반복하고 있다. 아침에 일어나면 엄마가 아침밥을 준비하고 피곤해하는 아이들을 깨워 밥을 먹이고 속 깊은 이야기를 나눌 시간도 없이 헐레벌떡 집을 나서야 하는 게 우리의 현실이다.

　오늘은 일요일! 아침 글쓰기를 하면서 그나마 마음의 여유가 있어 우리가 왜 이렇게 바쁜 일상을 꾸려나가야 하는지 가만히 생각해본다. 오늘 아침 새벽편지 동영상에서 홀로 남매를 키우던 엄마도 자신의 건강을 돌볼 시간도 없이 얼마나 바쁘게 살아왔을까. 그러던 어느 날 위암 판정을 받았고 결국은 어린 남매를 남겨두고 세상을 떠난 것이 아닌가.

　무엇을 위해 살아가야 하는지 곰곰이 생각해볼 일이다. 누구를 위해 무엇 때문에 아침마다 피곤한 몸을 이끌고 허겁지겁 직장으로, 학교로 가는지 깊이 생각해볼 필요가 있다. 단순히 미래의 성공과 행복을 위해 오늘 하루를, 지금 이 시간을 힘겹게 보내고 있지는 않은가.

우리의 삶은 누가 만들어가는가. 무엇이 우리의 삶이 되는가. 보장되지 않은 미래의 성공과 행복을 위해 힘겹게 살아가고 있는 오늘 하루 지금 이 시간이 모여 내 삶이 된다는 사실을 생각해보았는가. 그렇다면 내 삶은 언제 행복해질 수 있단 말인가. 지금 이 시간, 행복을 느끼지 못하고 힘겨운 시간을 보내고 있는데 어떻게 내 삶이 행복해질 수 있겠는가.

바로 지금 이 순간이 소중하며 이 순간이 모여 내 삶을 이룬다는 사실을 머리로는 이해하고 있는 사람들이 많이 있다. 수없이 쏟아져 나오는 자기계발서적들은 대부분 어떻게 하면 행복한 삶을 살 수 있는지에 대한 비법을 자세히 나열해놓는다. 많은 사람들이 자기계발서적을 읽지만 실제 삶에서는 아무런 변화가 일어나지 않는다.

이유가 무엇일까. 문제는 실천력이다. 일상생활 속에서 자신이 직접 몸을 움직여 실천하는 노력이 필요하다. 머리로만 이해하는 건 아무 쓸모가 없다. 행복한 삶을 살기 위한 비법들을 머릿속에 지식으로만 담아둔 상태에서 멈춰버린다면 피로감만 쌓인다. 또 어떤 사람들은 나름대로 책도 읽고 열심히 노력하고 있는데 변하지 않는다고 불평을 늘어놓는다. 심지어 자기계발서적을 쓴 사람을 거짓말쟁이나 사기꾼으로 몰아붙이기까지 한다.

살아가면서 뭘 하든 요령만 익혀서는 결코 오래가지 못한다. 요령이나 비법을 알려주는 것은 본질을 외면한 채 진정한 삶의 가치를 느끼지 못하게 한다. 아이들에게 시험 대비를 위한 단기 족집게과외를 하는 것과 마찬가지다. 단기 족집게과외를 하면 일시적으로 성적이 오를지는 모르지만 스스로 문제를 해결하려 고민하는 과정에서 얻을 수 있는 삶의 가치들을 놓치게 된다. 공부를 하여 성적을 올리는 것도 중요하지만 무엇을 하든 스스로 직접 경험해보는 과정에서 우리가 무엇을 얻을 수 있는지 깊이 생각해봐야 한다. 그 과정이 소중하고 의미 있는 삶의 일부이기 때문이다.

삶의 과정에서 다른 사람들보다 빨리 가거나 앞서가는 게 결코 중요하지 않다. 남들보다 빨리 가고, 앞서가고자 하는 건 단지 자기만족의 문제다. 우리는 늘 결과보다 과정이 중요하다고 말한다. 말로는 과정이 중요하다고 하면서 실제로는 앞서가기 위해 경쟁만 일삼고 있다. 우리 사회의 모든 분야에서도 마찬가지다. 오직 경쟁에서 이겨야만 살아남을 수 있다는 생각이 우리 모두를 지배하고 있다.

우리는 모두 지금과 같은 경쟁의식을 내려놓아야만 한다. 남과 비교해 자신이 우월하다는 걸 확인하기 위한 소모적인 경쟁을 멈춰야 한다. 굳이 비교나 경쟁을 하고 싶다면 자신의 어제와 오늘을 비교하며 스스로 경쟁해야 성장과 발전을 이룰 수 있다. 다른 사람과의 비교나 경쟁은 우리 모두를 지치게 하고 끝없는 전쟁과 같은 결과를 가져올 뿐이다.

남을 의식하고 남과 비교하는 마음을 없애려면 무엇을 해야 하는가. 자연과 하나 되어 산책을 하며 자신의 마음을 살펴보아야 한다. 글쓰기와 책 읽기를 통해 자신을 들여다보고 자신의 참모습을 찾아야 한다.

앞서 말한 적이 있지만 시 읽기를 통한 자기성찰도 도움이 된다. 시 읽기가 정착이 되어 많은 시를 읽다 보면 자연스레 써보고 싶은 마음이 생긴다. 반드시 시를 써야겠다는 생각 때문이 아니라 컵에 물이 가득 차면 저절로 넘치듯 마음속에 시심이 가득 차게 되면 저절로 넘쳐 나온다.

시를 쓰는 마음은 어떤 마음일까. 시를 쓰는 마음은 어떤 마음이어야 하는가. 세상에는 많은 시인들이 다양한 소재로 시를 쓰고 있다. 어떤 내용의 시를 쓸지는 본인의 몫이겠지만 내가 쓴 시가 사람들의 삶에 힘과 용기를 줄 수 있는 시이기를 소망한다. 시집을 읽다 보면 몇 번을 읽어도 도무지 이해할 수 없는 시들이 있다. 아무리 읽어도 이해가 되지 않는 시는 보통 사람들의 삶에 도움이 될 수 없다.

등단 시인이나 시와 관련된 전문가들의 입장에서 보면 시도 아니라고 할 수 있지만, 누구나 공감할 수 있고 특히 힘든 삶을 살아가는 사람들에게 위안이 될 수 있는 시가 좋은 시라고 생각한다. 일부 등단 시인들과 시문학 평론가들이 권위를 내세우기 위해 전문용어를 지나치게 사용하여 이해할 수 없는 비평으로 '그들만의 리그'를 펼치며 보통 사람들이 시와 담을 쌓게 하는 일은 없었으면 한다.

시 읽기를 하다 보니 자연스레 시 쓰기를 해보고 싶은 생각이 번질 때가 있다. 산속 오솔길을 걸으며 산책할 때나 아침에 세수할 때 문득 시심이 떠오르기도 한다. 순간 다가왔을 때 메모해두지 않으면 어느새 달아나버린다. 글을 쓰는 목적도 마찬가지지만 시를 쓰는 마음은 맑고 순수해야 한다. 시를 써서 시집을 내고 명성을 얻어 돈을 벌겠다는 개인적인 욕심이 앞서면 안 된다. 그것은 나중의 문제다. 일상의 무게에 지쳐 힘든 삶을 살아가고 있는 사람들의 마음을 치유하고 위로하며 그들의 삶에 힘과 용기를 줄 수 있는 그런 시를 쓰는 것이 목적이 되어야 한다. 단 한 사람의 독자라도 내가 쓴 시를 읽고 삶의 의미를 찾고 역경을 딛고 일어서서 다시 새 출발을 다짐하는 힘을 얻을 수 있다면 이보다 가슴 뿌듯하고 행복한 일이 어디 있겠는가.

행복한
세상을
꿈꾸며

5장

지구인교사학교 프로그램

작년 이맘 때였을까. 결정을 내리지 못하고 고민했던 기억이 난다. 지금 생각해보면 나의 선택은 더없이 잘한 일이다. 경북지역에서 고등학교 교사로 근무하는 지인이 소개해준 '지구인교사학교 1기 연수프로그램' 이야기다.

이 연수프로그램은 5월부터 10월까지 6개월 과정이었다. 주말에 지역에서 3회, 중앙에서 3회, 총 6회의 워크숍에 참여하고 연수 기간 동안 집에서 매일 개인프로젝트를 실천해야 하는 과정이었다. 연수 안내자료를 보니 교사와 학생의 삶을 성장 발전시키고 우리 모두에게 도움이 되는 좋은 프로그램이라는 생각이 들었다.

의미 있고 유익한 연수라 생각했지만 선뜻 결정을 내리지 못하고 고민한 것은 연수비와 시간 때문이었다. 교육청 주관 연수가 아니어서 교통비를 포함한 연수비와 기타 경비는 모두 본인이 부담해야 하기 때문에 집사람은 집안 살림을 꾸려나가는 입장에서 경제적인 부담이 되었던 모양이다. 그 당시 이 연수 외에도 개인적으로 지역대학 평생교육원의 하모니카 강좌와 심리상담 관련 강좌를 듣고 있어 집사람에게는 더 큰 부담이 되었을 수도 있다.

경제적인 부담도 약간은 있었지만, 이번 기회를 놓치면 다음에는 돈이 있어도 할 수 없다는 생각을 하게 되자 포기할 수 없었다. 어디 놀러 가는 것도 아니고 소모적인 경비 지출도 아니며 자기계발과 교육을 위한 투자라는 생각에 몇 차례 집사람에게 부탁을 했다. 힘든 상황에서도 결국엔 내 의견을 받아들여준 집사람이 고마웠다.

지구인교사학교 연수프로그램에 대해 잠깐 요약하면 다음과 같다. 지구인교사학교는 (사)한국뇌교육원과 뇌교육인성아카데미에서 주최하고 주관하는 프로그램이다. 지구인교사학교 교육과정은 첫째, 가볍고 활기찬 몸 만들기다. 몸이 힘들고 무거운데 마음이 가벼울 수 없다. 뇌체조, 기공으로 30분 안에 몸을 가볍고 활기차게 만들 수 있다. 둘째, 정서 조절과 뇌파 조절이다. 스트레스나 부정적인 감정으로 힘들 때 뇌파를 안정되게 조절하면 행복호르몬이 나온다. 호흡, 명상으로 내가 원할 때 언제라도 따뜻하고 편안한 상태를 체험할 수 있다. 셋째, 마음의 주인 되기다. 순수한 마음의 힘을 키워야 한다. 우리 안에 있는 순수한 마음, 양심의 힘이 커질 때 마음의 주인이 될 수 있다. 진정한 나를 만나는 감동을 체험할 수 있다. 넷째, 삶의 철학과 체인지 프로젝트다. 잘못된 방향으로 열심히 달려가면 행복은 멀어진다. 나는 누구인지, 어떻게 살아야 하는지, 진정한 행복은 무엇인지를 깨닫기 위해 삶의 변화가 필요하다.

지구인교사학교는 뇌교육을 통해 건강하고 행복해지는 삶의 기술을 터득하게 한다. 몸이 활기차게 되고, 가슴이 행복해지고, 삶의 열정이 회복되는 프로그램이다. 지구인교사학교는 교사를 위한 자유학기제로, 6개월간 스스로 묻고 도전하면서 체험을 통해 새로운 나를 발견하고, 진정한 내면의 나와 만나는 감동이 있는 프로그램이다. 선생님이 대한민국과 지구촌 교육의 희망이다. 한 번의 깨우침이 아닌 지속 가능한 실천, 행복한 교사 성장스토리를 함께 만들어가고자 하는 프로그램이다.

다음은 지구인교사학교 프로그램에 참여하면서 시작한 개인 프로젝트와 아침 수행을 마치고 떠오른 느낌을 지구인교사 단체카톡방에서 나누었던 글이다.

완벽하지 않아도 된다. 일단 시작하라. 목표를 향해 한 걸음 한 걸음 나아가는 과정에서 부족한 부분은 저절로 채워진다. 내가 할 수 있고 해야 하는 일은 오직 한 가지, 멈추지 않고 계속 나아가는 것뿐이다. 사람마다 목표에 도달하는 길은 조금씩 다를 수 있지만 목표를 이루는 해법은 하나다.

산 정상을 밟는 게 목표라고 생각해보자. 산을 오르는 길은 여러 가지다. 어느 길을 선택하든 가장 중요한 건 중도에 포기하지 않는 일이다. 운 좋게 지름길을 발견하여 빨리 갈 수도, 때론 길을 잃고 헤매다 왔던 길을 되돌아가거나 먼 길을 돌아갈 수도 있다. 지름길을 가든 먼 길을 돌아서 가든 그 과정에서 보고 듣고 느끼는 모든 경험 또한 중요하다.

인생길은 누구에게나 초행길이다. 가본 적이 없기에 두려움이 앞설 수도 있다. 반대로 가보지 않은 길이기에 더 많은 호기심과 기대를 가지고 출발할 수도 있다. 어떤 길을 가든 결국은 내가 선택한 길이다. 내가 선택한 길이라면 그 과정에서 일어나는 모든 일과 결과에 대해서는 내가 책임져야 한다. 좋은 결과가 나오면 나의 정성과 노력이 우주의 강력한 에너지와 주파수가 일치한 결과다. 반대로 나쁜 결과가 나오면 비록 내가 정성과 노력을 다했지만 전생에 과보가 있었거나 뭔가 부족함이 있었다고 생각해야 한다.

결과를 겸허히 받아들이고 원인을 살펴봐야 한다. 내 탓이라 여겨야지 남의 탓으로 돌리면 안 된다. 결과에 대한 책임을 외부 탓으로 돌리면 자신을 정당화하게 되고, 세상을 부정적인 시각으로 바라보게 된다. 이것은 우리가 살아가면서 깊이 경계해야 할 일이다. 그러므로 결과를 겸허히 받아들이고 문제의 원인을 내 안에서 찾으려는 노력을 게을리해서는 안 된다.

모든 일의 시작은 내 안에서부터라는 생각으로 세상을 바라보면 세상은 분명 살 만한 곳이며, 아름답고 따뜻한 곳이란 생각이 든다. 일상의 작은 일에도 감사하는 마음이 생긴다. 자기 자신과 가족을 비롯하여 이웃 그리고 만나는 모든 사람들이 나의 친구이며 우리 모두는 하나의 공동체를 이루고 있는 지구인이기 때문이다.

우리의 삶은 선택과 선택한 것을 실천하는 과정의 연속이다. 그렇다면 어떤 선택을 하는 게 가장 바람직할까. 그것은 바로 '홍익하는' 삶을 선택하는 것이다. 이처럼 먼저 바른 선택을 하는 것이 가장 중요하다. 개인이나 가족 또는 우리나라만을 위하겠다는 생각을 바탕으로 한 선택은 결국 이기주의에 사로잡혀 모두가 하나로 화합 수 없게 한다.

바른 선택을 했다면 그다음은 매일 꾸준히 실천하는 것이 또한 중요하다. 사람들은 대부분 해묵은 습관의 고리를 끊지 못하고 내 삶에 도움이 되지 않는다는 걸 알면서도 매일 반복하고 있는 경우가 많다. 그러한 사실을 머리로는 깨닫고 있지만 변화를 위한 첫걸음을 내딛지 못한다.

바로 이러한 이유로 우리는 한계 도전하기와 같은 활동을 매일 실천해야 한다. 물론 처음에는 과거의 습관 때문에 쉽지 않다. 하지만 이러한 활동도 반복적인 실천을 통해 나의 습관으로 만들면 된다.

매일 실천하는 과정에서 여러 가지 생각이 꼬리에 꼬리를 물고 일어난다. 매일 실천해봐도 별다른 변화도 없는데 이걸 왜 해야 하지. 오늘은 몸 상태가 좋지 않으니 하루쯤 쉬어도 되지 않을까. 오늘은 급한 일이 있으니 쉬고 내일부터 더 열심히 노력하면 될 거야. 그저 하루하루 밥 벌어먹고 살기도 힘든데 이렇게 사서 고생을 해야 하는 거야 등등 끊임없는 부정적인 생각들이 밀려온다. 여기서 멈추면 더 이상의 변화나 발전은 없다.

한계 도전하기와 같은 활동을 잘할 수 있도록 발끝치기, 뇌파진동 그리고 접시돌리기 등의 수련활동이 필요하다. 이러한 활동은 긍정과 행복의 마음을 갖게 하는 호르몬 분비를 촉진시켜준다. 내가 한계 도전하기를 잘 이겨낼 수 있었던 것도 돌이켜보면 이와 같은 수련활동을 먼저 실행하고 몸과 마음의 상태가 최적일 때 도전했기 때문이다.

얼마 전 어느 책에서 '장애물은 오직 당신이 멈추고 싶을 때만 나타납니다'라는 문구를 읽었다. 이 문구를 발견한 순간, 그동안 내가 실천해온 수행과정이 떠올랐다. 사실 나도 중도에 멈추고 싶을 때가 많았다. 멈추고 싶을 때마다 장애물이 보였지만 목표를 떠올리며 그러한 장애물을 진정한 변화를 위한 디딤돌로 생각하려 노력했다. 그런 관점의 변화가 오늘의 결과를 얻게 해주었다.

수행을 실천하며 한 가지 깨달은 점은 수행일기를 써야 한다는 것이다. 매일 실천하고 난 후, 그날의 몸과 마음의 상태나 변화 그리고 느낀 점 등을 실제 내용과 함께 기록해두면 많은 도움이 된다. 모든 게 순조롭게 잘된 날은 잘된 대로, 때로는 뜻대로 되지 않아 힘들고 지친 날은 또 그날대로 느낀 점을 솔직하게 기록하는 것이 중요하다. 가끔씩 다시 읽어보며 반성하기도, 때로는 힘과 용기를 얻기도 한다.

어젯밤 지진으로 또 한 번 놀란 가슴이지만, 오늘 아침 햇살이 유난히 빛나고 있는 것은 그럼에도 우리에겐 희망이 있기 때문이다.

비 온 뒤에 땅이 굳어지듯 우리도 시련을 겪으면서 정신적으로나 신체적으로나 더욱 강해질 거라 믿는다. 정신과 신체 모두 다 소중하다. 어느 것이 먼저라고 말할 수 없다. 강한 정신력이 몸을 건강하게 만드는 원동력이 될 수도 있고, 반대로 건강하고 튼튼한 신체가 있기에 마음이 더욱 강인해질 수도 있다. 중요한 것은 상황에 따라 몸과 마음의 비율을 잘 조절하여 균형을 이루는 것이다.

다음은 지난해 6개월간 지구인교사학교 연수프로그램을 마치고 주최기관에 남긴 간단한 후기다.

지구인교사학교는 내 인생의 소중한 전환점이 되었다. 시골 외딴집에서 자라나 내성적이고 수줍음이 많았던 내가, 자신감이 부족해 남의 눈을 의식하느라 늘 불안하고 자존감도 낮았던 내가, 매일 수행을 실천하며 크게 달라졌다. 환절기에 잦았던 감기나 비염도 잘 걸리지 않을 정도로 건강해지고 주체적 자아로서의 자신감을 회복하게 되자 일상에서 마음이 여유롭고 편안해졌다. 사실 처음에는 뇌파진동을 하며 '이런 걸 해서 뭐가 달라지겠어. 어지럽기만 한데'라는 생각이 들었지만, 어느 순간 뇌파진동과 함께 다른 수행을 하고 나면 몸도, 마음도 가볍고 기분이 좋아지는 걸 체험했다. 다른 연수와 비교해보면 기본 원리를 익히고 일상 속에서 직접 몸을 움직이면서 스스로 변화를 이루는 실천력을 기를 수 있다는 점이 가장 큰 장점이다. 일상 속에서 매일 실천하고 체험하는 프로그램으로 지금까지 받은 연수 중에서 가장 의미 있는 연수 중 하나로 많은 선생님들께 적극 추천하고 싶다.

마지막으로 '지구인교사' 오행시로 이 글을 마무리할까 한다.
##지##식만을 앞세우는 고지식한 교사는
##구##시대의 유물 같은 필요악의 존재이지만,
##인##성 회복을 도와주는 진정한 지구인교사는
##교##실을 바로 세우고 인성 영재를 길러내어 지구촌을 살리는
##사##명을, 거룩한 '홍익'의 사명을 실천하는 참스승이다.

한계에 도전하다

우리는 세상을 살아가면서 "이게 내 한계다"라는 말을 자주 한다. 여기서 '한계'는 어떤 의미인가. 사전에는 '사물이나 능력, 책임 따위가 실제 작용할 수 있는 범위 또는 그런 범위를 나타내는 선'이라고 정의한다.

일반적으로는 어떤 일을 추진하다가 더 이상 할 수 없을 때 '한계'라는 단어를 사용한다. 그렇다면 우리의 한계는 어디까지란 말인가. 사전적 정의가 말하는 한계는 도대체 어디까지란 말인가. 개인의 능력에 따라 한계는 물론 다르다. 각 개인이 한계라고 느끼는 그지점이 정말 자신의 한계란 말인가.

알다시피 올림픽은 4년마다 열린다. 올림픽 정식종목 중에는 기록경기가 많다. '올림픽의 꽃'이라 할 수 있는 마라톤을 예로 들어보

자. 올림픽이 열릴 때마다 기록을 경신하기 위해 많은 선수들이 피땀을 흘리며 노력한다. 이 선수들은 모두 한계에 도전하고 있다고 말할 수 있다. 어느 선수는 올림픽에서 세계기록을 세우고 다음 올림픽에서 자신의 기록을 경신하기도 한다. 이 경우 자신의 기록을 깬 선수의 한계는 어디까지인가.

나는 '한계'란 없다고 말하고 싶다. 다시 말해서 한계는 우리 스스로가 정한 자신의 능력이다. 지금까지 살아온 삶의 순간들을 가만히 돌이켜보라. 자신이 직접 부딪치며 시도해보지도 않고 할 수 없다며 미리 한계를 정해버린 경우가 얼마나 많은가.

한계는 내가 정한 하나의 틀에 불과하다. 나의 의식이, 나의 생각이 만들어낸 허상이다. 무엇이 이런 틀과 허상을 만들어내는가.

첫째로, 그것은 두려움이다. 시도해보지 않은 일에 부딪치면 우리는 경험이 없기 때문에 가장 먼저 두려움을 느끼게 된다. 물론 개인차는 있을 수 있다. 두려움의 크기가 얼마나 큰가에 따라 스스로 정하게 되는 한계는 달라질 수 있으니까.

둘째로, 그것은 끈기와 인내심 부족이다. 어떤 일을 추진할 때 끈기와 인내심이 부족한 사람이 있다. 그런 사람은 하고자 하는 일을 끝까지 밀고 나가기 힘들다. 자신이 갖고 있는 능력은 상당한 수준인데도 자신의 한계를 낮추게 된다.

셋째로, 그것은 약한 의지력이다. 우리는 자신이 목표로 삼은 일을 하면서 여러 차례 고비를 만나게 된다. 고비를 만날 때마다 슬기롭게 잘 극복하는 사람이 있는가 하면 그렇지 못한 사람도 있다. 고비를 이겨낼 수 있느냐 없느냐는 바로 자신의 의지력에 달려 있다.

넷째로, 그것은 자신감 부족이다. 이 세상에는 다양한 성격과 능력을 가진 사람들이 함께 살아가고 있다. 능력이 뛰어난 사람도 있고, 그렇지 못한 사람도 있다. 외향적이며 적극적인 사람이 있는가 하면 내향적이며 소극적인 사람도 있다. 자신감이 부족한 사람들은 주로 후자에 속한다. 자신감이 부족한 사람들은 자신의 능력보다 한계를 낮추는 경향이 있다.

지금까지 한계의 사전적 정의와 내가 생각하는 한계에 대해 살펴보았다. 상황에 따라 혹은 사람에 따라 한계는 늘 달라진다고 말할 수 있다. 그렇다면 우리는 한계를 어떻게 받아들여야 하는가. 자신이 정한 한계에 갇혀서 더 이상 성장과 발전을 이루지 못하고 현실에 안주할 것인가. 아니면 한계를 뛰어넘어 스스로 능력을 기르고 새로운 세상으로 나아갈 것인가.

지금 당장 자신의 내면을 들여다보라. 스스로 정해놓은 한계가 얼마나 단단한지 느껴보라. 자기합리화를 위해 '한계'라는 틀을 만들어놓고 그 안에서 편안한 삶을 살아가고 있는 자신이 보이지 않는가. 두려움 때문에 혹은 끈기와 인내심 부족으로 자신이 만들어놓은 틀 속에서 더 이상 나아가지 못하고 있는 자신을 보라. 의지력과 자신감 부족을 자신의 능력이 부족하다는 말로 스스로를 위로하며 한 걸음도 전진하지 못하고 있는 자신을 느껴보라.

지난해 지구인교사학교 연수를 받으면서 '한계 도전하기'를 실천한 적이 있다. 매일 실천하는 과정에서 결국 자신의 습관이 한계를 만들어내는 것임을 깨달았다. 특히 매사에 부정적인 사고가 강한 사람들이 한계를 낮추거나 자신이 정한 한계를 극복하지 못하는 경향이 있음을 알게 되었다.

지난해 내가 직접 실천해본 한계 도전하기에 대해 이야기해보자. 한계 도전하기란 말 그대로 자신이 하기 힘들거나 하기 싫은 일 또는 도저히 할 수 없다고 생각하는 일을 매일 도전해보는 프로그램이다. 매일 실천하되 조금씩 나아지도록 꾸준히 밀고나가야 한다.

내가 실천한 한계 도전하기는 바로 팔굽혀펴기였다. 팔굽혀펴기를 할 때 팔을 완전히 굽히지는 않고 빠르게 실시하는 것으로 처음에는 약 30개를 했다. 매일 아침마다 하면서 다음 날에는 단 한 개라도 횟수를 늘려야 했다. 처음에는 30개를 하는 것도 쉽지 않았다. 평소에 쓰지 않던 근육을 사용하게 되니 근육통이 얼마간 지속되기도 했다. 결론을 먼저 이야기하자면 최고 333개까지 할 수 있었다. 완벽한 팔굽혀펴기 동작은 아니더라도 평범한 사람이 333개를 하기는 쉽지 않다.

한계 도전하기를 실천하면서 내가 느끼고 깨달은 점들은 다음과 같다.

첫째로, 무엇을 하든 일단 시작하라. 우리 속담에 '시작이 반이다. 천 리 길도 한 걸음부터'라는 말이 있다. 내가 한계 도전하기를 해봄으로써 이 두 개의 속담이 왜 만들어졌는지 그 의미를 제대로 느끼고 깨달을 수 있었다. 사람들은 대부분 시작도 해보기 전에 "난 할 수 없어. 난 그런 거 못해"라고 말하면서 포기해버린다. 이런 사람들에게 일단 시작해보라고 말해주고 싶다. 먼저 첫 발걸음을 떼보라고 강조하고 싶다. 시작을 하고 나면 길은 저절로 열린다. 어려운 고비를 만나게 되더라도 포기하지 않으면 해결책이 보인다. 그러나 두려움 때문에 시작도 하지 않으면 우리가 할 수 있는 일은 아무것도 없다.

둘째로, 어떤 일을 시작하기 전에 반드시 완벽한 준비를 해야 한다는 생각을 버려라. 준비를 완벽하게 하면 목표를 이루는 과정에서 시행착오는 적을 수 있다. 문제는 완벽한 준비를 갖추는 데 오랜 시간이 걸리고 시작도 하기 전에 지치게 된다. 시행착오가 적은 것이 능사는 아니다. 시행착오를 겪는 것이 시간은 좀 더 걸릴 수 있지만 결코 나쁜 것만은 아니다. 오히려 시행착오를 통해 새로운 해결책과 방법을 배울 수 있다. 또한 완벽하게 준비했더라도 실제 추진과정에서 전혀 예상치 못한 변수가 생기기도 한다. 변수가 생기면 완벽하다고 생각했던 것이 무용지물이 되기도 한다.

셋째로, 결코 포기하지 마라. 무슨 일을 하든지 어려움은 늘 있기 마련이다. 매일 실천하다 보면 순간순간 포기하고 싶은 마음이 끊임없이 일어난다. 평소 내 몸에 익숙하지 않거나 하기 싫어하던 일을 해야 하기 때문에 당연하다. 하기 싫다고 무조건 안 하게 되면 할 수 있는 일이 무엇이 있겠는가. 세상에는 하고 싶어도 할 수 없는 일이 있고, 하기 싫어도 해야 하는 일이 있다. 자신의 꿈과 목표를 이루기 위해서는 어쩔 수 없다.

하기 싫은 마음과 하고 싶은 마음은 모두 내 감정이다. 일어나는 감정 자체는 내가 아니다. 이러한 감정은 내 것이다. 나에게 일어나는 생각도 내 것이고, 내 몸도 내가 아니라 내 것이다. 뇌도 내 것이다. 다시 말해서 내 것이기 때문에 내가 통제하고 조절할 수 있다. 내가 바로 내 삶의 당당한 주인이 될 수 있다는 말이다. 내가 선택하면 된다.

한계 도전하기는 습관을 변화시키는 과정이다. 해묵은 습관의 고리를 끊기는 결코 쉬운 일이 아니다. 많은 사람들이 성공을 원하지만 성공하지 못하는 이유는 바로 습관을 바꾸지 못하기 때문이다. 사람들 대부분이 습관을 바꾸지 못하는 이유는 욕심 때문이다. 처음부터 모든 걸 한꺼번에 바꾸려고 시도한다. 습관은 하루아침에 바꿀 수 있는 것이 아니다. 습관은 매일 꾸준히 반복해서 실천하는 것이 가장 중요하다. 하루도 빠짐없이 늘 같은 시간에 되풀이하는 것이 핵심이다. 최소한 3주 이상은 꾸준히 노력해야 어느 정도의 습관이 만들어진다고 한다. 3주가 지나서 이제 습관화가 되었다고 마음을 놓는 순간 원상태로 되돌아가게 된다.

습관을 바꾸는 일은 길에 비유할 수 있다. 아파트 혹은 도시숲길에 만들어놓은 잔디밭에 길이 나는 경우를 본 적이 있을 것이다. 처음에는 사람들이 다니지 않으니 잔디밭이 원래대로 보존된다. 시간이 지나면서 먼 길을 돌아가기 귀찮은 사람들이 한 번 두 번 잔디밭을 가로질러 다니기 시작한다. 점점 더 많은 사람들이 밟고 지나다니면 어느 날 잔디밭 가운데 길이 생긴다. 습관을 만드는 일은 바로 이와 같은 원리이다. 매일 반복하는 것 외에는 달리 특별한 방법이 없다.

한계 도전하기를 통해 깨달은 점들이 내 삶을 바꿔주는 계기가 되었다. 지금까지 나는 나의 능력을 믿지 못하고 할 수 없다는 부정적인 생각에 사로잡혀 있었다. 새로운 시도에 대한 두려움 때문에 늘 소극적이었다. 변화가 두려웠고, 남의 눈을 의식하느라 늘 불안한 마음으로 살아왔다. 내 삶의 당당한 주인으로 살지도 못했다.

한계 도전하기는 스스로 정해놓았던 틀과 허상을 과감하게 없앰으로써 무엇이든 할 수 있다는 자신감을 심어주었다. 다른 사람의 말이나 행동에 신경 쓸 필요가 없으며, 나는 있는 그대로 소중한 존재임을 깨닫고 주체적 자아로서의 자신감을 회복할 수 있게 해주었다. 내가 잘하면 소중하고 잘하지 못하면 소중하지 않은 게 아니라 태어날 때부터 소중한 존재였다는 사실을 깨닫게 해주었다.

요즘은 새로운 시도를 하고 있다. 바로 지금 하고 있는 글쓰기다. 예전 같으면 스스로 정한 한계 때문에 시도조차 하지 않았을 일이지만 지금은 이렇게 당당하게 도전하고 있다. 어려움이 있더라도 스스로 극복하겠다는 의지가 그 어느 때보다 강하다. 새로운 도전을 하면서 행복하기까지 하다.

우리는 모두 있는 그대로 완전한 존재이며 선택하면 무엇이든 이룰 수 있는 능력을 갖추고 있다. 스스로 정한 '한계'의 틀을 깨고 나오면 된다. 자신을 믿으면 된다. 나는 한계 도전하기를 실천하며 직접 경험해 보았기 때문에 자신 있게 말할 수 있다.

자신의 틀을 깨고 목표를 분명하게 정했다면 일단 시작하라. 시작하고 나면 길은 반드시 열리게 되어 있다. 분명한 목표가 있기 때문에 무의식중에라도 방법을 찾게 된다. 그다음은 절대로 포기하지 마라. 어떤 어려움이 있어도 포기하지 않으면 반드시 원하는 목표를 이룰 수 있다.

홍익 실천

우리나라 사람이라면 누구나 한 번쯤은 '홍익(弘益)'이란 말을 들어본 적이 있을 것이다. '홍익인간(弘益人間) 이화세계(理化世界)'란 말도 마찬가지다. 우리나라 교육법에도 교육의 목적을 '홍익인간 양성'으로 하고 있다. 또한 교육기본법 조항의 전문에도 다음과 같이 나와 있다.

'교육은 홍익인간의 이념 아래 모든 국민으로 하여금 인격을 도야하고, 자주적 생활능력과 민주시민으로서 필요한 자질을 갖추게 하여 인간다운 삶을 영위하게 하고, 민주국가의 발전과 인류공영의 이상을 실현하는 데 이바지하게 함을 목적으로 한다.'

우리나라의 미래가 달려 있는 교육 관련 분야에 홍익이란 말이 들어가 있다. 그렇다면 '홍익'은 어떤 의미를 담고 있는가. 사전적

정의로는 '널리 이롭게 함'이라고 되어있다.

널리 이롭게 한다는 말은 어느 한 개인의 이익과 편리를 위해 힘쓰겠다는 말이 아니다. 어느 한 단체나 국가만을 위하겠다는 것도 아니다. 그렇다고 우리 인간 사회만 이롭게 하려는 건 더더욱 아니다. 이 지구상에 존재하는 모든 생명체가 함께 이로운 세상이 되어야 함을 의미한다. 이것은 곧 자연의 이치와 순리를 따르는 삶을 살아가야 함을 말한다.

오늘날과 같이 물질만능주의와 개인주의가 판을 치고 있는 사회에서 반드시 필요한 정신이 바로 '홍익'정신이다. 홍익정신은 나 혼자만 잘 먹고 잘살겠다는 마음이 아니다. 개인적인 욕심이 가득한 사람이 홍익을 실천할 수는 없다.

전 세계는 지금 국가 간의 이념적 대립, 종교와 인종의 갈등 그리고 분배의 불균형 등으로 심각한 문제에 직면해 있다. 지구 환경 문제는 또 어떤가. 현재의 이 모든 문제의 원인은 그칠 줄 모르는 인간의 탐욕과 우월의식 때문이다. 이러한 문제를 누가 어떻게 해결할 수 있을 것인가. 이는 지구 전체의 문제이며 어느 한 개인이나 국가가 해결할 수 있는 문제가 아니다. 전 세계 모든 지구시민들과 국가들이 함께 힘을 합치지 않으면 절대로 풀리지 않을 사안이다.

어디서부터 어떻게 실마리를 풀어가야 한단 말인가. 크게 두 가지 차원—국가와 개인—에서 생각해볼 수 있다. 첫 번째는 국가적인 차원의 접근방법으로 국가 간의 긴밀한 협조를 통해 문제해결을 위한 종합적인 대책을 마련해야 한다. 유엔과 같은 국제기구가 앞장서서 전 세계 모든 국가들의 동의를 이끌어내고 실천 가능한 방안을 강구해야 한다. 국가적 차원에서 당면한 문제를 해결하기 위한 큰 틀을 마련하고 변화의 방향을 제시해야 한다.

두 번째는 개인적인 차원의 접근방법이 있다. 국가적 차원의 방법이 큰 틀과 방향을 제시하고 있다면 개인적 차원의 방법은 개개인의 구체적인 행동방향을 제시하고 이를 생활 속에서 실천해야 하는 것이므로 보다 더 중요하다고 할 수 있다. 국가와 세계를 구성하고 있는 모든 개인들이 먼저 의식을 바꿔야 한다. 우리는 모두 한 배를 탄 지구시민이라는 의식이 있어야 한다. 개인적인 이익과 욕심을 버리고 다 함께 행복한 세상을 만들어가겠다는 지구시민 의식을 길러야 한다.

현재 우리가 살고 있는 지구가 당면한 문제를 해결하기 위해 국가적 차원과 개인적 차원의 접근방법을 생각해보았다. 홍익을 실천하는 일은 보여주기 위한 거창한 구호나 거대한 조직이 필요한 건 아니다. 가장 중요한 것은 개인의 의식 변화와 일상생활 속에서 홍익을 실천하겠다는 강한 의지다.

평소 생활 속에서 우리가 직접 해볼 수 있는 홍익 실천사항은 많이 있다. 아주 사소한 것처럼 보이는 일이지만, 지구상의 모든 존재에게 널리 이로운 활동이라 할 수 있다. 먼저 집 안에서 할 수 있는 실천사항을 찾아보자. 내 방 스스로 정리하기라든가 쓰레기 분리배

출 철저히 하기 그리고 수돗물 아껴 쓰기 등도 지구를 위한 홍익 실천사항이라 할 수 있다.

집 밖에서 할 수 있는 홍익 실천사항을 생각해보자. 대기오염을 막기 위해 자동차 매연을 줄이고 대중교통 자주 이용하기, 기후변화와 지구온난화 그리고 열대우림의 사막화를 막기 위해 햄버거 먹는 횟수 줄이기와 지구의 한 모퉁이를 청소하는 마음으로 내 집 앞 쓸기 등을 예로 들 수 있다. 이러한 활동은 결코 실천하기 어려운 일은 아니다. 누구나 마음만 먹으면 언제든 실천 가능한 일상적인 일이다.

지구를 위한 홍익 실천사항을 직접 적용하면서 떠오른 느낌은 살아가면서 우리가 하는 모든 일들이 주변 사람들이나 환경에 어떤 영향을 끼치게 될지를 곰곰이 생각해보고 행동으로 옮겨야 한다는 점이다.

지구인교사학교 연수에 참여하는 동안 지구를 위한 홍익 실천사항으로 나는 산에서 휴지나 쓰레기 주워 오기를 했다. 가까운 산이나 숲으로 자연명상을 갈 때마다 버려진 휴지나 빈병을 주워 온다. 자주 가지는 않았지만 갈 때마다 도처에 흩어져 있는 쓰레기의 양에 놀라지 않을 수 없었다. 양심을 버리고 간 사람들이 너무 많아 안타까운 마음이 들었고, 우리의 의식수준이 낮음을 느낀다.

홍익 실천 활동을 하면서 문득 떠오른 생각이 있었다. 가장 먼저 자기 자신을 돌아보고 내면을 성찰하는 것이었다. 나는 어떤 모습으로 살아가고 있는지 알아보고 싶었다. 이런 생각이 떠오르자 밖에 나가서 좋은 일을 하는 것은 바람직한 일이지만, 자기 자신을 맑고 밝게 가꾸는 게 가장 먼저라는 생각이 들었다. 다음으로 집안일이나 식구들을 대하는 태도를 바르게 해야겠다는 생각이 들었다. '수신제 가 치국평천하(修身齊家 治國平天下)'라는 말이 있듯이, 나와 우리 가 족부터 바로 세운 연후에 지역사회와 국가로 활동 범위를 넓혀나가 는 게 올바른 순서라는 생각이 들었다.

진정으로 남을 배려해주는 것도 홍익 실천사항이라 할 수 있다. 남을 위한 진정한 배려를 실천하기 위해 먼저 자기 자신을 진정으 로 사랑하고 존중할 줄 알아야 한다. 이것은 요즘 내가 절실히 깨닫 고 있는 사실이기도 하다.

지금까지 살아오면서 나는 진정으로 남을 배려하는 이타적인 사 람이라고 생각했다. 그러나 심리상담 공부를 시작하면서 내면을 들 여다보게 되자 나의 행동이 위선적이라고 반성하게 되었다. 진정 남 을 사랑하고 배려하는 게 아니라 철저하게 자신의 이익을 챙기기 위한 행동이었다. 그 이유는 바로 내가 나 자신을 진정으로 사랑할 줄을 몰랐기 때문이다.

나를 사랑하고 존중하지 않으니 자신에 대한 신뢰가 부족하고 늘 불안하고 당당하지 못했다. 사소한 말 한 마디에도 깊은 상처를 받고 상대방을 원망하며 나는 옳은데 남들은 왜 모두 저 모양이냐 며 답답해하곤 했다. 억울한 감정이 차곡차곡 쌓여왔던 것이다. 이 얼마나 무지했던가.

사람이 세상에 태어나는 것은 결코 자신의 의지에 의한 것이 아니다. 우리가 이 세상에 온 것은 분명 그 이유가 있다. 그것은 바로 각자의 사명이다. 태어날 때 주어진 각자의 사명이 무엇인지 알아내는 것이 첫 번째 과제다. 이를 위해 우리는 매일 자신의 몸과 마음을 수련해야 한다.

그러나 사람들은 대부분 자신의 사명을 모른 채 반복된 일상을 살아간다. 변화를 싫어하고 의미 없는 날들을 생각 없이 보낸다. 그야말로 하루하루를 연명하기에 급급하다. 참으로 안타까운 일이 아닐 수 없다.

각자의 사명을 알고 이를 실천한다는 것은 먼저 자신의 성장과 발전을 위한 것이요, 나아가 이웃과 사회 그리고 이 지구 전체의 발전을 위해 자신의 소중한 역할을 다하는 것이다. 바꾸어 말하면 자신의 역할을 다하지 않는 것은 근무 태만이다. 자신이 속한 조직에서 제 역할을 제대로 수행하지 못하면 동료들과 조직에 많은 피해를 줄 수 있다.

우리는 자기 자신을 위해, 우리가 살아가고 있는 이 지구를 위해 반드시 자신의 사명을 다해야 한다. 그렇게 각자의 자리에서 자신에게 부여된 사명을 성실히 수행할 때 이 세상은 아름답고 평화로운, 모든 지구인의 삶의 터전이 될 것이다. 이러한 사명을 수행하는 것 또한 홍익 실천사항이다.

우리 모두는 이른바 성공하기 위해 분주한 하루를 보낸다. 그렇다면 먼저 '성공'의 정의에 대해 생각해볼 필요가 있다. 과연 성공이란 무엇인가. 사람들은 저마다 성공의 개념과 의미를 다르게 받아들인다. 그러므로 각자 성공에 대한 정의를 내리고 그것을 이루기 위해 한 걸음씩 나아가야 한다.

나에게 성공이란 무엇인가. 진지하고 깊이 있게 생각해본 적이 있는가. 그저 남들이 말하는, 잘 먹고 잘사는 것을 과연 성공이라 할수 있는가. 성공에는 모든 과정이 끝나고 난 후에 얻게 되는 최종 결과물이란 개념이 들어 있다. 우리가 달려가고 있는 '성공'이란 종착역에 도달했을 때, 결과가 마음에 들지 않는다면 과연 우리는 성공한 것인가. 마음에 드는 결과물을 얻었다 하더라도 지나온 과정이 의미가 없다면 과연 성공이 의미가 있을까. 결과가 마음에 들지 않더라도 그동안 겪어온 과정이 내가 좋아하고 의미가 있다면 성공이라 할 수는 없을까.

삶에서 '가치'란 무엇인지 다시 생각해볼 필요가 있다. 어디에 가치를 두느냐에 따라 삶이 크게 달라질 수 있다. 그러므로 진지하게 가치에 대해 생각해보아야 한다.

우리는 가치 있는 삶을 살아야 한다. 어떤 삶이 가치 있는 삶인가. 그것은 바로 '홍익'을 실천하는 삶이다. 어제보다 성장한 오늘의 내 모습을 확인하고 오늘보다 성장할 내일의 내 모습을 그리며 바로 오늘 지금 이 순간 최선을 다하는 삶이 바로 가치 있는 삶이다. '홍익'을 실천하는 삶은 나 혼자만 성장하고 나 혼자만 잘살겠다는 마음을 버리고 서로의 성장을 도와주며 다함께 행복한 세상을 만들어가는 삶이다.

솔라바디 555

4월도 막바지에 접어들고 있다. 교문 오르막길 양쪽에는 하얀 철쭉이 눈부시다. 아침 출근길에 만나면 환한 얼굴로 해맑게 인사를 하는 듯하다. 얼굴색이 너무 하얗고 밝아 때로는 부럽기도 하다. 나도 저렇게 백옥같이 피부가 하얗다면 하고 말이다. 하지만 요즘은 단순히 피부색이 흰 것은 부럽지 않다. 겉모습보다는 얼굴에서 풍겨나는 이미지나 표정이 중요하니까. 표정은 그 사람의 내면에 담겨 있는 마음을 드러내고 있는 것이니까.

교문을 들어서서 한 바퀴 빙 둘러보면 교정은 온통 일렁이는 초록물결과 알록달록 싱그러운 꽃 잔치로 연일 분주하다. 뒷산자락에선 새들의 교향악이 울려 퍼지고 후문 언덕배기의 왕벚나무 겹꽃송이는 풍성함과 넉넉함을 더해간다.

교정을 산책하다 후문 옆 산사태 방지용 담벼락 아래에 시선이 머문다. 콘크리트 틈새에서 피어난 왕고들빼기와 질경이가 나란히 앉아 다정하게 손을 잡고 봄 햇살로 한창 샤워 중이다. 흙더미 하나 보이지 않는 열악한 환경에서 꿋꿋하게 삶을 이어가는 녀석들을 물끄러미 바라본다. 저렇게 어려운 처지에서도 포기하지 않고 삶을 살아가게 하는 원동력은 뭘까. 저들의 삶에서는 무엇이 가장 소중할지 궁금하다.

풀꽃의 끈기 있는 삶의 현장을 바라보다 생각해본다. 삶에서 가장 소중한 것은 무엇일까. 돈, 건강, 명예…… 개인적인 경험이나 생각이 다르기 때문에 저마다 가치관이 다르다. 나는 무엇을 가장 소중하게 여기고 있는가. 물론 소중하지 않은 게 없지만 하나만 고르라면 건강이다.

"돈을 잃으면 조금 잃는 것이요, 명예를 잃으면 많이 잃는 것이며, 건강을 잃으면 전부를 잃는 것이다"라는 말이 있듯이, 건강하지 않으면 아무리 돈이 많아도, 지위나 명예가 높아도 할 수 있는 일이 없다. 아무리 열정이 있고 의욕이 넘치더라도 건강을 잃으면 꿈을 이룰 수 없다. 나도 건강하지 못했기 때문에 누구보다 건강의 중요성을 잘 알고 있다.

나는 시골에서 4남매 중 막내로 태어났다. 막내는 엄마가 비교적 나이가 많을 때 태어나기 때문에 건강하지 못할 확률이 높다고 한다. 반드시 맞는 말은 아니지만 사실 난 약골이란 소리도 자주 듣고 여러 가지 잔병치레도 많이 치르면서 자랐다. 덩치도 작고 마른 편이었다.

가장 오래 고생한 기억으로는 고등학교 3학년 시절 기관지염을 앓았을 때다. 하루 다섯 차례 약을 먹어야 했고, 한여름에도 찬물을 마시지 못했으며, 찬물 샤워는 더더욱 할 수 없었다. 찬 기운만 들어가면 바로 기침을 심하게 해댔다. 지금 돌이켜보면 어떻게 살았을까 싶다.

나이가 들어가면서 사람들은 특히 건강에 많은 관심을 기울이며 건강을 관리하기 위해 노력한다. 아침 운동을 하는 사람들도 있고 퇴근 후 헬스장에서 운동을 하면서 몸 관리를 하는 사람도 있다. 나도 젊은 시절엔 새벽 일찍 일어나 아침 운동도 해봤고, 몇 해 전엔 운동 삼아 걸어서 출퇴근을 해보기도 했다.

오늘날 사람들은 바쁜 일상에 쫓기다 보니 운동할 시간을 내기가 쉽지 않지만, 건강을 지키기 위해 어떤 형태로든 자신에게 적절한 운동을 하는 사람들이 많다. 쉬는 날 가까운 산이나 바닷가로 아침 운동을 나가 보면 젊은 사람보다 나이 든 어르신이 많다. 나이가 들면서 운동의 필요성을 더욱 절실하게 느끼기 때문이다.

나도 나름대로 운동을 꾸준히 해왔지만 호흡기나 소화기계통이 좋지 않은 편이라 고생을 자주 한다. 약골로 타고나기도 했지만, 평소 좋지 않은 자세나 식습관도 한몫했을 수도 있다. 뇌체조와 아침 수행을 실천하면서 건강을 타고난 사람들만큼은 아니지만 몸과 마음의 상태가 많이 건강해진 상태다.

지난해 내 삶의 변화와 성장을 이루고 학생들의 인성 지도를 꿈꾸며 지구인교사학교 연수에 참여한 것이 큰 도움이 되었다.

앞서 이야기한 바 있는 지구인교사학교 연수프로그램의 일환으로 매일 실천했던 '솔라바디555' 운동이 있다. 이 운동에는 발끝치기, 뇌파진동, 접시돌리기 등 세 가지가 있다. 간단하게 하나씩 살펴보기로 한다.

(1) 발끝치기

발끝치기는 앉거나 누워서 두 다리를 뻗은 채 발끝을 몸 쪽으로 조금 당기고, 발꿈치는 붙인 상태에서 양쪽 발끝을 탁탁 부딪치는 동작이다. 이때 너무 세게 부딪치면 발 안쪽에 통증을 느낄 수 있으므로 다리 전체를 움직여준다고 생각하며 가볍게 하는 것이 좋다. 겉으로 보기에는 별다른 운동이 되지 않을 것처럼 보이지만 발끝치기를 꾸준히 실천하여 건강을 되찾은 사례가 많이 있다.

발끝치기는 고관절 주변 근육과 인대를 강화시켜주고 척추와 골반을 바로잡아주어 몸 전체의 균형을 유지할 수 있게 해준다. 허벅지와 종아리 근육을 강화시킴으로써 심장의 부담을 줄여주고, 원활한 혈액순환을 도와준다. 또한 전신의 기혈순환을 원활하게 함으로써 질병의 증상 완화와 예방 효과를 높여준다고 한다.

(2) 뇌파진동

허리를 똑바로 펴고 양반자세로 앉아 두 손을 가볍게 말아 쥐고 단전을 약하게 두드리면서 고개를 좌우로 흔드는 동작이다. 고개를 좌우로 움직이는 간단한 동작이 목과 어깨 근육을 이완시켜 뇌로 가는 혈액순환을 원활하게 하고 뇌척수액의 순환을 도와주어 뇌의 노폐물을 제거해준다. 또한 잡념을 없애고 집중력을 기르는 데 효과적이다. 한 가지 주의할 점은 처음부터 고개를 너무 빠르게 좌우로 흔들면 어지러울 수 있다. 때문에 자신의 몸 상태에 맞게 천천히 하는 것이 좋다.

(3) 접시돌리기

접시돌리기는 간단히 말해서 접시를 손 위에 올려놓은 채로 팔을 돌려 무한대 그리기를 반복하는 동작이다. 먼저 오른손으로 열 번, 왼손으로 열 번 그리고 마지막으로 양손으로 열 번을 실시하면 된다. 동작이 어느 정도 숙달되면 맨손으로 해도 좋으며, 접시나 다른 물건을 올려놓고 하면 좀 더 집중력을 높일 수 있는 장점이 있다.

접시돌리기는 늘 운동을 해야겠다는 생각만 하고 실천하지 못하는 사람들, 질병의 고통을 완화시키고 건강을 회복하는 데 도움이 될 만한 적절한 운동법을 찾고 있는 사람들에게 안성맞춤인 운동이다. 접시돌리기는 언제 어디서든 약 5분 정도만 실시해도 충분하며, 개인의 몸 상태에 따라 동작의 강도를 적절히 조절하면서 누구나 할 수 있는 효과만점인 전신운동이다.

지금까지 솔라바디555 운동에 대해 살펴보았다. 나는 이 운동을 지난해 지구인교사학교 연수를 시작하면서부터 지금까지 거의 매일 아침저녁으로 했다. 몸 상태가 정말 좋지 않은 경우를 제외하고는 매일 한다. 특히 소화가 잘되지 않거나 몸이 개운치 못할 때마다 이 운동을 하곤 한다.

세 가지 동작은 아침과 저녁에 따라 순서를 달리한다. 먼저 아침에는 잠자리에서 눈을 뜨면 그대로 누운 상태에서 또는 일어나 앉아 발끝치기를 시작하면 된다. 발끝치기가 끝나면 잠에서도 완전히 깨어나게 된다. 편안한 마음으로 양반자세를 하고 앉아 가볍게 주먹을 쥐고 단전을 두드리며 고개를 좌우로 돌리는 뇌파진동을 시작한다. 마지막으로 침대에서 내려와 접시돌리기로 운동을 마무리하면 된다. 저녁에 잠자리에 들기 전에는 아침에 하는 것과 역순으로 진행을 하면 된다. 굳이 순서를 외울 필요 없이 이치를 생각해보면 쉽게 순서를 이해할 수 있다.

거의 1년 가까이 이 운동을 해오면서 느낀 점이 있다. 평소 나는 건강이 좋은 편은 아니었다. 소화불량이나 변비가 잦은 편이었고, 장염에도 잘 걸렸다. 식습관을 바꾸는 것도 함께 했지만 이 운동을 꾸준히 실천하면서 변비가 거의 없어지고 쉽게 볼일을 볼 수 있게 되었다. 식사를 하고 바로 자리에 앉아 업무를 보다 보면 속이 더부룩해지고 답답함이 느껴지며 머리가 무거워질 때가 있다. 이때 간단하게 접시돌리기나 뇌파진동을 하고 나면 머리가 가벼워지고 속이 편안해진다.

무엇을 하든 우리 몸에 익숙해질 때까지는 뭔가 어색하고 불편함을 느끼는 것은 당연하다. 서두르지 말고 운동 방법을 정확하게 익혀 내 몸에 익숙해질 때까지 꾸준히 반복하는 것이 핵심이다. 동작 하나하나에 온 마음을 집중하여 매일 반복하다 보면 내 몸이 부족한 부분을 스스로 보완해나간다는 생각이 든다. 아무리 사소한 동작을 배우더라도 처음부터 쉽게 되는 것은 없다. 인내심을 가지고 꾸준히 실천하는 게 무엇보다 중요하다.

그동안 솔라바디555 운동을 꾸준히 실천하면서 몸과 마음의 건강이 많이 좋아졌음을 느낀다. 물론 사람들마다 자신에게 맞는 운동이 있겠지만, 내 경험으로는 특별한 비용을 들이지 않고 하고자 하는 의지만 있다면 건강을 위해 이보다 더 좋은 운동은 없다. 많은 사람들이 솔라바디555 운동의 효과를 믿고 매일 꾸준히 실천해서 몸과 마음의 건강을 유지할 수 있기를 바란다. 언제쯤 건강하고 행복한 세상이 오겠느냐며 불평하거나 수동적으로 기다리지 말고, 내가 먼저 능동적으로 앞장서서 건강하고 행복해지면 우리가 살고 있는 이 세상이 더욱 건강하고 행복해지지 않을까.

지구 살리기

인공위성에서 바라본 지구 사진을 본 적이 있는가. 푸른 지구별의 모습이 어떤 이미지로 다가오는가. 푸른색이 주는 그 느낌처럼 마음이 편안하고 평온해지지 않는가.

멀리서 바라보는 모습은 대부분 아름답게 보이는 경우가 많다. 대표적인 예로 눈부신 햇살이 반짝이는 가을날 바람에 흔들리는 단풍이 있다. 가을 단풍은 봄날의 화사한 꽃보다 더 아름답게 느껴지기도 한다. 막상 가까이 다가가 자세히 보면 대개는 실망스럽다. 멀리서 봤을 땐 고와 보이던 단풍잎이 군데군데 마르거나 벌레 먹은 자국이 많다.

지금 현재 우리가 살고 있는, 멀리서 보면 아름답기 그지없는 지구별도 마찬가지다. 무엇 때문에 아름다운 지구별이 오늘날처럼 심한 몸살을 앓게 되었을까. 어디서부터 무엇이 잘못되었단 말인가. 현재의 상황을 정확히 진단하여 문제의 핵심을 찾아내는 게 가장 먼저 해야 할 일이다.

인구가 많지 않고 도시화가 이루어지기 전에는 지금과 같은 심각한 문제는 일어나지 않았다. 인구가 늘어나고 많은 사람들이 대도시로 몰려들면서 자동차와 공장에서 배출되는 매연이 대기를 오염시키고 공장폐수와 생활하수가 수질을 오염시키는 등 지구환경을 심각하게 오염시켜왔다. 또한 국가 간의 이해관계로 일어나는 전쟁이나 해상에서의 유조선 사고 등은 기름 유출로 인한 해양오염을 가중시켰다. 게다가 산이나 강, 바다를 찾는 사람들이 버리고 간 쓰레기로 인해 많은 동식물과 해양생물이 떼죽음을 당하고 있다.

문제의 핵심과 원인을 밝혀냈다면 지금 할 수 있는 해결책을 모색해야 한다. 여기서 주목해야 할 점은 지금까지 이야기한 지구 환경 문제의 주범은 바로 인간이라는 사실이다. 왜 인간이 환경 문제의 주범인가. 지구상에서 가장 고등동물이라 자부하고 있는 인간이 어떻게 이런 어리석은 짓을 저지르고 있단 말인가.

그것은 바로 인간의 이기심과 물질에 대한 그칠 줄 모르는 탐욕 때문이다. 과학기술의 발달로 인간의 삶은 물질적으로 풍요로워지고 외관상으로도 나아진 것처럼 보이지만, 정신적인 측면과 지구환경 입장에서는 돌이킬 수 없는 심각한 문제에 직면해 있다.

지진, 해일, 쓰나미, 국지성 호우 등 자연재해와 지구온난화로 인한 기상이변이 우리에게 몰고 오는 영향력은 실로 어마어마하다. 인간이 스스로 초래한 크나큰 범죄행위가 자신들은 물론 지구의 모든 생명체에게 말할 수 없는 아픔과 고통을 주고 있다. 묵묵히 제자리를 지키며 조화와 균형을 이루어온 동식물이 무슨 죄가 있는가. 어려운 환경 속에서도 꿋꿋하게 살아온 죄밖에 더 있는가.

우리 옛 조상들의 삶을 생각해보자. 소박하고 근검절약하는 생활 태도를 본받아야 한다. 집을 짓거나 옷을 만들 때에도 항상 자연을 생각했다. 요즘 말로 하면 자연 친화적인 삶을 살았다는 말이다. 초가집을 한번 생각해보라. 모든 재료는 자연에서 그대로 가져다 썼다. 흙과 짚을 짓이겨 흙벽을 만들었다. 흙벽은 통풍이 잘되게 하여 집이 스스로 숨을 쉬도록 해준다. 오랜 세월이 흘러도 환경오염을 일으킬 만한 요소가 전혀 없다. 모두 자연으로 다시 돌아가도록 되어 있다. 모양도 딱딱한 직선이 아니라 유연하고 부드러운 곡선이다. 자연의 모습을 그대로 닮았다.

우리 고유의 한복을 떠올려보라. 넉넉한 품이 우리 몸에 전혀 부담을 주지 않고 자연스럽고 편안하게 생활할 수 있도록 만들어졌다. 저고리 옷소매는 넉넉한 품에 유선형이다. 옷감도 화학섬유가 아닌 삼베나 명주로 만들어 오늘날처럼 아토피에 걸릴 염려도 없다. 아주 세세한 부분까지 자연과의 조화를 이루었다.

오늘날 우리 사회는 물질문명은 급속도로 발달해왔지만 정신문명은 그에 미치지 못하고 있다. 도덕성이 무너지고 각종 사회폭력과 학교폭력이 도를 넘어섰다. 개인주의와 집단이기주의가 판을 친다. 학교뿐 만아니라 사회 전반에서 입시와 취업을 두고 지나친 경쟁을 벌이고 있다. 그 결과 스트레스를 견디지 못하고 자살하는 학생과 취업준비생의 수가 갈수록 늘어나고 있다. 심한 빈부격차로 마땅한 일자리가 없어 생계가 곤란한 가정에서 삶을 포기하는 이들이 적지 않다.

앞으로 전망이 있는 직종으로 심리상담사가 상위에 올라와 있다고 한다. 정신없이 바쁜 현대사회에서 과중한 업무와 대인관계에서 오는 스트레스를 해소하지 못해 정신적인 어려움을 겪고 있는 사람들이 많기 때문이다. 과학기술이 발달하면서 자동화 시스템이 도입되고 단순 업무처리는 로봇으로 대체되고 있는 시대다. 인간이 설자리가 없어진다는 위기의식도 느낀다. 이런 때일수록 인간만이 할 수 있는 분야를 찾아야 한다.

아무리 과학기술이 발달하여 모든 분야에 로봇이 등장한다 하더라도 사람의 심리분야까지 로봇이 대체할 수는 없지 않겠는가. 인간이 로봇과 차별화할 수 있는 건 바로 공감능력이다. 공감능력은 현재까지는 사람만이 할 수 있다. 앞으로 더 많은 연구가 진행되어 로봇이 공감능력까지 장착하게 된다면 인간은 더 이상 설자리가 없게 될지도 모를 일이다.

이와 같은 현실에서 물질문명에 눈이 먼 일부 사람들은 공감능력까지도 상실하고 있다. 오늘날 우리가 사회생활을 하는 데 가장 필요한 공감능력이 없으니 대인관계가 원만하지 못하다. 내가 먼저 마음을 열고 다가갈 줄 모른다. 상대방이 먼저 나를 챙겨주기만을 바라며 스스로 문제 상황을 극복할 능력을 잃게 된다. 결과적으로 남들과 자연스럽게 어울리지 못하게 되니 "왕따" 문제가 발생하게 된다.

삶이 행복하지 않은 사람들이 많다. 돈이 많은 사람들도, 돈이 적은 사람들도 모두 행복하지 않다고 느낀다. 물질적으로는 풍요롭지만 정신적으로는 부족함이 많다는 말이다. 돈이 적은 사람들은 기본적인 생계를 꾸려나가기도 어려운 상황이니까 그렇다 치자(가진 돈이 적어도 행복한 사람들이 있지만). 돈이 많은 사람들은 세상 부러울 게 없는 사람들인데 행복을 느끼지 못한다는 건 본인들의 욕심 때문이다.

물질적인 가치를 중시하는 풍조에서 벗어나야 한다. 끊임없이 많은 재산을 소유하려는 욕심을 버려야 한다. 집 안에 오랫동안 사용하지 않고 쌓아놓은 물건들이 얼마나 많은가. 장롱을 열어보면 1년 동안 한 번도 입지 않은 옷들도 많이 있다. 혹시나 입을지 모른다는 생각에 계속 장롱 속에 넣어두고 싶은 심리가 작용한다. 이것은 어찌 보면 집착이라고 할 수 있다. 우리가 습관적으로 갖고 있는 의식의 틀에서 벗어나지 못하고 있기 때문이다.

이제 우리는 의식에 집중할 필요가 있다. 개인의 의식수준을 높여야 한다. 의식수준에 따라 마음가짐은 천차만별이다. 의식수준이 낮으면 감정 조절 능력이 떨어지고 쉽게 평정심을 잃게 된다. 자존감이 부족하고, 열등감에 사로잡히기 쉽다. 사소한 일에도 흥분하거나 의기소침해지기도 한다. 자신감과 용기도 부족하다. 매사에 열정과 의욕이 없고 부정적이 되기 쉽다.

반면에 의식수준이 높아지면 자존감이 높고, 자신에 대한 신뢰도 높아진다. 무엇이든 할 수 있다는 자신감으로 가득 차 있으며 매사에 긍정적이다. 나는 태어나면서 본래 소중하고 가치 있는 존재임을 깨닫고 내 삶의 주인으로 당당하게 살아갈 수 있게 된다. 남의 눈치를 보거나 상대방의 말이나 행동에 크게 영향을 받지 않는다.

화요일 아침이다. 교무실에 들어서니 텅 비어 있다. 먼저 창문을 활짝 열고 창밖을 내다본다. 하늘엔 구름이 잔뜩 끼어 있다. 자리에 앉아 컴퓨터를 켜고 책상 정리를 하고 나니 휴대폰이 눈에 들어온다. 블로그 알림 글이 떠 있다. 블로그 이웃님의 새 글 알림이다. '묵묵히 나의 길을 가다'라는 글을 읽고 떠오르는 대로 댓글을 남겨본다. 마음이 따뜻해지고 가슴이 벅차오르는 글을 읽을 수 있는 아침이 감사하다.

자리에서 일어나 밖으로 나갔다. 중앙현관에서 탁 트인 전망을 내려다보았다. 구름이 가득한 하늘 아래 평온한 아침 풍경이 잔잔하게 펼쳐진다. 아침 새소리는 맑고 투명하다. 늘 듣는 새소리지만 오늘따라 더욱 맑게 들리는 건 무슨 연유일까.

본관 앞 화단에 키 낮은 소나무가 줄지어 늘어서 있다. 간밤에 비가 조금 내렸는지 촉촉하다. 이 계절에 소나무를 생각하면 가장 먼저 떠오르는 건 송홧가루다. 꽃가루 알레르기가 심한 사람들에게는 치명적인 불청객이다. 가까이 다가가 소나무를 자세히 살펴보았다.

소나무 꽃송이가 올망졸망 피어오른 모습이 앙증맞고 귀엽다. 다른 봄꽃처럼 화려하거나 크지는 않았지만 자신의 존재와 끼를 보여주기에 충분하다.

후문 쪽으로 발걸음을 옮기자 자동차 한 대가 왕벚나무 분홍빛 꽃잎으로 몸치장을 하고 있다. 송홧가루와 흙먼지 대신 꽃잎으로 치장한 걸 보니 무슨 특별한 날인가 보다. 마치 결혼식을 마치고 신혼여행을 떠날 준비를 하고 있는 것 같다. 바로 옆 산자락에서는 산새들의 고운 목청이 아침 공기를 가르며 울려 퍼진다.

며칠 전에 만났던 옹벽 아래 콘크리트 바닥 틈새에서는 왕고들빼기와 질경이가 서로 경쟁이라도 하듯 벌써 꽃망울을 터뜨리고 있다. 대단한 생명력이다. 저렇듯 열악한 환경 속에서도 꿋꿋하게 꽃 피우는 풀꽃은 어디에서 강인함을 품고 있는 걸까. 자연의 생명력은 이루 말할 수 없이 위대하다. 아무도 지켜봐주지 않아도 당당한 저 모습이 아름답다.

오늘 아침 내가 만난 지구의 한 모퉁이 풍경은 위성사진으로 본 지구의 모습보다 생동감이 넘친다. 인간이 자연 위에 군림하려 하지 않고 자연과 더불어 조화를 이루며 살아간다면 지구는 더없이 아름다운 행성이 될 수 있다. 이기심과 물질에 대한 탐욕을 버리고 마음을 비우자. 지구를 살리기 위한 지름길은 자연으로 돌아가는 것이다. 우리 모두 자연으로 돌아가 본래의 순수한 마음을 찾아야 한다. 있는 그대로의 가치 있고 순수한 마음을 되찾아야 한다.

우리는 하나

아침 출근길 도시숲길에 늘어선 벚나무가 꽃망울을 열기 시작한다. 잔설이 녹기도 전에 핀 매화는 벌써 싱그러운 초록 열매를 꿈꾸고 있다. 살구나무는 연분홍 미소가 입가에 가득하다. 목련 꽃잎은 어느덧 잔디 위에 내려앉아 다음 생을 위한 묵상 중이다. 자연은 이렇게 저마다 자신만의 리듬에 맞춰 춤사위를 펼치고 있다. 주위의 다른 대상과 자신을 비교하며 조바심을 내지 않는다. 오직 자신이 정한 속도로 주어진 삶에 최선을 다하고 있을 뿐이다.

불미숲길을 걸으며 아침 새소리를 듣는다. 참새, 박새, 딱새, 까치, 비둘기, 직박구리 저마다 자신만의 목소리로 밝고 힘차게 아침을 맞이하느라 분주하다. 맑은 새소리에 솔가지가 푸름을 더해간다. 아침 산책 나온 사람들의 발걸음도, 따라 나온 강아지의 표정도 사뭇 밝고 명랑하다. 내가 딛고 지나가는 발밑에 밟히는 모래알 소리도 사각사각 상쾌하다.

사방을 둘러보니 어느 것 하나 평온하지 않은 게 없다. 저 건너 학교에선 아이들이 아침 청소를 하느라 분주하다. 수양버들은 아침부터 고갤 숙인 채 묵상에 젖어 있다. 햇살 가득 머금은 여린 연둣빛 이파리가 아련하다. 저 여린 것들이 세상에 나와 겸손함을 먼저 배우고 있는 아침이다.

중앙현관 아래 화단에 자리 잡은 배롱나무는 여유롭기 그지없다. 주변에선 온통 꽃 잔치와 초록물결로 왁자지껄해도 자신만의 속도로 이제야 여린 새순을 살며시 내민다. 배롱나무는 '나무 백일홍'이라고도 불린다. 백일 가까이 꽃을 피운다고 해서 그렇게 부른다고 들었다. 한 송이가 피어나면 백일 동안 그 꽃이 계속 피어 있는 줄 알았는데 여러 개의 꽃송이가 연이어 피고지기를 반복하다 보니 백일 동안 피어 있는 것처럼 보이는 거란다.

내가 살고 있는 주변을 조금만 더 관심 있게 지켜보며 살았으면 좋겠다. 봄부터 여름을 지나 가을을 만나고 겨울에 이르러 다시 봄으로 이어지는 사계절의 변화를 온몸으로 느낄 수 있었으면 좋겠다. 계절에 따라 다르고, 아침에 다르고, 저녁에 다른 모습으로 존재하는 모든 생명체를 더 잘 알 수 있었으면 한다.

어느 계절에 어떤 풀꽃이 제 삶을 시작하는지, 어떤 나무가 가장 먼저 움을 틔우는지, 어떤 동물이 가장 먼저 일어나 하루를 시작하는지……. 저마다의 삶을 누구보다 열심히 살아가고 있는 동식물을 좀 더 가까이서 지켜보고 싶다.

내가 경쟁에서 이기고 싶은 마음 때문이 아니다. 이 세상에 존재하는 모든 생명체들의 삶을 이해하고 그들의 삶이 내게 주는 교훈을 배우고 싶기 때문이다. 우리는 모두 서로 다른 존재다. 저마다 자신만의 고유한 특징이 있다. 장점이 있으면 단점이 있다. 모두가 다르다. 나에게 부족한 것이 있으면 상대방이 채워주고, 상대방에게 부족한 것이 있으면 내가 채워주면 된다.

음이 있으면 양이 있고, 빛이 있으면 어둠이 있다. 이 세상 모든 존재는 상호 보완적이다. 서로를 보충하고 보완하면서 완전함을 만들어간다.

나 혼자 완벽하려 할 필요가 없다. 사람이나 동식물 모두 혼자서는 살아갈 수 없는 존재다. 혼자 애쓰고 노력한다고 해서 절대 완벽할 수 없다. 우리는 어차피 함께 어우러져 살아가야 한다. 이 우주 전체가 서로 맞물려 돌아가는 이치를 말하는 것이다. 생물이든 무생물이든 이 우주에 몸담고 있는 모든 존재는 없어서는 안 된다. 이 우주를 형성하고 스스로 운행하는 데 반드시 필요한 존재라는 말이다. 모두가 함께할 때에만 우리 또한 존재할 수 있다.

나에게 한 가지 꿈이 있다고 치자. 나는 소중한 내 꿈을 이루기 위해 매일 한 걸음씩 앞으로 나아가고 있다. 내가 스스로의 힘으로 꿈을 향해 나아가고 있는 것처럼 보인다. 내 의지에 의해 내가 열심히 노력하고 있기 때문에 꿈이 나에게 점점 더 가까워지고 있다고 생각한다. 내가 노력해왔기 때문에 꿈이 현실로 다가오고 있다는 말도 맞다. 하지만 단지 나의 노력만으로 이런 결과가 나온 걸까.

우리는 눈에 보이지 않으면 대체로 믿지 않으려는 경향이 있다. 눈으로 직접 봐야 하고 손으로 직접 만져봐야만 겨우 의심의 눈초리를 거둔다. 심지어 바로 눈앞에 두고 직접 보고 만져보면서도 믿지 못하는 경우도 있다. 세상에는 우리 눈에 보이지 않는 것도 많이 있다. 우리의 감각으로 확인할 수 있느냐 없느냐는 중요하지 않다. 우리의 감각이 정확하지 않을 수도 있다. 우리의 감각으로 확인하기 이전부터 이미 존재해왔고, 지금도 존재하고, 앞으로도 계속 존재하게 될 것들이 수없이 많다.

중요한 것은 이 모든 존재가 서로 연결되어 있다는 사실이다. 우리가 알지 못해도 서로 영향을 주고받으며 살고 있다. 각자의 입장에서 보면 도움이 될 수도 있고, 손해를 끼칠 수도 있다. 개인적인 입장에서는 이익이거나 손해라 판단하겠지만 이 우주 전체를 놓고 보았을 때는 이익과 손해의 개념이 아니라 전체를 위해 반드시 필요한 부분일 뿐이다. 우주 전체의 조화와 균형을 위해 우리는 함께 존재하고 있는 셈이다.

좀 더 범위를 좁혀서 내 몸을 예로 들어 생각해보자. 내 몸도 하나의 개체로서 스스로 조화와 균형을 이루면서 존재한다. 내 몸을 유지하고 있는 모든 세포나 기관은 어느 한쪽으로 기울어지지 않도록 유기적으로 맞물려 돌아가고 있다. 세포도 죽어가는 것과 다시 만들어지는 것이 있다. 어느 것 하나라도 쓸모없는 존재는 없다. 내 몸속에서도, 이 지구상에서도, 우주 전체에서도 모두 마찬가지다.

앞서도 말했지만 우리는 모두 다른 존재들이다. 서로 다르기 때문에 부딪치고 갈등을 겪는다. 부딪치고 갈등을 겪는다고 서로의 존재를 인정하지 않으면 안 된다. 달리 생각해보면 우리는 결국 서로 다르기 때문에 존재할 수 있다. 모두가 똑같다면 서로 갈등이 일어나지 않을 수 있다. 모든 사람들의 생각이나 의견이 같다면 정상적으로 운행이 되지 않을 수도 있다. 서로 의견이 달라 충돌이 있더라도 함께 논의하는 과정을 통해 새로운 합의점에 도달하는 것이 하나의 완성을 이루는 것이다.

우리가 만들어가는 세상은 완벽한 개개인이 단순히 일대일로 합쳐진 것이 아니다. 불완전하고 서로 다른 개체들이 서로 갈등하고 양보하고 이해하는 과정에서 완전히 새로운 융합이 일어나게 된다. 이러한 융합의 과정을 통해 새롭게 완성된 결과물은 우리 모두를 포함한다. 각양각색의 특징들을 모두 흡수하여 서로 조화와 균형을 이루게 된 것이다.

일반적으로 우리는 서로 같은 걸 좋아한다. 나와 취미가 같고 나와 생각이나 의견이 같으면 호감을 느낀다. 그러면서도 늘 같은 일상이 반복되면 싫증을 내기도 한다. 같기를 원하면서도 새로운 뭔가를 추구하고 싶어 하는 건 모순이다. 하지만 이러한 모순이 우리가 살아갈 수 있는 원동력이 아닌가 싶다.

늘 같은 걸 원한다는 말은 익숙한 걸 좋아한다는 의미이기도 하다. 익숙한 걸 좋아한다는 말은 현실에 안주하고 싶어 한다는 뜻이다. 현실에 안주하게 되면 편안하기는 하지만 더 이상 발전은 있을 수 없다. 우리는 지금까지 끊임없는 변화를 통해 성장과 발전을 거듭해오지 않았는가. 변화와 발전을 위해 익숙한 것에서 벗어나야 한다. 익숙한 것에서 벗어나려면 스스로 낯선 걸 찾아 떠나거나 주변에 나와 다른 존재가 있어야 한다. 그래야 자극을 받고 변화를 추구할 수 있다.

서로 다름은 결국 우리의 성장과 발전의 시작점이다. 나와 비슷한 존재들만 모여 있으면 자극은커녕 변화 조차 있을 수 없다. 무엇이 우리를 끊임없이 성장하게 만드는가. 우리가 원하는 건 무엇인가. 아무런 변화도 없이 늘 같은 상황 속에서 새로운 생각도 없이 그저 가만히 앉아 시간을 보내고 싶은가.

아니면 나와 다른 누군가를 만나 전혀 다른 생각이나 의견을 들어보고 호기심을 깨우고 싶지 않은가. 우리의 뇌도 새로운 정보를 입력하면 새롭게 반응한다. 늘 같은 정보만 입력하면 더 이상 자극을 받지 않고 활동을 하지 않게 된다.

우리가 살아가는 사회는 다양한 사람들로 이루어져 있다. 이렇게 다양한 사람들이 다른 생각, 다른 생김새, 다른 행동양식을 지닌채 공존하고 있다. 서로 다르기 때문에 다투기만 하고 서로 적대적인 태도로 살아간다면 우리에게 아무런 도움이 되지 못한다. 우리는 서로 다름을 인정하고 서로의 단점을 보완해나가야 한다. 모난 것이 있으면 깎아내고, 파인 곳이 있으면 메워주어야 한다. 굵은 돌만 있으면 틈새가 많이 생기게 된다. 작은 모래알이 틈새를 메워줄 수 있다.

우리 모두는 자신만의 쓸모가 있다. 각자의 자리를 찾아야만 한다. 남의 자리를 차지하고서 맞지 않는다고 불평하면 안 된다. 내가 먼저 나의 특성과 능력을 파악해야 한다. 내가 나를 제대로 아는 것이 먼저다. 내 자리를 찾아나서야 한다. 상대방이 자리를 찾지 못하고 헤매고 있으면 제자리를 찾을 수 있도록 도와주어야 한다. 서로 도와주는 과정에서 나를 더욱 잘 알게 되고 내 자리를 발견하게 될 수도 있다.

우리 개개인은 지구라는 온생명을 이루고 있는 낱생명이다. 지구상에 존재하는 모든 존재도 우리와 마찬가지로 하나의 낱생명이다. 우리의 몸이 하나의 온생명이라면 우리 몸을 구성하고 있는 세포가 하나의 낱생명인 셈이다. 그렇다면 지구 전체로 볼 때 우리는 하나의 세포에 불과한 존재다. 작은 세포가 모여 우리 몸을 이루듯 인간과 동식물이 하나의 낱생명으로 모여 이 지구를 이루고 있다. 우리는 결국 지구라는 하나의 온생명이다. 우리는 하나다. 온생명인 지구가 건강하게 살아가기 위해 낱생명인 우리는 개인적인 욕심을 부리거나 혼자만 잘살겠다는 생각을 버려야 한다. 이기심과 탐욕은 우리 몸의 암세포와 같은 존재다.

각각의 세포가 우리 몸을 이루고 있듯이 개개인은 지구를 이루고 있는 하나의 세포다. 우리는 지구라는 하나의 온생명이다. 지구라는 온생명을 건강하게 유지하기 위해 우리 각자는 어떤 마음가짐으로 어디에서 무엇을 해야 할지 깊이 새겨볼 일이다.

꿈은 이루어진다

오늘부터 중간고사가 시작된다. 1교시부터 시험감독이 배정되어 있었다. 예비령이 울린 후 시험지를 들고 해당 교실로 들어갔다. 시험대형으로 줄지어 앉아 있는 아이들의 얼굴이 피곤해 보였다. 어젯밤 늦게까지 공부해서일까. 무한경쟁 속에서 얼마나 스트레스를 많이 받고 있을까. 기성세대로서 괜히 미안하기도 하고 안쓰러운 마음이 들기도 했다.

시험이 없는 세상을 만들 수는 없을까. 시험지는 일정 비율의 서술형 문항도 포함되어 있지만 오지선다형 객관식 문항이 대부분이다. 서술형 문항도 단답형이거나 간단히 서술하는 형식이다. 아직까지 암기 위주로 시험을 치르고 있다는 뜻이다. 4차 산업혁명시대가 요즘 자주 입에 오르내리고 있지만, 아직 제대로 대비하지 못하고 있는 현실이다. 앞으로는 창의적인 인재가 필요하다는데 말이다.

    사람들은 저마다 자신만의 소질과 능력을 지니고 태어났다. 태어날 때부터 우리는 모두 가치 있고 소중한 존재다. 성적이 좋아야 가치가 있고, 성적이 나쁘면 가치가 없는 것이 아니다. 잘하고 못하고는 상관없이 있는 그대로 소중한 존재라는 말이다.

    하지만 요즘 아이들은 시험 결과로 받은 점수에 따라 스스로의 가치를 매기는 경향이 있다. 점수를 잘 받으면 부모님께 당당하고 점수를 못 받으면 기가 죽는다. 자신이 받은 점수에 따라 자신감에 가득 차기도 하,고 완전히 의기소침해지기도 한다. 주체적 자아로서의 자신감이 없다는 말이다. 다른 사람의 말이나 행동에 크게 흔들리고 영향을 받는다는 의미다. 내 안에 진정한 내가 없다는 뜻이다.

    요즘 꿈이나 진로에 관한 이야기를 많이 한다. 미리 자신의 진로를 결정하고 뚜렷한 꿈을 가지라고들 말한다. 내 삶의 당당한 주인으로 살아가지 못하는 이들은 뚜렷한 진로나 꿈이 없는 경우가 많다. 분명한 목표가 없기 때문이다.

    한편으로 생각해보면 미리 꿈을 정해야 할 특별한 이유가 있나 싶기도 하다. 앞으로 우리의 삶이 어떻게 전개되어갈지 아무도 모른다. 미리 꿈이나 진로를 결정했다가 아무리 생각해도 길이 아니라면 다른 분야로 진로를 바꿔야 한다. 청소년기에는 다양한 분야를 직간접적으로 경험해보고 정말 자신이 하고 싶은 일이 무엇인지 탐색하는 시기로 보면 좋을 것 같다.

돌이켜보면 나는 학창 시절 뚜렷한 꿈이 없었던 것 같다. 막연하게 시골 작은 초등학교에서 아이들과 함께 자연과 더불어 지내고 싶다는 생각을 했다.

'꿈'이라는 말을 듣거나 떠올리면 가슴이 설렌다. 꿈이란 무엇이기에 가슴 설레게 하는 걸까. 시험에 찌든 아이들에게 과연 꿈이 있을까. 지나친 경쟁으로 스트레스를 겪고 있는 아이들이 꿈을 떠올리면 가슴이 설레기는 할까. 호기심이 많고 한창 혈기가 왕성해야 할 시기에 자신감도 없고 자존감도 부족한 아이들이 꿈을 생각할 여유가 있을까.

아이들에게 꿈을 심어주기 위해 무엇을 해야 하는가. 단순 암기식 공부로 시험을 치르고 하나의 정답을 찾는 닫힌 질문으로는 사고를 확장할 수 없다. 옳은 것과 그른 것을 구분하는 이분법적인 사고만을 길러서는 4차 산업혁명시대에 적응할 수 없다.

시험이 꼭 필요하다면 열린 질문을 해야 한다. 학생들이 하나의 정답만 찾도록 할 게 아니라 다양한 대답이 나올 수 있도록 유도해야 한다. 자신만의 독특한 방식으로 접근해볼 수 있도록 길을 열어주어야 한다. 지금까지는 정답을 말하지 못하면 부끄럽고 마음이 위축되어 점점 자신감이 떨어지게 되었다. 이제는 어떤 대답이라도 좋으니 본인의 생각을 자신 있게 말할 수 있는 분위기를 만들어주어야 한다.

시험기간이라 오후에 시간적 여유가 생겼다. 한동안 세차를 하지 못해 자동차가 너무 지저분하여 셀프 세차장으로 향하는 길이었다. 예전에 살았던 아파트 근처였는데 길 양쪽으로 늘어선 하얀 이팝나무가 어느새 하얀 쌀밥을 뜸들이고 있는지 바람결에 구수한 밥 냄새를 풍기는 듯했다. 조만간 고봉밥 차려놓고 조상님께 제사를 올릴 모양이었다. 해마다 이맘때 만나는 이팝나무가 올해는 자신들의 꿈을 더욱 풍성하게 키워가고 있다.

오십 평생을 살아오면서 올해만큼 열정적으로 살아본 적이 있을까. 여러 가지 업무로 바쁜 와중에도 하고 싶은 일에 몰입할 수 있었다. 가슴이 설레고 열정이 솟아나는 걸 느낄 수 있었다.

지금까지는 하고 싶어도 적극적으로 실천하지 못하고 이 핑계 저 핑계를 대며 스스로를 합리화하곤 했다. 소극적이고 내성적인 성격 탓에 꼭 해야 할 경우가 아니면 절대로 먼저 발표를 하거나 적극적으로 나서는 일이 없었다. 앞자리에 앉는 것도 부담스러워 중간 이후쯤에 자리를 잡곤 했다.

2013년 무렵이었을까. 더 이상 이렇게 소극적인 삶을 살아서는 안 되겠다는 생각을 했다. 스스로 삶의 변화를 선택한 것이다. 구미 연수원에서 주말에 1박2일로 열리는 '중등드림어드벤처 직무연수'에 참여를 했다. 동기 부여를 위한 강의와 함께 조별활동과 발표를 하는 참여형 연수로 자신의 삶에서 꿈과 비전을 찾는 게 이 연수의 주된 목적이었다.

중등드림어드벤처 직무연수를 받고 남은 인생에서 내 꿈이 무엇인지 새겨보는 기회를 갖게 되었다. 다른 사람들 앞에서 발표를 하면서 자신감도 얻었다. 지금 돌이켜보면 내 삶을 돌아보고 삶의 변화를 추구해야겠다는 결정적인 동기 부여가 된 연수였다. 또한 나는 성격상 처음 만나는 사람들에게 먼저 다가가 인사하기가 어려웠는데, 연수를 통해 내가 먼저 인사를 건네고 부담 없이 대화를 나누는 연습을 해볼 기회를 갖게 되었다. 직장동료나 친구 이외에 새로운 인맥을 형성할 기회도 또한 갖게 되었다.

내 삶에 획기적인 변화를 가져다준 또 다른 계기가 된 건 앞서 이야기한 바 있는 지구인교사학교 연수프로그램이다. 지난해 6개월 과정으로 참여한 연수로 뇌교육을 중심으로 일상생활 속에서 뇌체조와 명상 그리고 수행을 실천함으로써 나 자신을 바꾸고 다 함께 행복한 세상을 만들고자 하는 뜻 깊은 연수였다. 연수 기간 동안 매일 아침저녁으로 개인프로젝트를 실천하면서 몸이 튼튼하고 건강해졌으며 마음을 다스리는 힘을 많이 기를 수 있었다.

아직도 내 삶의 변화는 진행 중이지만, 변화의 추진력을 더해준 계기가 지난 3월에 시작되었다. 그것은 바로 설레는 마음으로 참여한 '이은대 작가님의 글쓰기 · 책 쓰기 과정'이었다. 우연히 블로그에서 인연이 닿게 되어 블로그 이웃으로 지내다 지난해 말쯤 글쓰기 과정이 있다는 걸 알게 되었다. 늘 마음속에 담고 있었지만 선뜻 신청하지는 못했다. 시간적인 여유도 없었고 개설된 지역이 멀었기 때문이었다.

그러던 중 3월 '창원6차 글쓰기 과정'이 블로그에 공지되었고, 고민을 하던 난 무조건 신청하기로 마음먹었다. 바쁘다는 핑계로, 거리가 멀다는 이유로 계속 미루기만 하다가는 영원히 하지 못하게 될 것 같다는 생각이 나를 자극했다. 3월은 학기 초이기 때문에 나로서는 가장 바쁜 시기였지만 과감하게 신청해버렸다. 일단 시작하지 않으면 아무것도 이룰 수 없다는 걸 지구인교사학교 연수를 받으면서 절감했기 때문이다. 목표가 뚜렷하고, 하고자 하는 의지가 있다면 시작해야 한다. 시작하고 나면 반드시 길은 열리게 되어 있다.

또 다른 이유는 내 안에 글을 쓰고 싶다는 꿈과 열정이 있었기 때문이다. 무엇보다도 이은대 작가님의 글을 쓰는 이유가 가장 결정적인 요인이 아니었나 싶다. 이은대 작가님께서 글을 쓰는 이유는 '세상 누군가 내 글을 읽고 힘과 용기를 얻어 새로운 삶을 살아갈 수 있도록 돕기 위함'이다. 이 얼마나 인간적이고 가슴 뭉클해지는 글쓰기인가. 이러한 목적의 글쓰기가 바로 '홍익(弘益)'하는 글쓰기라 할 수 있다. 우리 모두가 먼저 자신을 치유하고 서로를 위로하고 격려하며 함께 행복한 세상을 만들어가는 아름다운 글쓰기다.

중등드림어드벤처 직무연수를 시작하면서 나의 삶은 하나둘 바뀌었다. 그때까지 발견하지 못했던 내 삶의 진정한 꿈을 찾았다. 그 꿈을 실현하는 과정에서 먼저 지구인교사학교 연수를 경험했다. 이은대 작가님의 글쓰기·책 쓰기 과정을 통해 나의 꿈을 실현하기 위한 추진력을 얻었다.

먼저 내 삶을 스스로 평가하고 진단해보았다. 자가진단 결과를 보고 어떻게 내 삶을 변화시켜야 할지 변화의 방향을 정했다. 다시 말해서 내가 이루고자 하는 꿈과 나아가고자 하는 방향을 먼저 정했다. 꿈과 목표가 정해졌으니 이제는 실제로 내 몸을 움직여 실천했다. 실천하지 않는 삶은 아무런 변화도, 성장과 발전도 있을 수 없기 때문이다.

삶에서 어떤 하나의 계기를 만나게 되면 삶이 달라지기 시작한다. 삶의 중요한 전환점이 된다. 나는 몇 차례의 연수를 통해 삶이 변화하기 시작했다. 자신의 분명한 꿈과 목표를 정하는 것이 중요하다. 무엇이든 자신이 꿈꾸고 있는 바를 머릿속에 선명하게 새겨라. 선명하게 새기면 새길수록 꿈이 이루어질 확률은 높아진다.

우리의 뇌는 실제와 가상을 분간하지 못한다고 한다. 실제인 것처럼 생생하고 실감 나게 상상하면 사실인 것처럼 받아들여 작용한다고 한다. 우리에겐 누구나 선택하면 이루어지는 힘이 있다. 선택을 했으면 자신의 몸을 실제로 움직여라. 직접 몸을 움직이면 뇌가 활성화되기 시작하고 실제 변화가 일어나기 시작한다.

나는 지금 내 꿈을 이루어가고 있는 중이다. 매일 한 꼭지의 글을 써왔다. 그리고 이 글이 마지막 꼭지의 글이다. 매일 글을 쓰면서 스스로에게 말했다. "나는 할 수 있다. 나는 나를 믿는다. 이달 말일까지 초고를 반드시 완성하고야 말겠다. 나는 반드시 해내고야 말겠다." 내가 이루고자 하는 목표를 머릿속에 분명하게 각인시켰다. 이 글을 쓰고 있는 지금 목표로 삼았던 날짜를 예상보다 앞당겼다.

나는 이미 내 목표를 달성했다. 모두 서른다섯 꼭지의 글을 써야 하는데 지금 마무리하고 있다. 처음부터 서른다섯 꼭지를 써야 한다는 생각을 했다면 많은 부담을 느껴 제대로 쓰지 못했을 것이다. 단지 매일 한 꼭지를 쓰는 데에만 집중한 결과 목표를 이루었다.

누구나 분명한 목표를 정해놓고 매일, 지금 이 순간 하고 있는 일에만 집중하면 반드시 목표를 이룰 수 있다. 자신을 믿고 중도에 포기하지 않는다면 할 수 있다. 꿈은 반드시 이루어진다.

사람은 누구나 가치 있는 삶을 원한다. 가치 있는 삶이란 무엇인가. 어떻게 살아가는 것이 가치 있는 삶인가. 이런 생각을 하면 사람들은 대부분 뭔가 특별하고 거창한 삶을 떠올린다. 유명한 사람들의 삶이나 위대한 업적을 남긴 사람들의 삶을 생각한다.

모두가 다 위대한 삶을 살아갈 수 있을까. 불가능하다. 모두가 똑같을 수도 없다. 생각을 바꿔야 한다. 사고의 틀을 깨야 한다. 우리는 저마다 자신만의 특별한 삶을 살아가고 있다. 지금 그대로의 내 삶이 바로 특별한 삶이다. 모두가 평범하다고 생각하며 살아가고 있는 그 삶 하나하나가 사실은 모두 특별한 삶이다.

사람은 모두 다르다. 타고난 유전인자와 후천적인 환경 등이 모두 다르다. 생각도 다르고, 성격도 다르다. 역설적이지만 다름을 인정하면 우리는 모두 특별해질 수 있다. 그런데 우리는 다름을 인정하지 않고 서로를 비교하며 우열(優劣)을 따지고 시비(是非)를 가린다. 바로 이러한 이유로 우리는 스스로의 삶을 보잘것없다고 여기며 힘들고 지친 삶을 살아가고 있다.

남과 비교하는 삶을 멈춰라. 우리는 저마다 자신만의 소중한 가치를 타고난 존재다. 비교하는 삶은 우리를 경쟁 속으로 몰아간다. 자신의 가치를 인정하지 못하고 우월감이나 열등감에 빠지게 되어 우리의 삶을 황폐화시킨다. 본질을 꿰뚫어보지 못하고 겉모습만으로 대상을 파악하게 된다. 서로의 가치를 인정해주고 도움을 주고받으며 더불어 살아가는 행복을 깨닫지 못한다.

시선을 나에게로 돌려라. 내 안을 들여다보는 시간을 가져라. 자연을 벗 삼아 산책을 하며 자신의 내면을 들여다보는 시간을 가져라. 내 안에서 일어나는 여러 가지 감정을 바라보라. 어느 한 감정을 붙잡으려 집착하지 말고 가만히 흘려보내라. 좋은 감정과 나쁜 감정을 분별하려 하지 마라. 늘 좋은 것도 없고, 늘 나쁜 것도 없다. 모든 건 상황에 따라 달라질 뿐이다.

콘크리트 담벼락 아래 틈새에서 돋아나 꿋꿋하게 자신의 삶을 살아가고 있는 풀꽃을 본 적이 있는가. 열악한 상황이지만 다른 곳으로 옮겨 갈 수도 없다. 주어진 상황을 받아들이고 적응하지 않으면 삶은 거기서 끝이다. 내 삶은 어떤가. 움직일 수도 없는 풀꽃의 삶보다 더 힘든 적이 있는가.

자연으로부터 소중한 삶의 교훈을 배워라. 인내와 끈기를 배우고 받아들이는 자세를 배워라. 어찌할 수 없는 상황은 받아들이는 것이 가장 좋은 방법임을 깨달아라. 받아들이는 마음은 긍정의 마음이다. 저항하지 않고 받아들이는 순간 나의 마음은 서서히 열린다. 내 마음을 지배하고 있던 불평불만이 사라지기 시작한다. 이 순간 마음은 평온해지고 선택할 수 있는 가능성의 문은 무한하게 넓어진다. 마음이 따뜻해지고 모든 존재를 사랑할 수 있는 마음이 된다. 있는 그대로의 자신을 바라보고 인정할 수 있게 된다. 모든 걸 감사하는 마음을 갖게 된다.

우리는 가치 있는 삶을 살고 싶어 한다. 가치 있는 삶이란 다른 사람들의 삶보다 나은 것이어야 한다고 생각한다. 모든 면에서 잘해야 한다고 생각한다. 잘하기 위해 다른 사람을 의식하고 경쟁하는 마음을 갖게 된다. 실제 나의 능력은 못 미치는데 잘 보여야 하고 이겨야 하니 정작 본인은 힘들고 지치게 된다. 이러한 삶은 진정한 내 삶이 아니다. 진정으로 가치 있는 삶이 아니다. 삶의 본질을 벗어난 어리석은 삶이다. 그러나 많은 사람들이 이런 삶을 살아가고 있다.

우리는 또한 다른 사람을 배려하는 삶을 살아가고 싶어 한다. 다른 사람을 배려하기 위해 내 삶을 희생해야 한다고 생각한다. 내 삶을 희생하는 게 과연 진정으로 다른 사람을 배려하는 삶인가. 배려한다는 마음으로 한 행동이 상대방을 오히려 힘들게 하는 경우도 있다. 진정한 배려는 나를 희생하는 것이 아니다. 배려하는 행동을 했을 때 내 마음이 편안하고 행복해야 한다. 그래야 상대방 또한 마음이 편안하다.

진정으로 가치 있는 삶과 다른 사람을 배려하는 삶을 살아가기 위해 우리는 무엇을 해야 하는가. 나를 찾는 것이 먼저다. 내가 누구인지 끊임없이 물어봐야 한다. 생을 마감할 때까지 나를 찾지 못할 수도 있다. 하지만 나를 찾는 여정을 멈춰서는 안 된다. 나를 찾는 과정에서 나를 들여다보게 되고 나를 알아가게 된다. 있는 그대로의 나를 인정할 수 있게 된다. 나를 있는 그대로 인정하게 되면 진정으로 나를 사랑할 수 있게 된다. 나를 진정으로 사랑할 수 있어야만 다른 사람을 인정하고 사랑할 수 있다. 이러한 과정은 일상생활에서 이루어져야 한다. 뭔가 거창하고 새로운 방법이 있지 않을까 생각하며 외부로 시선을 돌릴 필요가 없다. 그럴수록 자신의 일상과 내면을 가만히 들여다보는 것이 좋다. 평범해 보이는 나의 일상이 주는 가치와 소중함을 깨달아야 한다. 하루하루 내가 하는 모든 일들이 의미 있는 삶을 만들어가는 소중한 재료임을 알아야 한다.

우리의 삶은 선택과 실천의 연속이다. 나를 들여다보고 나를 찾는 과정에서 자신을 있는 그대로 바라볼 수 있게 되었다면 끊임없는 선택을 해야 한다. 우리가 살아가는 매 순간은 선택의 연속이다. 어떤 선택을 하느냐에 따라 우리의 삶은 완전히 달라질 수 있다. 선택은 삶의 방향을 정하는 것이기 때문에 선택 자체도 중요하지만 선택한 것을 실천하는 것이 더 중요하다. 실천하지 않는 삶에는 어떤 변화도 일어날 수 없다. '부뚜막의 소금도 집어넣어야 짜다'라는 속담처럼 실천하지 않는 삶은 아무런 결과도 얻을 수 없다.

우리의 삶은 또한 과정의 연속이다. 바로 지금 이 순간의 과정이 하나씩 모여 삶을 이룬다. 지금 이 순간 몰입하지 못하면 결과는 뻔하다. 지나간 시간들을 아쉬워하며 놓아주지 못하고 계속 붙잡고 있어도 안 된다. 다가오지 않은 미래의 시간을 미리 불러와 불안과 걱정에 사로잡혀서도 안 된다. 우리가 다룰 수 있는 시간은 오직 바로 지금 이 순간뿐임을 명심해야 한다. 이 순간을 잘 보내고 활용한다면 후회도, 걱정도 할 필요가 없다. 머리로 이해하는 것은 마음만 먹으면 가능하겠지만 문제는 실천이다. 내가 몸을 직접 움직여 하나씩 실천하지 않으면 어떠한 결과물도 얻을 수가 없다는 사실을 깊이 깨우쳐야 한다.

내 삶의 중심은 바로 나다. 이 말은 이기적이거나 자기중심적이라는 뜻이 아니다. 내가 내 삶의 당당한 주인으로 우뚝 서야 한다는 말이다. 다른 사람의 말이나 행동에 흔들리지 말고 내 삶의 중심을 바로잡아야 한다는 말이다. 우리 모두 내 삶의 당당한 주인으로 살아갈 때 조화로운 삶이 시작된다. 봄날 산과 들에 피어 있는 형형색색의 꽃들이 아름다운 풍경을 만들어내듯 자신만의 개성 있는 삶을 당당하게 살아갈 때 우리는 조화로운 세상을 만들어갈 수 있다. 자연의 이치를 따르고 자연의 삶을 본받아 자신만의 삶에 충실할 때 진정한 행복을 얻고 조화로운 삶을 살아갈 수 있다.

맑은 새소리가 울려 퍼지고 눈부신 5월의 햇살이 나뭇잎에 반짝이는 계절이다. 자연과 인간이 공존할 수 있는, 너와 나 그리고 우리 모두가 더불어 행복한 세상을 만들기 위한 가슴 뛰는 여정을 지금까지 함께해왔다. 함께한 여정을 통해 자연으로부터 얻은 삶의 교훈을 머리로만 알고 있지 말고 직접 실천함으로써 일상생활 속에서 삶의 변화를 이룰 수 있기를 바란다.